Batida só

Giovana Madalosso

Batida só

todavia

Para Beto, Lorenzo e Isadora

E o meu coração selvagem tem essa pressa de viver

Belchior

,

,

Era sábado e eu estava voltando do plantão do jornal. Caminhava em direção à minha casa ouvindo música, daquelas melancólicas que me fazem sofrer gostoso, que fazem com que eu me sinta viva, ainda mais depois de dias tão maquinais, precedidos de noites tão sem graça em que só uma *Begonia maculata* e um *Ficus* me esperam para beber. Fui abordada antes, a um quarteirão do meu prédio. Sei cada detalhe porque vi o vídeo da câmera de segurança. Nele, apareço com o meu andar distraído, a cabeça balançando no ritmo da música. De repente percebo, no chão à minha frente, os tênis e o par de coturnos. O meu corpo se retrai, tentando entender o que está acontecendo, pressentindo o perigo. Isso leva um segundo, mas na minha memória é um tempo longo e também eterno. Os coturnos lustrados demais, limpos demais. Eram coturnos de quem pisa, não de quem é pisado. E, acima, o rosto dos dois apontados para o meu. Aposto que a vadia tem pelo no sovaco, o dos coturnos disse. E o outro: Tira essa camiseta pra gente ver. Lembro-me de sentir as mãos tremendo, quem sabe tentando segurar o que acontecia dentro de mim, a descarga adrenérgica que chegava ao miocárdio. Sim, talvez tenha sido nesse momento que tudo começou, embora eu nunca vá ter certeza. Nem sujeito nem médico nem máquina conseguem saber o instante exato em que uma doença é deflagrada. Estamos dentro do corpo o tempo todo, desde o primeiro dia de vida e, mesmo assim, não há nada mais estrangeiro a nós do que o nosso corpo. Botei as mãos na barra da camiseta, titubeando, estudando uma fuga, e então vislumbrei, no bolso do garoto de tênis, o que pareceu ser o cabo de uma faca. Senti uma tontura,,, barba, poste e céu se misturando,,,,,,,, e caí no chão.

A queda, eu assisti no vídeo. Assim como vi os dois surpresos, estáticos por três segundos, o de coturnos em seguida se abaixando, acho que para me ajudar, e o outro puxando-o consigo, as pernas logo correndo e sumindo de cena. Assisti ao vídeo na tentativa vã de identificá-los, e nada é tão chocante quanto o trecho em que nada acontece. Depois que eles somem, o meu corpo fica ali por vinte e um minutos.

> Um pacote de leite vencido,
> um saco de lixo rasgado,
> uma embalagem velha,
> uma bexiga estourada.

Até que os paramédicos aparecem no vídeo. Não sei quem os chamou, deve ter sido uma pessoa do alto de algum apartamento, porque na rua não vi ninguém se aproximar de mim. Um deles põe no chão uma maca, o outro já ajeita o meu corpo sobre ela. Acho que confere os meus sinais vitais, não dá para ver porque suas costas largas cobrem a ação. Os dois saem comigo do enquadramento da câmera. Daí para a frente não sei o que acontece, e não saber é ainda pior. No vazio cabe tudo, por isso os vazios são tão insuportáveis. Imagino, para preencher o meu:
    sou enfiada dentro da ambulância. Um dos paramédicos, que na verdade era o motorista, senta-se na direção e arranca em alta velocidade. O outro fixa bem a maca lá dentro. Em seguida, puxa a minha camiseta. Cola os adesivos com plaquetas

de metal que eu nunca tinha usado mas que passarão a fazer parte da minha vida. Os eletrodos, distribuídos por todo o meu tórax, são ligados por fios a um monitor que exibe, entre outras coisas, o meu eletro, bastante alterado. O paramédico fita o meu rosto e sente um certo alívio, sou relativamente jovem e o músculo do coração ainda aguenta; numa pessoa com mais de cinquenta anos esse quadro pode ser fatal, e poderia ter sido também para mim. Ele aplica um antiarrítmico na minha veia.

Enquanto espera o medicamento agir, coisa que deve acontecer rápido, volta a fitar o meu rosto, concluindo que devemos ter mais ou menos a mesma idade, pouco mais de trinta, pouco menos de quarenta, e, na escuridão daquele ambiente, banhado só pelas luzes das ruas e dos equipamentos e embalado pelo som repetitivo da sirene, pensa que poderíamos ter nos conhecido numa festa de música eletrônica, onde as luzes também piscariam e os sons também se repetiriam e ele também teria me dado alguma droga, e talvez nos beijássemos, talvez fodêssemos e ele chupasse os meus mamilos, mas a vida nos pôs ali, onde ninguém nunca dançou ou cantou, onde ninguém nunca dançará ou cantará, e por isso os meus mamilos só lhe despertam dó, tanto que cobre um deles, que escapa do sutiã velho e lasseado. Sutiã que nunca imaginei que alguém veria.

Depois de me ajeitar, ele sente que as coisas também se ajeitaram sob o meu peito. O alarme agudo e repetitivo da máquina cessa e ele começa a se preocupar com outras coisas, como verificar se tenho documentos junto a mim. Também poderia avisar ao motorista que já saí do quadro de risco, mas isso ele não faz, prefere que a ambulância siga cortando caminho e furando faróis. Trabalhar como paramédico provocou nele uma ansiedade crônica e, quando estão voando pelas avenidas, se sente bem: é como se o mundo finalmente se curvasse ao seu ritmo.

É desse lugar de relativa tranquilidade que ele abre a pochete que trago junto ao corpo, a minha companheira de coberturas jornalísticas, o tecido surrado pelo tempo e por banhos de chuva e de brometo de benzila. O paramédico não sabe o que é isso. Ainda que tenha estudado química, desconhece o brometo do gás lacrimogêneo, já que profissionais de saúde nunca são recebidos com bombas de efeito moral ou balas de borracha quando vão executar o seu ofício. De qualquer forma, ele logo descobre a minha ocupação, o crachá do jornal é a primeira coisa que tira da minha pochete e, enquanto lê o meu nome, ouve o barulho de outras sirenes e já sabe: estão entrando no pronto-socorro. Assim que abre a porta, informa ao enfermeiro que estou estável mas, como fiz uma arritmia, preciso ir para a sala de emergência. Depois avisa que os documentos estão comigo e corre para atender outro chamado.

Se os dois agressores me vissem, saberiam se eu tinha pelos no sovaco. O meu tronco está devassado pela luz branca dos corredores, a minha pele parece ser feita da mesma borracha que reveste os fios sobre o meu peito. Talvez, nesse momento, eu seja mesmo uma mulher de borracha, porque não estou acordada e tampouco sonhando. Onde estou? Não sei, mas é de lá que começo a voltar alguns minutos depois, até que abro os olhos

e procurei saber onde estava. Não demorei para me localizar. São sempre tão parecidos, os hospitais. O chão de linóleo, as baias separadas por cortinas. Eu estava num desses compartimentos, me perguntando o que fazia ali. A enfermeira que passava percebeu que despertei e se aproximou, com a benevolência à flor da pele dos cuidadores, um altruísmo tão ostensivo que chega a constranger o cidadão comum, incapaz de tamanha entrega. Com uma voz suave, contou como eu tinha chegado ao pronto-socorro. Depois pegou uma prancheta.

Perguntou que medicamento eu tomava. Nenhum, disse. O de uso contínuo, explicou. Fiquei olhando para ela sem entender. Teriam me trocado no pronto-socorro, como fazem com os bebês na maternidade? Não tomo nada, reafirmei. Dessa vez, ela só levantou as sobrancelhas. Em seguida, ajeitou o lençol sobre o meu corpo e pediu que eu esperasse: a médica viria me ver.

Ela não demorou. De rabo de cavalo e estetoscópio no pescoço, a demiurga que me levaria para outro mundo. Me cumprimentou com simpatia, depois pediu que eu contasse o que tinha acontecido. Narrei as circunstâncias do desmaio. Que absurdo, exclamou. E você não tava medicada? Pensei no comprimido para cólica que havia tomado pela manhã, mas não parecia ser a esse tipo de droga que ela e a enfermeira se referiam. Medicada pra quê?, perguntei. O rosto dela ficou sério. Você tem uma arritmia ventricular grave, não sabia? Foi isso que te fez desmaiar. Nessa hora, eu senti. Uma espécie de martelinho batendo no meu peito, de dentro para fora, três vezes seguidas,,, Como se o meu coração estivesse se apresentando na sua nova versão. Acho que acabei de,, falei, pondo a mão um pouco acima do seio esquerdo. Deve ter sido só uma extrassístole. Você vai sentir isso de vez em quando, e tudo bem. O problema são as taquicardias sustentadas, aquelas longas, como a que te levou a desmaiar. Mas agora você tá medicada, tá fora de risco. Risco? Eu nem sabia que corria algum. Aquela informação fez com que eu sentisse de novo,,, exatamente como da outra vez. Quando isso vai passar? Ela disse que não sabia. Eu precisava me consultar com um especialista. Achei que estava na frente de uma, mas ela me explicou que, grosso modo, os cardiologistas se dividem em dois grupos: os encanadores e os eletricistas. Os primeiros são especializados na parte palpável do órgão, as paredes, as artérias, os tubos e as conexões que às vezes precisam ser cortados, emendados, restaurados. E os eletricistas são responsáveis pelos impulsos elétricos que volteiam o coração. Ela era uma encanadora. E o meu problema era elétrico. Me senti numa dessas reformas em que tudo dá errado e um mestre de obras empurra o abacaxi para o outro.

Disse que me indicaria um colega. Depois pegou a prancheta, fez algumas anotações. Salientou que eu seguisse tomando a medicação prescrita. E, para agilizar as coisas, eu já iria para casa com um holter. Percebendo que ela se preparava para sair, que depositava a prancheta num suporte para seguir a sua maratona de emergências, fiz a pergunta que qualquer outra pessoa no meu lugar faria, a única que realmente importa: Vou ficar bem? Ela não disse nada, só sorriu.

Fiquei ali sozinha, tentando digerir o que tinha acontecido, tocando o peito, procurando sentir alguma coisa, mesmo não querendo sentir coisa nenhuma. A enfermeira apareceu. Disse que trazia uma boa notícia: eu estava liberada, mas só depois de pôr o aparelhinho. Já tinha usado alguma vez? Disse que não. Ela pediu que eu tirasse a blusa. Puxei o jaleco do hospital olhando para o peito, como se pudesse divisar alguma coisa através da pele. Depois olhei para ela, que falava comigo enquanto colava plaquetas adesivas por todo o meu tórax. As plaquetas eram ligadas por fios a um gravador, preso por uma faixa de gaze à minha cintura. Depois de verificar se o gravador estava firme, ela me deu um boletim onde eu deveria anotar refeições, emoções intensas e, obviamente, arritmias, junto do horário em que ocorreram.

Pisei na rua com o meu peito elétrico. Normalmente pegaria um ônibus, mas fiquei receosa de caminhar ladeira acima até o ponto. Acabei tomando um táxi, já irritada com as despesas extras que aquele problema começava a me dar. Assim que me acomodei no banco de trás, peguei o telefone. Pensei em ligar para os meus pais contando o que acontecera, mas acabei desistindo. Não queria preocupá-los antes de saber exatamente o que eu tinha e como iria resolver. Liguei para a minha melhor amiga, mas ela não atendeu.

    Quando desci do táxi, avistei o lugar em que fiquei caída. Sou o tipo de pessoa que chora com facilidade, já ia derrubar umas lágrimas, mas o meu estômago interrompeu o drama com um ronco. Me dei conta de que não comia nada desde o meio-dia. Será que não tinha desmaiado de fome?, pensei, me prendendo a um eco de esperança que logo se dissipou. Entrei no apartamento e fui preparar um queijo-quente, que devorei em poucas mordidas. Estava anotando no boletim do holter a hora em que tinha jantado quando a campainha tocou. Foi só ouvir o barulho que senti de novo,,, Como das outras vezes. Peguei o boletim e anotei. Depois fui até a porta, mesmo sabendo que era ele. Espiei pelo olho mágico, talvez para ganhar algum tempo, decidindo se iria ou não abrir. Lá estava a cabeleira de cachos negros. Ele levantou a cabeça, também me olhava pelo orifício. Soltei o ferrolho. Desculpe a hora, falou. Hoje foi longe. Eu já estava acostumada com aqueles horários. Era algo que tínhamos em comum: sair tarde do trabalho. No começo achávamos isso bonito, o nosso amor de notívagos, ele sempre voltando do teatro ou de alguma gravação, eu da redação do jornal, os nossos talheres começando a tilintar quando a maioria das pessoas estava indo dormir, o nosso corpo começando a tilintar quando a maioria das pessoas já estava no segundo sono. Naquela noite, no entanto, eu não tinha nada a oferecer. Nem sequer o convidei para se sentar. Ele percebeu. Só vim pegar as minhas coisas, disse, e entrou na sala. Era uma desculpa esfarrapada. Já tinha levado quase tudo e o que sobrara eram coisas ridículas, como uma revista que ele então se empenhava em procurar na pilha da mesa de centro. Depois que pegou a edição, falou que precisávamos conversar. Eu disse que não queria, não havia mais nada para discutir. Além disso, tinha tido um dia muito difícil.

Não sei por que confessei isso, talvez para evitar novos confrontos, talvez porque precisasse desabafar com alguém. Provavelmente pelas duas coisas. Embora o meu plano não fosse esse, acabei contando o que aconteceu.

    Vi como a sua expressão ia mudando à medida que eu relatava os fatos. Também vi como se comoveu quando puxei a gola da camiseta para baixo, revelando um dos eletrodos. Perguntou sobre o tratamento. Disse que podia me ajudar com o que fosse. Por um segundo, ludibriada pela minha memória, cheguei a acreditar. Cheguei a olhá-lo com um fiapo de crença, o que fez com que ele me abraçasse e eu me deixasse ser abraçada, até o meu nariz se perder no labirinto sinuoso daqueles cachos e eu sentir certo tesão, e nessa hora sentir de novo,,, Me afastei. Ele perguntou se estava tudo bem. Respondi que sim. Qualquer coisa, tô aqui, falou. Depois ficou me observando de um jeito pensativo, até que disse: Será que isso é uma propensão genética? Quer dizer, se um dia a gente voltar, se um dia tiver um filho... Os meus olhos se encheram de lágrimas. Ele achou que era por causa do nosso término. Falou algo como: Também não me conformo de ter acabado, mas não era por isso que eu lacrimejava. Como podia ter ficado quase um ano com um idiota daqueles? Me levantei, dizendo que precisava fazer uma coisa.

    Peguei o boletim do holter antes que esquecesse o horário. Grafei a arritmia e o minuto aproximado, sem anotar o que senti na hora. Primeiro, porque não sabia direito (nem sempre é fácil definir as emoções, já que se contaminam, se misturam, se transmutam em outras o tempo todo). Segundo, porque ele estava lendo o que eu escrevia. Tá tudo bem mesmo? Reafirmei que sim, era normal anotar. De qualquer forma, eu tinha que descansar, precisava ficar sozinha. Ele disse que entendia, logo ia embora, mas antes só queria dizer que... E continuou falando, tentando justificar a crise de ciúmes que nos levou ao término.

Não foi uma crise isolada. Aconteciam desde o começo da relação. No início, eu caía na armadilha clássica, que costuma contar com o ego da vítima como cupincha. Ele tinha um acesso de ciúmes, depois se justificava dizendo que perdeu a cabeça porque nunca tinha amado alguém daquele jeito. Oh, pobrezinho, como é louco por mim. E clac! Eu era atrapada pela alavanca metálica do autoengano. Até que vinha outra crise, e outra e outra e outra. E clac e clac e clac. Finalmente percebi que o problema não tinha nada a ver comigo e, em vez de cair fora, como deveria ter feito, passei a tentar ajudá-lo. A tentar lhe mostrar que ele não era aquela bosta toda. O seu problema, como o de todo ciumento crônico, era a baixa autoestima. Em parte (e apenas em parte), por uma manobra canhestra dos pais. Enalteceram tanto aquele filho que a adulação saiu pela culatra. Graças a um talento pronunciado que tinha desde menino, apostaram que seria uma estrela. Chegaram a mudar de cidade para que, na adolescência, ele pudesse ingressar num grupo de teatro. Se fosse criticado, quem o criticou era invejoso. Se fosse rejeitado, quem o rejeitou tinha mau gosto. Compreensivelmente, o garoto cresceu pensando que seria o Robert De Niro. Aos trinta e três anos, ainda batalhando por bons papéis no teatro, fez um teste para publicidade — os pais já não tinham mais como sustentá-lo. Acabou sendo escolhido para protagonizar o comercial de uma empresa de telefonia. Foi um sucesso e ele acabou virando garoto-propaganda da marca. Aparecia sempre num fundo geométrico, falando com humor sobre as ofertas. Conseguiu o que queria: ser famoso. No entanto, de um jeito um pouco enviesado, e perversamente enviesado, porque quando as pessoas o abordavam na rua, em geral repetiam o bordão que ele falava nos comerciais: Ser ou não ser cliente Max, eis a questão. E isso, para alguém cujo sonho era ser conhecido por Hamlet, era o próprio veneno. E tudo por causa de uma expectativa desmedida, criada pelos pais e sustentada pelo menino que não soube crescer. Se não estivesse tão bitolado com isso, conseguiria enxergar a sorte de ter descolado aquele emprego que lhe rendia uma grana. Dinheiro suficiente para bancar as próprias peças. Coisa que faria a maioria dos outros artistas sorrir todos os dias com uma gaita na boca. Mas, no fim a mente humana é o único palco que existe. E, encarcerado na sua própria tragédia, sentindo-se aquela bosta toda mas nunca admitindo isso nem para si, ele era eventualmente desnudado pelo ciúme.

Eu também já tive as minhas crises. Não nos apaixonamos à toa. Uma vez estava bêbada e espatifei uma taça contra a parede — ainda bem que era das baratas. Mas no fundo sempre soube que o culpado pelo ciúme é, antes de mais ninguém, o portador do ciúme. Tanto que, sempre que me estraçalhei, juntei os meus próprios cacos, sem tentar quebrar a outra pessoa. O oposto do que ele tentava fazer naquele momento, à minha frente, falando que eu sabia que aquele cara era a fim de mim, que eu não tinha que ter dado conversa para ele. Em outros tempos, eu contestaria. Ou diria que ele fez o mesmo com tal atriz, qual o problema? Talvez eu desse uns gritos. Talvez nos engalfinhássemos e acabássemos até na cama, fazendo aquele sexo da despedida, profuso de sentimentos ambíguos e por isso tão gostoso. Mas eu não podia, tinha um coração a zelar — ali também descobri que até a doença pode ser edificante. Sofri para ficar quieta, mas fiquei. E o meu silêncio o deixou ainda mais nervoso. Logo vi pelas suas narinas, que se abriram como duas asas de borboleta. Ele se aproximou ainda mais de mim, o tom de voz aumentando. Nessa hora, percebi o martelinho batendo mais vezes,,,,,,,, Senti certa tontura, pensei que fosse desmaiar, até me segurei na cadeira, mas nada aconteceu. Respirei fundo. Depois levantei a camiseta e, mostrando o tórax, gritei: Vaza.

Nunca vou esquecer a expressão que ele fez ao ver o meu peito. Foi como se acordasse de um transe. Ficou parado por alguns segundos, atônito. Até que deu as costas e foi embora. Naquele momento, eu também me vi. Na sala do meu apartamento havia um espelho onde me enxerguei refletida. Ainda segurava a camiseta, mantendo o gesto que fiz para afugentá-lo. Um eletrodo vermelho perto da garganta, um amarelo abaixo, um azul e um verde perto dos seios, outro verde no meio da barriga. Vários fios emborrachados que cruzavam o peito de um lado a outro. Um gravador piscando na cintura. Um gra-va-dor. Será que aquilo captava o que estava em volta? Aquela pergunta patética, os gritos, a porta batendo? Enquanto eu anotava a taquicardia e uma arritmia que tinha tido naquele exato instante, fiquei imaginando um médico ouvindo a gravação, numa sala inundada pela luz fria. O coração em primeiro plano, como um tambor fúnebre, aquela cena triste em segundo. Laudo: dedo podre. Não era assim que alguns amigos me diagnosticavam? Como é que nunca ocorre às pessoas que talvez a podridão não esteja no dedo, mas em parte dos objetos? Exausta, comemorei a impossibilidade de tomar banho. Só troquei a camiseta e escovei os dentes. Depois caí na cama, tomando o cuidado de não me deitar sobre o gravador.

O resultado do holter estava previsto para segunda-feira. Assim que acordei, fui até o computador. Esperei carregar — por que diabos demorava tanto? Logo descobri o motivo. Eram páginas e páginas de gráficos. Aquelas cordilheiras que o coração desenha. No topo: N 540, N 635 e outras siglas estranhas. Fui procurar um tutorial que ensinasse a ler holter. Havia poucos, e com uma linguagem tão técnica que não adiantou nada. Olhar para aqueles gráficos era como observar um papiro do Antigo Egito. Há quem leia eletrocardiogramas e hieróglifos. Latim, grego, cirílico. Braile e Morse. Búzios, tarô, borra de café. Mão. Código Java. Partituras, lábios, astrolábios. Nos anéis de uma árvore, a idade. Nas folhas, a doença. Numa ossada, o período histórico. Em desenhos, a lucidez ou a loucura. Na lua, as marés. Nas marés, o que trará a rede. Sempre fui tão pretensiosa, achando que sabia tanto, porém naquele momento me dava conta de que não sabia mais do que ninguém. Nunca houve no mundo uma pessoa que não soubesse ler alguma coisa. E ali, e em tantos outros universos, a iletrada era eu.

Fechei o arquivo. Só então vi que havia outro. Uma espécie de tradução. Ao ver as arritmias e taquicardias quantificadas, eu já,,, Eram centenas, muito mais do que eu tinha registrado. Não havia um laudo conclusivo, apenas algumas palavras em caixa-alta. Eu não sabia o que significavam, mas ao menos estavam em português, e não na língua dos gráficos. Pensei duas vezes antes de pesquisar de novo: as ferramentas de busca tinham transformado o meu pai num hipocondríaco e induzido a minha colega de redação a viver um câncer platônico. Eu também fazia as minhas pesquisas, mas só para moléstias do dia a dia ou para investigações de trabalho, para saber da doença dos outros, o que não era um problema, talvez fosse até um prazer, afinal a doença de quem não conhecemos só faz acionar a consciência efêmera da nossa própria saúde. Será que eu queria mesmo saber o que significavam aquelas palavras? A jornalista em mim queria.

Procurar "taquicardia ventricular extrassístoles isoladas pareadas bigeminismo" era diferente de procurar herpes ou alergia ou corrimento ou gases. Até a aparência das páginas era distinta. Saíam as fotos chamativas e as letras coloridas e entravam os textos longos de letras miúdas. Ali não era o mundo das certezas, das dicas e dos anúncios. Era o mundo das perguntas que levam a outras perguntas. Entendi que aquele quadro podia ser o resultado de diversos problemas: complexos ou simples; transitórios ou perenes. Também entendi que podia passar o dia pesquisando — como de fato fiz — e não chegaria a nenhum diagnóstico.

A consulta com o especialista estava marcada para dali a quarenta dias. Nesse meio-tempo, eu poderia correr até o ponto de ônibus? Fazer aula de dança? Discutir com o ex-namorado? Levar susto? Chorar vendo série? Trabalhar presencialmente? Se eu fosse uma freira, batendo ponto num convento, saberia que sim; mas eu trabalhava num jornal. Além do estresse de fechar uma edição todas as noites, passamos o dia revolvendo uma matéria tóxica chamada realidade. Por mais que se organize, rotule, elabore e às vezes, com muita sorte, até se transforme essa matéria, no dia seguinte todo o caos se renova, num ciclo não apenas cansativo como também desanimador, já que dores, violações e violências nunca morrem, apenas trocam de figurino. Resultado: chefes avariados, com fios desencapados, sempre à beira de dar choque em quem estiver por perto. Sem falar das reportagens, dos momentos em que o jornalista precisa correr, pular muretas, escapar de tumultos como se fosse um praticante de parkour. Tanto que eu nem tinha ido para a redação nos últimos dias. O trabalho remoto era aceitável e o meu editor sabia da minha questão de saúde. Mas eu não podia ficar escondida na cova dos frágeis por mais quarenta dias. Ao menos não sem um atestado. Sem falar no que se passaria na minha cabeça durante esse período. Pior: no que se passaria alguns palmos abaixo dela.

Tomei o remédio prescrito no pronto-socorro, comi alguma coisa e resolvi tentar um encaixe com o arritmologista. Liguei para o consultório. Outra secretária me atendeu. Perguntei seu nome, sempre uma forma eficiente de ganhar intimidade já no início da conversa. Depois expliquei que, se fosse possível, gostaria de antecipar a consulta, estava com medo de ter um piripaque a qualquer momento. Ela devia estar acostumada com pseudomoribundos achando que a sua enfermidade é mais grave que a dos outros. Perguntou se eu tinha desmaiado nas últimas vinte e quatro horas. Pensei em mentir mas não consegui, me tornei uma pessoa que detesta mentiras, talvez por ser filha de uma mitômana, por ter passado a infância achando que teria verrugas se não tomasse banho ou que perderia todos os dentes se não comesse frutas. Acho até que me interessei pelo jornalismo já na tenra juventude por isso, pelo desejo instintivo de desbaratar a fábrica de fake news do meu pequeno universo. Disse a Silvia que não, eu não tinha passado mal, mas estava preocupada. Ela falou que não havia como antecipar a consulta. Um encaixe? Não tinha. E se alguém viesse a desmarcar? Quase impossível alguém desmarcar. Costumo ter sorte, insisti de um jeito simpático. Ela me cortou: É só isso?

Desliguei e tentei aceitar a situação, mas não consegui. Não era possível que não tivessem uma lista de espera. E, se não tivessem, o que custava abrir uma? Concluí que Silvia era sádica. E ali podia exercitar o seu sadismo arrancando o doce da mão de seres mais vulneráveis que crianças: os doentes. A minha única saída era falar com a outra secretária, que me atendeu com polidez quando marquei a consulta. Calculando que podiam trabalhar em turnos distintos, esperei até o meio da tarde para ligar de novo.

Deu certo. No dia seguinte, eu estava lá. Assim que abri a porta do consultório, vi uma mulher atrás de um pequeno balcão. Perguntei o seu nome. Ela disse que era Silvia. Abri um sorriso hasteado até as gengivas e falei que tinha conseguido uma consulta. Depois de um segundo de surpresa, a sádica abriu outro, me contando que o doutor teve uma intercorrência durante um procedimento que estava fazendo no hospital e atrasaria. Eu teria que esperar. Olhei para o lado e vi a sala cheia. Outros pacientes impacientes com os seus problemas. Sentei-me entre eles, imaginando a orquestra disfuncional que compúnhamos juntos. Um rápido demais. Outro no contratempo. Um lento demais. Talvez mais algum como o meu em staccato triplo. Se o mundo silenciasse naquela sala, se os celulares e passarinhos e veículos e sistemas digestivos e hidráulicos se calassem por completo por um instante, escutaríamos todos percutindo sob a batuta de um mesmo arritmologista. Uma obra pós-moderna, a doença no comando como compositora de improvisos.

Finalmente chegou a minha vez,,, O médico me cumprimentou, depois apontou para uma cadeira. Sentei-me à sua frente. Os cabelos dele estavam penteados com gel para trás, em mechas perfeitas e equidistantes, sem um único fio fora do lugar. Pensei que se ele conseguisse organizar as minhas batidas daquela forma, já estava ótimo. Contei tudo que tinha acontecido. Quando terminei, ele olhou os exames. Depois pediu que me deitasse na maca. Pousou o estetoscópio no meu peito. Me auscultou com a expressão de quem ausculta um frango congelado. Voltamos à mesa. Ele me explicou, de forma pausada, o que eu tinha. Era como se as suas frases também fossem penteadas com gel, todas as palavras medidas, nada fora do lugar. Talvez por isso eu tenha me incomodado tanto quando ele disse: a sua patologia. Foi como se me desse uma coisa que eu não podia mais devolver. Tive vontade de dizer: Sai pra lá com isso, porque até aquele momento eu tinha alentado ter algo transitório, como uma infecção. Talvez até fosse assim, mas talvez não. E era exatamente aí, na incerteza, que parecia se consumar a doença. Perguntei desde quando eu tinha "aquela patologia". Ele disse que não dava para ter certeza. Desde quando eu sentia as arritmias? Contei que desde o pronto-socorro. Ele falou que provavelmente o problema tinha sido despertado por uma descarga de adrenalina muito forte. Ao que parece, provocada pelo susto que levei, embora fosse impossível ter certeza. Depois fechou o punho, simulando um coração. Com a outra mão, apontou para a parte de cima. Embora só um ponto, na parte superior, emita batidas, todas as células do coração têm capacidade pra isso. Na maioria das pessoas, essa capacidade nunca será despertada. No seu caso, por causa dessa descarga adrenérgica, um grupo de células na parte de baixo se animou e começou a bater também, provocando a taquicardia que levou ao desmaio. Como é que resolve isso? Com medicação. Suprimindo esse grupo de células até que a membrana se normalize. Ele disse que me prescreveria a dose máxima do medicamento que eu já estava tomando. Se não desse certo, tentaríamos outros caminhos. Naquele momento, tive a sensação de que a sala se dividia ao meio: no lado de lá, ficava a velha Maria João, cuja maior preocupação era se livrar de um relacionamento falido e juntar selos para trocar por panelas na promoção do supermercado. No lado de cá, ficava a nova, com o seu súbito e único problema — basta o corpo adoecer de forma grave para que todas as aflições desapareçam e apenas uma passe a existir.

Perguntei por que o exame detectara muito mais arritmias e taquicardias do que eu havia sentido. Ele me explicou que alguns pacientes tinham mais ocorrências quando faziam exercício. Outros quando estavam em repouso, dormindo. Eu fazia parte do segundo grupo. Você tem ascendência asiática?, perguntou em seguida. Surpresa, disse que não. Ele me contou que, às vezes, a predisposição para esse quadro é genética. Que na Tailândia há uma região onde a incidência de casos como o meu é altíssima, especialmente entre meninos. Sabe o que os garotos fazem? Dormem travestidos de menina, com vestidos e colares no pescoço, pensando que assim enganam o olho da morte. Me senti um menino, uma criança. Embora já imaginasse a resposta, perguntei se podia dançar, estava morrendo de saudades das aulas de dança. Ele disse que, por ora, não. Depois perguntei sobre o meu trabalho, se dava para fazer reportagens e ir para a redação. Recomendou que ficasse mais um pouco no remoto, até que a dose máxima fizesse efeito e ele visse os novos exames.

Saí da sala segurando o atestado contra o peito como um escudo. Fui caminhando lentamente até o ponto. O ônibus estava vazio. Me sentei junto a uma janela, ainda surpresa com tudo que estava acontecendo,,, A cidade era bonita àquela hora, quando a sujeira era ofuscada pelas luzes. Tentei prestar atenção no que estava lá fora mas, mesmo tentando esquecer um pouco de mim, era com os meus olhos que eu via o mundo. Era a partir do corpo, desse lugar do qual jamais conseguiremos escapar, que eu via o mundo. E, pela primeira vez, reparei na recorrência daquele símbolo. Eu já tinha pesquisado a respeito uma vez, quando fiz uma matéria para o Dia dos Namorados. Na ocasião, descobri que apareceu inicialmente no norte da Itália, em pinturas do século XIV. Se o pintor soubesse o sucesso que o seu traçado simples em vermelho faria. Só naquele trajeto, vi piscando em neon de sex-shop, circundando o nome da confeitaria Amor Perfeito, pichado e flechado no muro, na propaganda da margarina com ômega-3, no adesivo de um motorista que ama NY, no peito de um Jesus Cristo. Sem falar na recorrência da metáfora. De mãe. Partido. Vagabundo. Rasgou o meu. Machucou o meu. Encheu o meu. Despedaçado. Saiu pela boca. Amar alguém com todo o nosso. Nem o pulmão, com os seus ares poéticos, é capaz de ensejar tantas imagens. E não é capaz porque, ao contrário do coração, não está relacionado à única coisa que realmente importa para as pessoas. É só ouvir as músicas que mais tocam. Ou melhor, é só ouvir qualquer música. Quase ninguém canta sobre problemas financeiros, ambientais, filosóficos. Quase ninguém rima inflação com subordinação.

Chegando em casa, liguei para os meus pais. Amenizei a patologia a ponto de parecer uma unha encravada. Não sou nervosa à toa. Sou a raça que nasceu do cruzamento de um depressivo com uma maníaca. Os meus pais são como gordura: em excesso, fazem mal à saúde. Antes que ele começasse a se lamentar "tão nova com esse problema" e ela começasse a se excitar "deixa que eu mesma falo com Deus sobre isso", eu disse que precisava terminar de escrever uma matéria e desliguei.

A minha tela estava cheia de mensagens. Como foi o exame? Tá melhor? Sdds de você. Além de avariado, o meu coração era vagabundo, porque, apesar de tudo, eu ainda tinha vontade de trepar com aquele sarna. Ou talvez só estivesse com vontade de trepar com qualquer pessoa, de direcionar toda a minha energia para o meio das pernas, escapando um pouco da mente. Mas o preço para trepar com ele era caro: aguentá-lo depois. Além do mais, eu podia trepar? Me arrependi de não ter perguntado para o médico: posso lamber fornicar cavalgar bem gostoso? Queria ver a reação daquele penteado milimétrico. Decidida a não arrumar encrenca, respondi às mensagens do meu ex da maneira mais breve possível, sem dar margem para conversa, depois silenciei o aparelho.

Fui comer alguma coisa. Na geladeira, havia uma garrafa de vinho. Não sou de beber sozinha, mesmo assim puxei a rolha. Tomei uma taça enquanto jantava. Outra enquanto lavava a louça. Depois fui para o banho. Meio bêbada, abri o armário e procurei uma camisola rosa de renda que ganhei e nunca tinha usado — só uso camisetas velhas e largas para dormir. Vesti aquela camisola que mais parecia um vestido. Em seguida, fiz uma maquiagem forte, que nunca faria: batom, blush e sombra. Por fim, pus todos os colares e pulseiras que encontrei e me deitei para dormir.

Se alguém estivesse monitorando a página da clínica, acharia que havia um hacker tentando derrubá-la ou roubar informações. Não sei quantas vezes entrei para ver se o resultado do novo holter tinha saído. Quando finalmente disponibilizaram, fui direto para o laudo. Vi o número de taquicardias,,,,,, Assim que me acalmei, li o resto, pensando que deveriam achar um jeito diferente de entregar um resultado para um cardíaco. Talvez com um aviso: prezado cardíaco, esse exame não é recomendado para cardíacos, e então compartilharíamos o arquivo com quem pudesse digeri-lo para nós. O remédio não tinha dado efeito algum. Fui até olhar a caixa: estaria tomando, por acidente, medicamento para vermes ou varizes? Lá estava o betabloqueador, que nem genérico era, já que eu havia me rendido a pagar o de referência.

Liguei para a clínica já imaginando quem atenderia o telefone. Dei para a sádica o prazer da minha miséria: o exame não estava nada bom, podíamos agilizar o retorno? Ela me pediu protocolo e senha, disse que falaria com o médico. Algumas horas depois me ligou de volta, pedindo que fosse até lá no final do dia. Já senti saudades de quando nem ela nem ninguém antecipava a minha consulta. Ser ignorada e esquecida é um luxo quando se trata de atendimento médico e só aprendemos isso, como muitas outras coisas, cruzando a linha para o outro lado.

Na sala do eletricista, fui recebida com o mesmo sorriso, mas não com o mesmo cabelo. Ao me sentar, percebi que no penteado dele havia um grupo de fios insurretos, descolado do todo, despencando sobre a testa como uma vara de pescar. Pensei que aquilo era um mau presságio. Tive que me controlar para não cuspir na mão e empurrar a madeixa para trás. Ele levantou os olhos do exame de imagem que eu também tinha trazido. Falou que o meu caso não era raro: alguns pacientes eram resistentes ao betabloqueador. Havia duas outras saídas. Fazer um cateterismo, queimar o ponto que emite as batidas. Um procedimento simples. O problema era a localização do meu ponto. Ao que tudo indicava, para chegar lá, o cateter teria que entrar por uma artéria alternativa, com risco considerável de perfurar o coração. Olhei bem para ele,,, E a outra alternativa? Um remédio extremamente efetivo, capaz de zerar o quadro. Que ótimo, lembro de ter dito, para em seguida levar outra porrada. Como aqueles bonecos de parque de diversões que, mal tiram o pescoço de mola para fora do buraco, já tomam mais uma na cabeça. Com a sua madeixa agourenta pendendo para a frente, ele me contou que aquele medicamento tinha o poder de imobilizar a membrana do coração, mas não só do coração. Também afetava, de forma muitas vezes grave e perene, as membranas dos olhos e dos pulmões. Naquela dosagem, poderia tomá-lo por apenas três meses. O plano era suprimir totalmente as arritmias e taquicardias e reeducar a membrana para nunca mais bater naquele lugar. Eu não podia ficar sem tomar nada? Ele disse que não. Além do risco de uma parada cardíaca, aquelas batidas constantes no ventrículo acabariam por deformar o órgão, o que poderia levar à necessidade de um transplante. Levei a mão ao peito,,, O médico me olhou com pena. Depois disse para eu ficar tranquila: o tratamento com o remédio tinha tudo para dar certo — e, na possibilidade vaga de que não desse, ainda poderíamos apelar para o cateterismo. Em seguida, prescreveu a receita e comentou que a vida não para pra doença passar. Se tivesse que trabalhar no presencial, tudo bem. Eu estaria medicada, mas era muito importante que eu colaborasse com o tratamento, evitando cafeína, atividades aeróbicas e, principalmente — nessa hora ele olhou bem para mim —, toda e qualquer emoção forte.

Fiquei tão chocada com aquelas duas últimas palavras que nem consegui perguntar nada. Apenas apertei a sua mão e saí, sentindo a emoção forte de imaginar a vida sem emoções fortes. A que emoções ele se referia? Qual era o critério para medi-las? Acho que nem ele sabia, por isso evitou fazer qualquer detalhamento, talvez pensando, com alguma razão, que cada um tem o seu gradiente. Ou talvez tenha evitado detalhar isso porque era um médico "do coração", numa cultura em que o ser humano foi fatiado em pedaços para ser servido no sistema de saúde. Eu não era uma ajudante de mágico que pode se deitar num caixote e ser serrada em fragmentos para deleite dos recibos fiscais. Os meus olhos e ouvidos estão ligados à minha mente que está ligada ao meu coração que está ligado a essa coisa que não sei qual é que detona as emoções. É tudo tão misterioso que, até pouco tempo atrás, o termo emoção nem existia. Havia os sentimentos, aquilo que sentimos de forma consciente, e a paixão, cunhada pelos gregos, sempre os gregos, mais relacionada aos humores da alma. Foi só lá pelo século XIX que se adotou do francês a palavra *émotion*, para falar do que está em movimento, do fio que interliga a mente ao corpo e da implosão que põe abaixo uma estrutura de percepções acumuladas, espalhando lágrimas, grunhidos ou outras reações físicas por todos os lados. Como conter uma coisa dessas? Como segurar a chave que aciona a implosão ou a explosão? Ou como conter o que já está em curso? Mas o pior era avaliar a intensidade das emoções. Naquele momento eu caminhava pela rua,,, Ao ver uma vitrine, lembrei que faltavam apenas dois selos para eu completar a tabela e ganhar um jogo completo de panelas antiaderentes e senti certa euforia.

Isso era uma emoção média ou fraca? E a frustração que senti quando descobri que não tinha como identificar os meus dois agressores? Média ou forte? E o nervosismo que sentia pensando que teria de conversar com o meu chefe sobre a possibilidade de um afastamento mais longo? Uma emoção fraca, certamente média se estivesse falando com ele. E tudo isso em meio quarteirão.

Quantas coisas uma pessoa sente em vinte e quatro horas? Eu não podia nem imaginar a exaustão de sopesar emoções por todo um dia, por toda uma semana, por três meses. Está certo que eu tinha um marcador bem prestativo. Um martelo golpeando o meu peito e indicando, em staccatos triplos ou quádruplos ou quíntuplos, a intensidade do que eu sentia. Mas nem sempre. Às vezes eu sentia uma emoção forte e nem tchuns. Às vezes eu não estava sentindo nada e,,, De qualquer forma, era preciso identificar antes. Como as comunidades que moram ao pé de um vulcão, recolhendo os pertences antes que a lava irrompa. Numa das pesquisas que eu fizera naquela semana, vi um cientista dizer que o coração não tem nenhum envolvimento com o nosso estado emocional. Talvez não tenha mesmo, talvez seja apenas uma bomba à qual atribuímos significados demais, mas por que a angústia que eu estava sentindo ao pensar em tudo isso apertava o meu peito e não a minha perna?

Eu tinha combinado que, depois da consulta, passaria na casa da minha amiga. Ela vinha acompanhando o que estava acontecendo comigo, queria saber do tratamento, me dar um colo. Fui andando devagar, cuidando para não acelerar e provocar arritmias. Mesmo assim, teve um momento em que,,,,,,, Até me segurei no poste, com medo de ter um piripaque. Assim que me recobrei, segui em frente, ainda mais devagar, ainda mais temerosa. Quando avistei a janela do apartamento dela, senti o que sentimos quando estamos sofrendo e vemos alguém que amamos, a fortaleza provisória desmoronando e nos revelando tão frágeis. Eu ainda não tinha começado a tomar o remédio mas pensei que seria bom me segurar, seria bom já ir treinando. Quando abri a porta do elevador e avistei a minha amiga sorrindo na soleira da porta, senti a lava subindo. Empurrei-a no mesmo instante para baixo, tentando ocupar a minha mente, listando rápido os países da Ásia: Rússia, Egito, Coreia... Até que cruzei o hall, abracei-a e não resisti. Lembro de ainda ter pensado: Tailândia, engole o choro, Cazaquistão!, mas logo o meu peito começou a sacudir,,,,, e a minha lágrima pingou no ombro dela.

Como a minha colega de trabalho me dissera, a casa se destacava das outras pela sua cor verde-periquito. Nunca entendi muito bem esse periquito, mas uma coisa era fato: o verde vivo fazia com que periquitasse no meio das outras. Não só pelo tom, mas pelas diversas flores no seu jardim frontal. A porta se abriu. Lá dentro, uma sala também com plantas e cores vivas, como um complô da felicidade, talvez projetado para atenuar a tristeza dos que chegavam até ali. Antes de me sentar, entrei no banheiro. Ao lavar as mãos, estranhei a ausência de um espelho naquele ambiente em que nada faltava. Talvez ela fosse avessa à vaidade, pensei, e depois me acomodei numa das poltronas.

Estava curiosa para conhecer a pessoa que salvava os outros mas não a si mesma. Foi ela que extirpou o câncer platônico da minha colega de trabalho e depois, graças a algumas afinidades, as duas acabaram se tornando amigas. Foi daí que a minha colega cunhou o apelido: a psiquiatra com problemas psíquicos, frisando que eu não tivesse medo, a sua vida pessoal era um desastre mas, talvez até por isso, ela tinha traquejo para ordenar o desastre dos outros. Eu torcia para que fosse verdade. Embora muitas vezes tenha pensado que me beneficiaria de uma ajuda psiquiátrica, vinha resistindo. Não queria dar os meus suados caraminguás para a indústria farmacêutica. Acabei por me tornar uma exceção: uma mulher de trinta e seis anos que nunca tomou tarja preta numa época em que até um cacto, se derramar uma gota, recebe uma receita de antidepressivo.

Alguns minutos depois, ela abriu a porta da sua sala, fazendo sinal para eu entrar. Me acomodei em frente à sua mesa, onde havia um calendário e uma caixinha de areia com um pequeno rastelo. Falamos rapidamente sobre a minha colega e, em seguida, ela perguntou o que me levou até ali. Contei sobre a minha questão de saúde, desde o dia da manifestação até o da última consulta. Ela arqueou as sobrancelhas. Você buscou uma segunda opinião? Contei que havia descido pela espiral dos especialistas. Aquela que, quanto mais se afunila, mais aponta para a gravidade do problema. Depois de descobrir que a cardiologia é dividida entre encanadores e eletricistas, tinha descoberto que o segundo grupo ainda se divide entre os que consertam ou não a parte elétrica. Tinha me consultado com um eletrofisiologista muito bom, indicado pelo meu editor-chefe, que confirmou o que o arritmologista havia dito: no meu caso, a intervenção seria de alto risco. Era melhor que me curasse com o medicamento, seguindo à risca a orientação de não estimular a membrana. Era por isso que eu estava ali. Fazia sentido que eu estivesse ali? Ela sorriu. Disse que sim, fazia sentido. Se o meu problema fosse no rim, me indicaria um acupunturista, mas no coração... Eu já tinha ouvido falar da Síndrome de Paris? Fiz que não com a cabeça. Ela me contou que nos anos 80 um psiquiatra japonês radicado na França percebeu um quadro comum a muitos turistas que chegavam ao hospital: taquicardia, sudorese, tontura e, às vezes, hipertensão. Ele descobriu que havia um denominador comum a todos esses pacientes: a expectativa criada em torno da primeira visita à Cidade Luz e a posterior decepção com o que encontravam: "uma cidade mais cinza que Tóquio". A ansiedade aguda, seguida de desolamento, causava sintomas cardíacos — naquela noite, depois da consulta, dei uma pesquisada na síndrome e era isso mesmo, exatamente como ela descreveu. Fiquei imaginando a solidão dos turistas, passando mal numa cama de hotel, com medo de morrer longe de casa, procurando no dicionário uma palavra para pedir ajuda, ligando para a recepção: *Help! Pain!* E a recepcionista respondendo: *Pain?*, para em seguida enviar ao moribundo uma equivocada cesta de pães.

A psiquiatra pediu que eu falasse sobre a minha personalidade. Contei que eu era uma biruta agitada pelo vento das emoções. Chorava por qualquer coisa, estourava por qualquer coisa. Relatei um episódio de infância que estava fresco na minha cabeça. Eu tinha seis anos, estávamos almoçando com os meus primos, numa mesa com cadeiras de madeira maciça, aquelas de mogno. Um dos meus primos disse que eu gostava de certo garoto. Menos de um minuto depois, eu segurava sobre a cabeça a cadeira em que estava sentada, um objeto que tinha pelo menos o dobro do meu peso, e com ela em punho corria atrás do meu primo pelo jardim. Até hoje os meus familiares se perguntam como consegui levantar e sustentar aquilo por tanto tempo. Ela abriu um sorriso e disse que aquela situação não era tão estranha. Que, quando confrontado com situações de ameaça ou perigo, o ser humano pode ter um desempenho físico extraordinário. Que há um caso famoso na medicina de uma pessoa que foi atropelada e esmagada por um carro nos Estados Unidos. Para salvá-la, um sujeito que andava nas imediações do acidente precisou levantar a dianteira do carro, mantendo-a suspensa por um minuto, enquanto tiravam a vítima de baixo. O recorde mundial de levantamento de peso é de quinhentos quilos. Um Camaro pesa quase duas toneladas, completou. Parte daquele desempenho extraordinário se devia à adrenalina. A mesma que faz o coração disparar. Não falei nada, só balancei a cabeça e pincei a camiseta,,,

Ela perguntou se eu tinha filhos. Falei que sim, um casal: um menino de setenta e uma menina de sessenta e cinco. Ela me olhou intrigada. Expliquei que era assim que eu costumava chamar os meus pais: o meu casal de filhos. Contei que o meu pai era um depressivo com a garganta mais profunda que a tristeza: ameaçava se matar desde sempre, mas nunca tinha coragem ou vontade suficiente para isso. De qualquer forma, as suas ameaças, às vezes bem contundentes, desgastavam a mim e à minha mãe, que tínhamos de largar tudo que estávamos fazendo para desamarrar a gravata da viga. Depois disse que a minha mãe era pior. Além de mentirosa, perdulária. E do pior tipo que existe: perdulária pobre. Na infância, acabei parando meses depois todas as atividades que comecei a fazer — natação, inglês e balé —, porque ela gastava mais do que tinham e nunca conseguia honrar as contas. Virei uma pessoa que só sabia nadar crawl e falar inglês no *present tense*. Ainda bem que estudei em escola pública, do contrário era possível que não soubesse multiplicar e dividir, só somar e subtrair. Com o tempo, o problema piorou. Ainda mais depois que ela ficou dependente de um remédio para dormir. Numa dessas noites, no estado hipnótico provocado pelo sonífero, comprou várias bolsas e sapatos. E, em outra madrugada, algo sem utilidade alguma para ela ou para qualquer pessoa da nossa família: uma máquina de encher balões de gás hélio. Os olhos da psiquiatra riram. Também tive vontade de rir. E de chorar,,, Levei a mão ao peito. Sabe quanto custa uma máquina de encher balões de gás hélio? A psiquiatra balançou a cabeça. Metade do meu salário. E digo isso porque, como sempre, fui eu que tive de pagar. Ainda bem que a minha mãe, por mais dopada que estivesse, teve a sanidade de parcelar a compra no cartão, senão estaríamos os três morando na sarjeta na companhia de... uma máquina de balão de gás hélio. A psiquiatra disse que lembrou daquela animação chamada *Up*, em que um velhinho levanta voo levando a sua casa, içado por uma penca de balões. Talvez fosse um jeito de escapar da sarjeta, falou, fazendo com que eu imaginasse os dois suspensos por infláveis coloridos, a minha mãe com a sua bolsa nova, o meu pai agarrado ao vaso de violetas. Me trazendo de volta para a sala, ela comentou que a minha mãe não era a única. Na verdade, era apenas uma de milhares, no mundo todo. Me contou sobre uma paciente dela que toma o mesmo medicamento. Tinha cabelos longos desde criança. Sabe o que fez depois de tomar o comprimido com uma garrafa de vinho? Cortou os fios até a raiz. Algo intrigante, porque ela sempre dizia que as madeixas eram o que ela mais amava na sua aparência. Mas talvez não fosse, completou torcendo a boca. Talvez ela odiasse ter que amar aqueles cabelos.

Passei a mão pelos meus fios, que nunca chegam nos ombros, que nunca chegam aonde possam dar trabalho. E filhos-filhos, você tem? Balancei a cabeça. Ela perguntou se eu era casada ou mantinha algum relacionamento. Disse que tinha acabado de sair de um. Depois baixei os olhos, peguei o rastelo e revolvi a areia de um lado para o outro. Contei que, alguns dias antes, o Hamlet do Varejo havia tocado a campainha da minha casa, bêbado, às duas da manhã. Que tentei ignorar e fazer de conta que não ouvia, mas ele começou a estocar a porta e, com medo de que os vizinhos ouvissem, abri. E depois penei até botá-lo para fora.

E o trabalho? Contei que o meu chefe estava preocupado comigo. Ele não queria ganhar o prêmio de chefe do ano na categoria Equipe Enfartada & Deprimida. Na redação, já havia dois stents. E às vezes, só às vezes, ele se sentia mal por isso. Tanto que tinha aceitado os meus três meses de trabalho remoto numa boa, propondo que eu fosse a campo só em reportagens muito suaves e seguras. E como tem sido isso? Disse a ela que havia descoberto que tudo pode acontecer quando ultrapassamos a soleira de casa. Num dia de muito calor, eu precisei ir a um parque fotografar as pessoas estiradas na grama e escrever uma pequena nota sobre a população se refrescando como podia. Achei que o único perigo eram os raios UVA e

UVB. Passei protetor, coloquei um boné e fui. Quando estava fazendo fotos, perto do lago, fui surpreendida por um grupo de capivaras enfurecidas pelo calor e pela escassez de alimentos. Uma delas avançou para cima de mim.

A psiquiatra me olhou com empatia: Haja coração. Em seguida, perguntou se o antiarrítmico já estava dando resultado. Disse que ainda não, o efeito era cumulativo, mas em pouco tempo já deveria silenciar a membrana. Ela se ajeitou na cadeira. Seria muito bom se você fizesse terapia para se fortalecer e deixar de ser mãe dessa turma toda, mas a terapia é um trabalho de médio e longo prazo. E entendo que você precisa de uma blindagem imediata para os próximos três meses. Já pensou em tirar um sabático por esse período? Claro que eu não tinha pensado. Para mim, sabáticos sempre foram coisa de rico, de quem precisa descansar da possibilidade estressante de poder ser qualquer coisa na vida. Toquei o lado esquerdo do peito,,, Disse que não tinha dinheiro para isso. Ela apontou para a minha mão. E esse furinho aí na sua camisa? Olhei para o tecido desgastado pelo meu medo, o buraco logo acima do bolso esquerdo. Não soube o que dizer. Ela prosseguiu, falando que não precisava ser numa paisagem paradisíaca. Talvez na casa de amigos ou parentes em outra cidade, com um pouco de ar puro, fazendo apenas o trabalho remoto, longe dos meus pais e de visitas inconvenientes. Poderia inclusive dar outro atestado médico, reforçando a necessidade de afastamento físico do trabalho. Na hora, não me ocorreu para onde eu poderia ir, mas aceitei a sugestão de pegar o atestado e pensar a respeito. E, como não podemos controlar a vida, também vou te medicar. Já tomou algum antidepressivo? Falei que não. Talvez esteja na hora. Entraria com um medicamento novíssimo. Ao contrário da maioria das prescrições, que começa a fazer efeito depois de quinze dias, aquele já começaria a funcionar em quarenta e oito horas. Estava sendo usado para resgates rápidos, para conter crises de suicídio, mas também funcionava em outras situações. No meu caso, diminuiria a intensidade das emoções. Os efeitos colaterais eram pouco significativos, em geral, só secura na boca e, em alguns pacientes, certa diminuição da libido. De qualquer forma, eu deveria lhe informar como estava passando dentro de cinco dias. E, depois desse período de demanda cardiológica, iríamos avaliar se valeria a pena prosseguir com o tratamento.

Em seguida, ela fez o atestado e a receita. Guardei os dois dentro da mochila. Na hora em que saí da sala, tive vontade de abraçá-la, mas fiquei com vergonha, revelaria demais o meu desamparo. Só avancei pelo corredor até a porta. Percebendo que ela ainda me olhava, virei para trás e perguntei: Por que não tem espelho no banheiro? Pra que ninguém quebre e use pra cortar os pulsos.

Foi só quando saí do consultório periquito e vi as outras casas da rua que me lembrei dos meus avós. Eles tinham uma casa no interior. Eu conhecia bem a cidade porque morei lá até os treze anos, quando o meu pai foi transferido para a capital. E, enquanto morava lá, eu vivia na minha avó, já que era ela quem cuidava de mim enquanto os meus pais trabalhavam — e enquanto não trabalhavam, já que a minha mãe gostava de frequentar a microscópica boemia local. Mesmo depois que mudamos de cidade, eu ia com certa frequência visitar os meus avós. Até os dezoito anos, quando a minha avó morreu e o meu avô também, alguns meses depois. A partir daí, só voltei para ajudar o meu pai a esvaziar a casa. Não sei por que voltei tão pouco. Talvez porque uma das minhas melhores amigas também se mudou de lá. Talvez porque a outra, embora tenha permanecido, foi mudando de outras maneiras, tornando-se uma pessoa muito diferente de mim. Ou talvez porque eu não quisesse sentir a tristeza de voltar para um lugar oco, como um presépio montado sem personagens, uma lembrança física de tudo que somos incapazes de manter.

    Nunca imaginei que um dia esse vazio poderia se tornar uma vantagem. A casa, que ficou alugada durante anos, estava desocupada. Quase ninguém se interessava em morar naquela cidade. E, nos últimos tempos, quem se interessava preferia morar em casas menores ou em um ou outro prédio que despontava como uma espiga de ladrilhos no horizonte. Ficar na casa não seria uma boa alternativa se a morte da minha avó fosse recente — quantas batidas o choro de uma perda provoca? —, mas não era o caso.

    Liguei para o meu pai. Contei sobre a consulta. Ele ficou feliz em saber que eu tomaria o antidepressivo. Não só porque isso me ajudaria. Desconfio que também ficou feliz como um pai jogador de futebol fica ao ver o filho marcar o primeiro gol, como um pai escoteiro fica ao ver o filho acender o primeiro fogo. Agora éramos da mesma liga, e ele já me perguntava, empolgado, qual era o medicamento. Tarja vermelha ou preta. Quantos miligramas. Respondi o que sabia e logo cortei o assunto, revelando o meu plano de ficar na casa da minha avó por aqueles três meses. Ele relutou um pouco, vai que aparece alguém querendo alugar? Lembrei a ele que isso não acontecia havia muito tempo. E como você vai fazer se precisar de mim? O que ele queria dizer era: e como eu vou fazer se precisar de você? Falei que não estaríamos tão longe. Depois fiz uma pequena chantagem emocional, dizendo que ele nunca se perdoaria por me negar a casa.

    O próximo passo foi comprar o remédio que, por ser novo, não era fácil de encontrar. Só fui conseguir na terceira farmácia. Em casa, separei os dois comprimidos, que tomaria antes de dormir. Tanto o cardíaco quanto o antidepressivo deveriam começar a fazer efeito no dia seguinte. Peguei o segundo, levantei-o contra a luz. Como era possível que uma coisa tão pequena operasse uma mudança tão grande dentro de uma pessoa? Se tudo desse certo, aquela seria a última noite de selvageria no meu coração físico e metafórico.

    Como estava ansiosa, achei bom espairecer um pouco. Fui ver tevê. Escolhi uma comédia. Já nos primeiros minutos, rolou uma cena hilária. Comecei a rir. Senti o abdômen se contraindo, as costelas subindo e descendo, a boca abrindo,,, Achei que ficaria por isso mas, involuntariamente, minha cabeça começou a repassar a tal cena, como se o corpo soubesse o quanto o regozijo lhe faz bem e, de repente, embalei num ataque de riso,,, gargalhando sem parar,,,,,, não só com o coração, mas com a bexiga, com os joelhos que abriam e fechavam, com as mãos que batiam na almofada, HAHAHA,,,, mas eu não podia,,,,,,, Olha a taquicardia sustentada, Maria João! Chipre, Índia, Tailândia, guerra na Ucrânia, o preço do medicamento, a última parcela da máquina de gás hélio, a crise climática, o crédito rotativo do cartão, o pelo encravado na virilha, a extinção das abelhas, a cândida de repetição,, Até que pensando naquelas coisas fui parando de rir. Enquanto secava as lágrimas e dava pausa no filme, me dei conta de que a emoção tinha um espectro muito mais amplo do que inicialmente eu pensava, que não era só do medo e da ansiedade que eu precisava fugir. Tudo me abalava. O meu coração era um bicho assustado, um recém-nascido que nunca envelhece, uma criança de mim mesma que levo no peito para me lembrar da criança que fui, sou e sempre serei, não importa quantas crostas o corpo crie; rugas, calos; meses, anos; desilusões, fracassos; frágil, frágil; até a última batida.

Se eu não podia negar a minha natureza, ao menos podia me preservar. Desliguei a tevê, pensando que comédias não eram mais para mim, que os dramalhões que eu adorava não eram mais para mim, que filmes de terror e suspense não eram mais para mim. Livros eram para mim, quadros e esculturas talvez fossem para mim. Ainda que me tocassem, que me fizessem refletir, que ecoassem na minha memória, nem sempre me punham *en motion* a ponto de rir ou chorar. E a música, ainda era para mim? Olhando para a minha colação de vinis, entendi por que gostava tanto daquela forma artística. A música tinha o poder de manipular o tempo. Mais que isso, tinha o poder de dissolver o tempo, à medida que certas melodias, em especial flashbacks, me conectavam na mesma hora com a Maria João que um dia fui. Bastava fechar os olhos e cantar junto para entrar de novo na minha velha casca, para ser ao mesmo tempo esta e a outra, costuradas pelo refrão, pelo compasso da memória, sentindo a mesma tristeza, alegria ou excitação de outros anos.

É por isso que as pessoas gostam tanto de música, porque emociona. E nesse contexto há canções e canções, ritmos e ritmos. Desde a insípida música de elevador até os estilos que arregaçam o coração. Obviamente os meus preferidos. Passando os olhos pelos vinis, eu já começava a minha classificação. O pop e o eletrônico eram aceitáveis desde que eu ouvisse sentada, sem dançar. O pop romântico já era mais perigoso, definitivamente contraindicado para cardíacos sentimentais em tratamento. A música clássica era tão ampla quanto relativa, cada caso a ser estudado junto à comissão do meu tímpano. A sofrência devia ser evitada a qualquer custo. E o tango. Ah, o tango. Esse era um verdadeiro homicida.

Pior é que eu também amava dançar. E acho que sempre amei porque a dança otimiza a emoção provocada pela música. Quando dançamos, o corpo não fica sustentando um prato, uma pose, uma conversa. Quem dança se atira de corpo inteiro no sentimento. De volta à minha estante, ao meu dedo que passava pelas capas dos vinis, me ocorreu que eu merecia fazer uma despedida. A partir do dia seguinte, tudo indicava que aquele universo de emoções superlativas não seria mais meu. Obviamente eu não ia fazer uma aula de aeróbica pulando e chorando ao som de um remix. Mas pensei que podia me despedir de um jeito suave, que não alterasse em nada o meu ritmo sinusal e me desse algum sabor antes do período insólito que vinha pela frente. Ali pelo meio encontrei *Before and After Science*, do Brian Eno. Um álbum que tem ciência no título já diz a que veio. Lembrei de uma faixa que eu adorava e parecia inofensiva. Não que "By this River" não me emocionasse, mas me movia de um jeito lento. Como as moléculas da água que, quanto menor a temperatura, com mais lentidão se movem. Pensei que poderia dançar aquela música em moto quase imperceptível. Afastei o tapete para tocar o chão com os meus dedos bem espalmados, sentindo a textura dos tacos. Depois, pousei a agulha na faixa. Fui fazendo o primeiro passo como um praticante chapado de tai chi chuan, os braços se abrindo com tamanha vagareza que, se um vizinho me visse de relance, talvez nem percebesse que eu me mexia, que debaixo da minha pele se desenrolava um estranho ritual de despedida.

Pensei que acordaria como Gregor Samsa, transmutada em outra espécie, numa barata insensível, de casco rotundo e inabalável. No entanto, eu parecia a mesma de sempre, passando a mão pelo meu ventre faminto, irritada com o despertador e o seu toque de marimba. Já eram quase nove da manhã, tarde para um ser humano ou uma barata, mas não para uma jornalista. Costumamos fechar a edição diária em torno das nove da noite, portanto quase ninguém pisa na redação antes das onze do dia seguinte. Digo quase ninguém porque o meu chefe costuma chegar antes de todo mundo, talvez para fugir da sua intragável esposa, com certeza para se organizar antes da reunião de pauta. Era nessa janela de calmaria, antes que a humanidade começasse a lançar os seus mísseis diários, que eu pretendia pegá-lo.

De longe, já vi que daria certo. Estava sozinho, sentado no seu aquário de vidro, tomando café e lendo alguma coisa. Acenei, perguntei se podia entrar. Ele fez que sim com a cabeça. Me sentei à sua frente. Perguntou como eu estava. Disse que bem, mas que tinha algumas novidades. E era sobre isso que eu queria falar. Nessa hora senti o martelinho batendo de dentro para fora,,, mas de um jeito diferente, talvez com menos força, coisa que não pude mensurar muito bem porque estava focada no meu discurso. Quando acabei de falar, coloquei o atestado da psiquiatra sobre a mesa, sem dizer mais nada, apostando na contundência do silêncio. Ele leu o que estava escrito no papel timbrado. Espalmou a mão e passou na barba, como sempre fazia. Depois levantou os olhos e disse que a vida era curiosa, porque naquele mesmo dia ele acordou com o desafio de escalar alguém para cuidar da Página do Leitor, já que a responsável tinha acabado de entrar de licença. Era verdade, eu tinha visto fotos da Juliana nocauteada por dois gêmeos na maternidade. Eu poderia editar os comentários enviados pelos leitores durante o período em que ela estivesse fora. Um trabalho facílimo e sem nenhum estresse, que eu poderia fazer no remoto. E, quando nós duas voltássemos, tudo se arranjaria como antes.

Saí aliviada da sala. Caminhei rumo ao elevador, já pensando no meu próximo passo, apertando o botão do térreo, quando a velha caixa de madeira ao meu redor deu um tranco e parou. Puta que o pariu, logo hoje, lembro de ter pensado, levando a mão ao peito,,,,, Ali tive certeza de duas coisas: 1) As taquicardias ainda estavam acontecendo, mas certamente com mais suavidade, como se a baqueta do tambor tivesse sido coberta por uma pelúcia; 2) Eu ainda sentia medo (pararia de sentir?), mas logo essa emoção se dissipou, já que alguns segundos depois ouvi as polias girando e senti a caixa do elevador voltando a descer.

Depois que saí do prédio, peguei o ônibus até a casa dos meus pais. Chegando lá, encontrei o meu velho angustiado. Perguntei o que tinha acontecido. Ele relutou um pouco, mas insisti, senti que ele queria falar. A tua mãe quase foi presa. Presa?, falei com tanta estridência que ela deve ter ouvido, porque logo apareceu com o penhoar esfiapado e um cigarro mentolado na mão, já repreendendo o meu pai. Pra que contar isso pra menina, não vê que ela tá se tratando? Ele disse que estava preocupado; se acontecesse de novo, ela não ia se safar. Fitei-a de um jeito severo, pedindo que se explicasse. Foi só um mal-entendido. Peguei uns produtos na farmácia e esqueci de passar no caixa. Que produtos? Ela desviou os olhos de mim, fingindo que se importava com a cinza do cigarro. Foi o meu pai quem listou: uma vitamina caríssima, quatro caixas de remédio para dormir e outro para artrose. Como você ia pagar?, perguntei, mas ela fez que não me ouviu. O meu pai contou que foi chamado na farmácia. Que assistiu às imagens da câmera de segurança: a minha mãe de casaco no fundo de um corredor, olhando sorrateira para os lados, tirando os produtos da cesta e enfiando nos bolsos. Lembro que nessa hora respirei fundo, tentando replicar um exercício que promete acalmar em cinco expirações, mas o ambiente já estava tomado por aquela sauna cancerígena de menta. Você podia ter sido presa, falei, e já me imaginei pagando a fiança. O meu pai disse que só não foi porque insistiu que ela não estava bem da cabeça. E porque devolveram todos os produtos, prometendo nunca mais pisar em nenhuma loja daquela rede.

    Me deixei cair no sofá. Agora me dou conta de que, nessa hora, eu já devia estar sob efeito dos medicamentos, porque numa situação como essa eu teria levantado a voz com a minha mãe, ela teria levantado mais ainda, o meu pai defenderia uma e depois a outra, alguém ficaria nervoso e bateria uma porta, talvez o meu pai ameaçasse se matar, por fim eu choraria ou choraríamos todos. No entanto, tudo que fiz naquele momento foi cutucar o braço do sofá e arrancar de dentro de um dos buracos queimados à brasa um pedaço de espuma que fiquei apertando entre os dedos. E esse remédio pra artrose, quem de vocês tá com artrose? Os dois se entreolharam. Eu ia vender pela metade do preço de tabela pra vizinha, minha mãe falou. Pus a mão no peito, mas não senti nada. O meu pai perguntou se eu estava bem. Não disse uma única palavra, mas mantive a mão onde estava e deixei que imaginassem o pior. A minha mãe começou a pedir desculpas. O meu pai foi correndo pegar uma água com açúcar e depois começou a se desculpar também: era mesmo um idiota, não deveria ter contado nada daquilo. Tomei aquela água com gosto de infância: não era exatamente doce. Depois pedi a chave da casa da minha avó. O meu pai me entregou. Empunhando o metal serrilhado, disse que aquela era a minha chance. Uma chance única. Que, por favor, não me procurassem naqueles três meses para trazer problemas. Se fizessem alguma merda, que resolvessem. Se me causassem qualquer estresse e eu não me curasse, e depois morresse durante o cateterismo, a culpa seria deles.

Me levantei para ir embora. Abracei um, depois o outro. Eles me acompanharam até a porta. Atravessei o pequeno jardim. Quando cheguei ao portão, olhei para trás. Lá estavam os dois, na frente daquela fachada cuja cor já não era possível definir. Ela com o corpo esturricado pelo cigarro, as meias descendo pelas canelas, uma barriguinha de azeitona despontando pelo penhoar. Ele com um daqueles conjuntos de malha que mais parecem pijamas, talvez fossem pijamas, o fundilho se insinuando em direção aos joelhos. Antes fossem os meus filhos. Seriam duas crianças e, como duas crianças, teriam tudo pela frente. O casal que então me acenava já não tinha recursos para mudar nada. Nem a jardinagem que o meu pai começara a praticar tinha conseguido vicejar na sombra da sua melancolia, como mostravam as roseiras corcundas à minha frente. Não devia ser fácil viver ao lado de um homem que não via prazer em nada. Não devia ser fácil viver ao lado de uma mulher cuja angústia carcomia tudo e qualquer coisa. E claro que eu sentia pena, naquele momento, eu sentia pena, mas também sentia algo estranho. Era como se os dois me acenassem de um cais de onde eu me afastava. Eu estava distante inclusive de mim. Lá estavam eles, lá estavam os meus olhos a vê-los, lá estava a minha comoção, mas de repente nada era tão próximo a ponto de me tocar.

Nine out of ten movie stars make me cry, I'm alive

Caetano Veloso

"

"

Foi como se eu tivesse saído de viagem e voltado para o mesmo lugar. Só que essa viagem tinha durado dezesseis anos. A rodoviária continuava exatamente igual, com a única diferença de não exibir mais um letreiro de cigarros. Peguei a bagagem e embarquei num táxi, curiosa para saber se os ponteiros do tempo tinham deixado de girar sobre todo o resto daquele lugar. Com exceção de um ou outro prédio, de arquitetura pobre e nome pomposo, tudo continuava na mesma. Quem transforma bruscamente a paisagem é o dinheiro, e o dinheiro nunca deu banda por ali.

À medida que nos aproximávamos da casa dos meus avós, fui me preparando. Não queria sentir nenhuma emoção desmedida, mas logo vi que a preocupação era desnecessária. Lá estava o lugar em que cresci, com a mesma fachada, com o mato correndo solto pelo jardim, mas sem os elementos que poderiam me emocionar: a mulher que sairia sorrindo pela porta, o cachorro que viria latindo me receber. Só fui sentir alguma coisa quando fechei o portão da entrada e olhei para os meus pés sobre o piso feito de azulejos quebrados, para aquele mosaico que compus com a minha avó quando as nossas duas crianças ajoelhadas encaixaram todas aquelas peças, rápido antes que o cimento seque, o rosa vai ficar bonito ao lado do verde. Capturada por aquela engenharia de arestas irregulares, por aquele caminho que irremediavelmente levava a lembranças, fui tocada pela dor que se alastra na certeza de que certos momentos nunca mais voltarão. Mesmo assim, a faca da nostalgia não conseguiu me machucar. Nos últimos dias, era como se eu estivesse enrolada num plástico-bolha. As emoções podiam até me cutucar, mas não me cortavam como antes.

De qualquer forma, levantei os olhos. O animal que eu levava enjaulado no peito vinha se comportando tão bem — nenhuma batida fora do ritmo, nenhuma tentativa de sair a galope — que eu não queria atiçá-lo por nada nesse mundo. Abri a porta da casa. Escancarei as janelas para a luz entrar. Lá estava a mesa de jantar que eu conhecia. A cozinha. O quarto em que eu dormia. A suíte dos meus avós com os mesmos armários.

Coloquei a mala sobre a cama. Abri o zíper. Só então percebi a estranheza do que havia lá dentro. Um viajante sempre se desloca em busca de aventura. Ou, ao menos, de um pouco do inesperado. Eu estava ali para que nada acontecesse, para que nenhuma surpresa cruzasse o meu caminho. E a escolha do que havia trazido refletia isso. Só roupas de ficar em casa. Pantufas. Caixas de remédios. Velas aromáticas para relaxar. Duas panelas antiaderentes para eu não precisar sair nem para comer. Um canivete cuja maior peripécia seria, vez ou outra, abrir uma lata de ervilhas. E, independente daquele contexto tão particular, um monte de livros, na típica fantasia do viajante leitor, que sempre leva muito mais do que conseguirá ler, da mesma forma que o viajante comum planeja ir a muito mais lugares do que conseguirá visitar.

Depois de distribuir parte dos livros sobre a mesa de cabeceira e outra parte sobre a mesa da sala, saí atrás de alguns víveres. O supermercado continuava no mesmo lugar, ainda que reformado, com um aspecto mais moderno. Comprei só o estritamente necessário — não queria carregar muitas sacolas e ativar o meu sistema circulatório. Pensei até em pegar um táxi, mas esse tipo de serviço era raro num lugar em que cada um tem a sua boleia, por mais velha que seja. De qualquer forma, resolvi voltar por um caminho ainda mais curto, na vagareza que havia me imposto, assistindo à cidade passar.

    E como passava lentamente: um carro aqui, um pedestre ali, os meus passos salvos de qualquer importuno. Ou quase salvos, porque ao virar a esquina fui surpreendida por uma construção que nunca imaginei ainda estar lá. Nunca imaginei porque nunca mais tinha me lembrado dela, ainda que merecesse ser lembrada, afinal empunhava com galhardia uma fachada art déco numa terra em que quase ninguém se importa com a estética. Ainda que não tivesse mais os letreiros com nomes dos filmes e horários das sessões, ainda que agora estivesse parcialmente coberta por uma placa anunciando Pé & Mão e Escova Progressiva. Lembro que parei, deixei as sacolas por alguns minutos no chão, me vi menina entrando por aquela porta alta com a minha avó. Ou melhor, saindo dela, porque esses eram os momentos mais marcantes do nosso programa: quando eu não aguentava mais chorar com as cenas e pedia para sair no meio do filme, com vergonha de ser tão sentimental, com medo de que os meus soluços estivessem atrapalhando o espectador ao lado. Não à toa, a minha avó me chamava de manteiga derretida e, num certo momento, chegamos até a priorizar as comédias, o gênero que me dava mais chance de aguentar até o fim. Da mesma forma que me tornei uma mulher que só falava inglês no *present tense* e só sabe nadar crawl, também me tornei uma pessoa que só sabe a história dos filmes até a metade. *O paciente inglês*: um homem que está na guerra e recebe cuidados de uma enfermeira que. *Forrest Gump*: um menino esquisitão que tem todo o apoio da mãe e por isso resolve que vai. *Frankenstein de Mary Shelley*: o monstro é rejeitado pelo seu criador, foge de casa e então.

Um dia, a minha avó e eu ficamos sentadas num banco que havia fora do cinema, terminando de comer a pipoca que nem sequer tínhamos tido chance de acabar lá dentro, e perguntei: Você não fica brava de irmos embora antes do fim? E ela: Eu não me importo com isso. O que eu gosto nos filmes é de ver como outras pessoas vivem, me imaginar no lugar delas. À medida que fui crescendo e as películas adultas só passavam à noite, fomos parando de ir, não por falta de vontade, mas por imposição do meu avô. Eu ainda devia ser bem jovem, porque quando ele disse: À noite não dá, a essa hora na rua só tem gavião, imaginei aves negras sobrevoando o cinema.

Catei de novo as alças das sacolas, aliviada em ter me tornado uma manteiga congelada pela alopatia, incapaz de derreter mesmo diante da surpresa que havia me assaltado naquela esquina, mesmo diante da decepção de ver a minha cidade natal ter crescido mas também regredido, sem um único cinema, uma única livraria, um único palco, onde as pobres mulheres fazem o Pé & Mão e alisam os fios com a técnica mais moderna mas não têm onde cuidar do que vai dentro da cabeça.

Acho que era nisso que eu pensava enquanto me aproximava da casa da minha avó, já preocupada com a hora. Guardei as compras, fiz um almoço rápido e comecei a editar as mensagens dos leitores. Lá pelas cinco da tarde, quando já estava fazendo a diagramação, a campainha tocou. Pus a mão no peito, percebendo que o antiarrítmico estava funcionando muito bem, pois, apesar do susto — bem que a psiquiatra disse: não temos como controlar a vida —, o meu coração não disparou. Tentei divisar alguma coisa pela janela, mas não consegui. Quando abri a porta, encontrei um garoto que aparentava ter uns dez anos segurando uma capelinha. Eu não via uma dessas desde que tinha saído de Moenda. Aquela era talhada em madeira, a santa lá dentro, coberta por um vidro, as portinholas abertas, a cruz no topo. Cogitei dizer que não queria, que não acreditava em Deus, mas seria antipático demais.

Reparei que o garoto tinha a cabeça raspada. Ou ao menos a parte que escapava pelo boné. Pensei que talvez tivesse um moicano escondido no topo. Ou um desses desenhos feitos a máquina, só na parte de cima. Também reparei que segurava a capelinha de um jeito esquisito, como se fosse uma bandeja, sem agarrá-la com os dedos dobrados, como qualquer pessoa faria. Tanto que teve certa dificuldade para colocá-la sobre a mesa, mantendo as palmas das mãos esticadas. Em seguida, perscrutou a sala, o computador, os livros. Achei que ia embora, mas seguiu onde estava. Depois de alguns segundos, como se tomasse coragem, perguntou o meu nome. Respondi. Ele deu uma risadinha, coisa que não estranhei, era comum que as pessoas, especialmente as menores, achassem graça naquela junção de João e Maria na mesma pessoa. Por educação, e apenas por educação, já que não queria interagir com ninguém naquela cidade e muito menos com um fedelho, perguntei o dele. Era filho da vizinha? Respondeu que não, morava para lá da ponte. Isso eu achei estranho. Ao menos no meu tempo, a capelinha ia de porta em porta, mas talvez ninguém mais quisesse saber daquilo. Indaguei onde deveria entregar a imagem depois de... rezar. Ele apontou para a direita, dizendo que podia ser na próxima casa. Só então se despediu e foi embora.

Depois que fechei a porta, virei-me para o oratório. Era como uma máquina do tempo. Senti que se me ajoelhasse na frente da santa, poderia voltar. E voltei. Com os meus joelhos naquele chão miseravelmente frio de lajotas, olhei para a imagem com a mesma desconfiança da infância, quando disse para os meus pais que não queria fazer a primeira comunhão porque duvidava que um homem pudesse andar sobre a água ou morrer e aparecer de novo.

Era curioso como aquela imagem podia significar coisas tão distintas para cada pessoa. Ou ainda para cada pessoa em cada época da vida. Se, na infância, apesar da desconfiança, eu via uma santa, agora eu via uma mulher com o coração para fora do peito, como se estivesse à espera de um transplante. A imagem daquele órgão exposto me deu agonia. Fechei as portinholas e segui na noite escura.

"

Acordei com o baque do meu corpo no chão. Eu estava dançando no palco de um teatro e como era bom, apesar da plateia vazia, talvez até por causa da plateia vazia, uma ausência de julgamentos tão rara. Eu fazia um salto que nunca faria, eu era Nureyev, era Sylvie Guillem. De repente, pensei no meu coração. Dançando daquele jeito, eu deveria estar acelerando o meu coração. E foi só pensar para que sentisse uma taqui, entrasse em pânico e acordasse: será que de fato saiu do ritmo?

Tentei me acalmar. Até onde eu sabia, no sono REM há uma espécie de chave que se desliga, dissociando o corpo dos comandos da mente, de forma que ninguém saia praticando os movimentos que o sonho enseja. Do contrário, viveríamos numa realidade um tanto poética em que todas as pessoas circulariam como sonâmbulos algumas horas por dia, o que traria ao mundo certa beleza e comicidade, mas também alguma tragédia, já que os acidentes ocorreriam com frequência. E o ser humano, por fim, passaria a dormir acorrentado, na sua sina de recuar toda vez que se aproxima da beleza extrema. A chave desligava os movimentos, mas nem todos. É também no REM que os globos oculares giram feito loucos: rápido, aparentemente sem ordem, algo que fascina aquele que se debruça sobre um par de pálpebras adormecidas.

Resolvi levantar e dar uma consultada online, lamentando não poder tomar um café que me despertasse rapidamente para o abismo de informações da internet. Engoli os comprimidos, fiz um chá e fui até o computador. Como sempre, não encontrei nada de muito conclusivo, mas fui relaxando aos poucos, à medida que o tempo passava e o meu coração seguia sem sair do ritmo, me fazendo pensar que, possivelmente, a taquicardia não passara de um pesadelo. O outro pesadelo, diurno, estava na minha tela: uma mensagem de áudio do meu ex. Apertei o play. Lamentei não poder colocar na velocidade 3× — há conversas que são muito melhores quando ininteligíveis. Achei até que ficaria irritada, mas o problema dele era tão patético ou a minha medicação tão eficaz que nem senti os espinhos miúdos da irritação estourando o meu plástico-bolha. Ele contava que a marca de telefonia não podia mais ser representada por um homem. Passaria a dividir todos os seus papéis e cachês com uma mulher que, em breve, tomaria de vez o seu posto. Bem-feito para quem havia desprezado tanto aquele ser ou não ser. Agora ele seria um fodido de novo, eis a questão. E como eu não estava disposta a ouvir nada que viesse dele, fui categórica, lembrando que estava me tratando e que, se me incomodasse de novo, iria bloqueá-lo.

Depois comecei a trabalhar na Página do Leitor. Não demorou para que eu ouvisse as palmas. No dia anterior, eu tinha fechado o portão. Não queria mais uma campainha estridente pegando de surpresa o meu coração. Quem seria agora? Aquela cidade estava agitada demais para o meu gosto. Fui até a janela, imaginando que era um vendedor de pamonha ou cocada, a quem eu ignoraria sem sequer abrir a porta. Por trás das grades descascadas e retorcidas, vi o menino, com o mesmo boné na cabeça. E, ao lado dele, uma mulher de aspecto familiar. Quando ela me viu e sorriu para mim, tive certeza de quem era.

Abri a porta. Observei os dois avançando sobre o caminho de azulejos quebrados, ela ainda sorrindo, de braços abertos:

Sua desalmada, não ia me contar que estava aqui em Moenda? Pela aparência, deduzi que o menino era seu filho. Logo descobri que a capelinha foi um pretexto para averiguar se a pessoa que ocupava a casa dos meus avós era eu. E como desconfiaram que podia ser eu? Sara explicou que a mãe dela tinha me visto no supermercado no dia anterior e só não foi falar comigo porque teve vergonha de estar na fila do caixa com uma garrafa de cachaça. Dona Lourdes, eu me lembrava bem dela, de como gostava quando ela estava bêbada e deixava que fizéssemos tudo, como vestir as suas roupas ou subir no telhado com os nossos brinquedos.

Os dois se sentaram no sofá. Me perguntei se Sara também estava bebendo. Tínhamos exatamente a mesma idade, fomos colegas de classe por todos os anos que vivi em Moenda. E agora ela parecia dez, talvez quinze anos mais velha, o rosto enrugado, olheiras de quem não dormia direito havia muito tempo. Não dava para dizer que estava feia, isso ela nunca seria, tinha uma boca bem desenhada, olhos grandes e expressivos, um corpo miúdo e bem proporcionado, mas estava gasta, surrada.

Perguntei se queriam comer alguma coisa. Ela disse que não, tinham acabado de almoçar. Depois me perguntou como eu estava, o que tinha aprontado todos aqueles anos. Não nos víamos havia quase duas décadas. Já sei que virou uma jornalista famosa, disse, e dei risada ao saber que muita gente na cidade me considerava uma celebridade por ter aparecido meia dúzia de vezes na tevê cobrindo enchentes e engarrafamentos. Contei que não estava mais naquele emprego. Ela balançou a cabeça: E de resto? Percebi, assombrada, que não tinha o que falar. Diferente da psiquiatra, interessada nos meus fracassos, Sara buscava meu portfólio de sucessos, mas eu não tinha marido, nem namorado, nem filho, nem cachorro, nem gato, nem dinheiro, nem muitos seguidores, nem nada que fosse considerado um êxito na sociedade em que eu vivia. Será que uma *Begonia maculata* que continuava fazendo fotossíntese havia mais de seis meses, então sob os cuidados da minha vizinha, poderia ser levada em conta? Sara preencheu o meu silêncio: E os teus pais? Agora sim eu podia falar, podia desossá--los como um frango, meter a boca na carne da sua miséria a ponto de deixar escorrer gordura pelos lábios, exibindo só os seus ossinhos entre os dentes. Pelo jeito Nico previu a reclamenga porque, até aquele momento, ainda que de forma discreta, prestava atenção na nossa conversa, mas quando comecei a contar do meu pai ele abriu a mochila e tirou de lá de dentro um livro. Não pude deixar de observá-lo. Segurou o volume como havia segurado a capelinha, os dedos bem esticados, como se não pudesse dobrá-los. E o mais estranho nem era isso, era o título: *O livro tibetano dos mortos*. Até inclinei o pescoço para reler, para ver se era isso mesmo. Tanto que Sara reparou. Deve ser algum mangá, me falou, sinalizando que voltássemos à conversa e fazendo com que Nico risse discretamente da inocência dela, mas a mim ele não enganava: embora eu não tivesse lido aquele livro, sabia do que se tratava. De qualquer forma, esse não era o assunto. Sara queria saber da minha mãe, adorava o jeito despachado da minha mãe. Não conseguiu segurar o riso quando soube do furto da farmácia. Depois perguntou o que eu estava fazendo ali, tirando uns dias de férias? Pensei em dizer sim, mas então me lembrei da Sara quando criança, às sete da manhã me acordando com a boia pendurada no braço para tomar banho de rio, da sua chama inesgotável que ainda parecia acesa, apesar dos gravetos secos em volta dos olhos, e, para já afastar os convites que ela provavelmente me faria e preservar a minha saúde, resolvi contar a verdade.

Foi só eu falar da minha patologia que o menino voltou a prestar atenção na conversa, sem alterar em nada a suspensão do livro, apenas os olhos se elevando milímetros acima do horizonte de papel. Evitei detalhes que pudessem impressioná-lo mas, de resto, contei tudo. Assim que acabei de falar, Sara pegou nas minhas mãos: Nenhum coração é tão inteiro como um coração despedaçado. Vinte anos depois e ela continuava com aquelas frases feitas. Queria ver se o coração estropiado fosse o dela. Apertando minhas mãos, como se quisesse me passar algo por osmose, prosseguiu: Você vai sair dessa. Basta ter fé. Fiquei meio sem jeito em revelar que, além de não ter marido, filho, cachorro, gato, dinheiro e seguidores, não tinha fé. Que, em tantos anos, eu não tinha conseguido amealhar nem aquilo que é de graça. E o pior: não me ressentia por isso. Mas nem precisei falar nada, ela me conhecia. Você segue ateia, né? Balancei a cabeça, explicando que não gostava muito desse termo. Deus era uma ideia tão amplamente difundida que estava inclusive na raiz da palavra inventada para negá-lo. Eu não era ateia nem desteia. Eu não era nada. E você, continua católica? Agora sou flex, Sara disse com uma risada travessa. Depois explicou que andava meio decepcionada com a Igreja, com os sermões que tinham parado no tempo, mas havia sido batizada e crismada no catolicismo, nunca daria as costas para a paróquia que sempre a acolheu. Andava frequentando, de vez em quando, um culto numa cidade vizinha, sem ninguém saber. E Deus não tá vendo isso?, perguntei, e percebi que o menino deu mais uma risadinha. Ela disse que era óbvio que Deus estava vendo, mas com Ele ela se entendia. Será que eu não queria ir junto? Podia ser bom para mim também. Declinei o convite, dizendo que não queria nem sair de casa. Depois pedi que me contasse como estava, só eu tinha falado até então, o que era até estranho, já que a tagarela sempre fora ela. Sara suspirou como se tivesse meia dúzia de pulmões dentro do peito. Ia começar a desabafar, quando o filho a fuzilou com uma olhada. Sara se ajeitou na poltrona. Tô ótima. Estamos ótimos, falou de forma pouco convincente. E a faculdade de direito, conseguiu fazer? Claro que não. Pobre, quando pensa alto, bate a cabeça na quina. Não tinha dinheiro suficiente pra pagar a mensalidade. E não tive coragem de deixar a mãe sozinha aqui em Moenda. Mas montei o meu próprio negócio, disse em seguida, e me puxou até a janela. Afastou a cortina. Percebi que Nico se encostava ao nosso lado, também olhando para fora. Do outro lado da rua, avistei um carro adesivado de rosa com uma faixa amarela na lateral. Virei para Sara, que levantava sem parar as sobrancelhas, esperando a minha reação. Demorei um pouco para dizer alguma coisa, distraída pelos seus cílios que, na luz, revelavam-se postiços ou incrementados por um aplique, não saberia dizer. Talvez com medo de que eu estivesse achando aquele carro pouca coisa, frisou que não era o único: a autoescola tinha uma frota de quatro veículos. Nico completou: Desde o mais popular até o top de linha. E ela: Exclusivos para mulheres. Percebendo o orgulho com que falavam e imaginando a quantidade de vezes que já haviam repetido aquilo para outras pessoas no seu jogral involuntário, senti ternura pelos dois, a delicadeza daquele sentimento sem pontas ou espinhos, incapaz de machucar alguém, ainda mais eu, tão bem travestida para o meu carnaval dos insensíveis.

 Aproveitando que estávamos de pé, perguntei se queriam uma água. Coloquei os copos sobre a mesa de centro. Nico envolveu o volume com a sua mão rija. Não lembro bem sobre o que Sara falava nesse instante, mas logo caímos no assunto casamento. Deduzi que ela estava separada. Indaguei se fazia tempo que tinha se separado do pai do Nico. Ela contou que o ex-marido não era o pai do filho. Nunca faria a loucura de se amarrar com um pé-rapado como o pai dele. Ao ouvir isso, Nico abriu a mochila. Tirou lá de dentro um fone de ouvido prateado e graúdo, com o qual cobriu as orelhas. Sara contou que com o pai do menino foi só uma bimbadinha. Lembra daquela banda cover do Bon Jovi? Fiz que não com a cabeça. Ele era o vocalista. Ficou gamada quando passaram pela cidade, quando ela o viu cantando de calça justa e camisa aberta no palco da Sociedade Desportiva. Acabaram saindo e a proteção falhou. Nessa hora, senti que Nico subiu ainda mais o volume, fazendo a música vazar um pouco pelos fones. Sara contou que a banda acabou em seguida. Que o pai do Nico ficou duro e não quis nem registrar o menino para não ter que pagar pensão. Ela acabou entrando na justiça e conseguindo algum dinheiro, tão pouco que não pagava nem o material escolar. E o ex-marido? Outro picareta, se lamentou. Esse tinha grana. Mas, na hora da separação, passou a perna. Deu um jeito de deixá-la só com os carros que tinha dado para a autoescola. Ela e Nico tiveram que voltar a morar com a mãe. Perguntei como o ex tinha conseguido isso. Sara disse que foi trouxa, achou que ficaria com ele para sempre e aceitou o regime de divisão total de bens. Até poderia pleitear mais alguma coisa, se tivesse moral para isso. E não tinha?, perguntei. Sara baixou os olhos. Disse que nunca trairia de fato o marido, nunca trairia o voto que fez na Igreja, mas uma vez, só uma vez, andou fazendo... — olhou para Nico, que seguia com o volume alto — ... uma chupetinha rápida num cara, do lado de fora de uma festa, e uma pessoa filmou e mandou para ele. Que merda, falei. Agora vem cá, e isso não é trair? Trair é ir às vias de fato, respondeu com convicção. Era curioso como o tempo passava e não alterava em quase nada as pessoas. Lembrei-me de tudo que ela aprontou na adolescência em buracos laterais sem perder a virgindade. Seu apelido no colégio: Crente do Cu Quente. Era fervorosa não só com a religião mas com tudo, e também por isso eu gostava dela. Fosse a Crente do Cu Frio, acho que nunca teríamos sido amigas.

Sara olhou a hora. Precisavam ir, tinham uma consulta. Nico juntou as suas coisas. Percebi que o menino tinha um olhar estranho, volátil, ora de uma criança, ora de um ancião. Foi com este último que se despediu de mim, enquanto Sara sugeria que trocássemos telefones. Aproveitei que estava de costas, abrindo a porta, e fingi que não ouvi. Antes de sair, ela ainda retomou o assunto da minha saúde. Que eu fizesse o possível e deixasse o impossível com Deus. Depois apontou para a capelinha, que ainda estava sobre a mesa. Reza. Vai te trazer alívio. Não falei nada, só segui acompanhando os dois até o portão, que tranquei com o cadeado. Tinha gostado da visita, mas não queria que se repetisse. Sentir ternura tinha sido o bastante. Não queria mais nada roçando o meu plástico-bolha. Tanto que, ao voltar para dentro, ainda que estivesse intrigada, não dei *search* em "dedos rijos doença crônica" nem fiquei me perguntando por que o menino lia um livro tão inadequado para a sua idade. Ou fingia ler para ouvir a nossa conversa. Apenas me sentei na frente do computador e continuei trabalhando na Página do Leitor.

Pouco tempo depois, desviei os olhos para a capelinha. Estiquei o braço e abri as portinholas pensando no que Sara me dissera. Devia ser mesmo um alívio entregar para Deus. Lá estava a representante dele, atrás do vidro, com a sua túnica azul, de braços abertos para mim. Você ligou para o poder divino, como posso ajudar? Tive vontade de pressionar 1 para causas urgentes. Tive vontade, pela primeira vez, de trocar uma ideia com a santa. Seria no mínimo um escape para a minha solidão. Para a maior solidão de todas: a da doença, esse estado que podemos até explicar mas nunca dividir com alguém. Como um destino que apenas a pessoa conhece e ao qual está fadada a se exilar, sem nunca saber quando será a volta. Me aproximei um pouco mais da capelinha, procurei as palavras, mas só de pensar em me dirigir àquela imagem me senti estranha. Ali percebi que a fé era um exercício como qualquer outro. Eu nunca tinha me dedicado a isso, não tinha como ganhar aquele músculo de repente. Voltei para o computador, ciente da minha limitação. Horas depois, quando terminei de trabalhar e olhei de novo para a imagem, não vi mais a cardiopata à espera de um transplante nem a representante do divino. Vi uma mulher como as outras, uma sofredora que, além de ter engravidado virgem e ver o filho apedrejado, foi condenada a ouvir, eternamente, as preces dos outros.

"

Eu dançava numa barra de pole dancing. O corpo sustentado pelos braços, o tronco girando, a minha vulva roçando no metal duro. Como era gostoso sentir a minha vulva no metal duro. Eu me preparava para mais um giro, para dar rasante no chão de espelhos, quando pensei no meu coração. Ou senti o meu coração? Fiquei tão assustada que acordei na hora, os olhos se chocando com a luz da manhã. Que alívio, lá estava eu em posse de toda a minha mediocridade, estática entre os lençóis puídos da cama. Levei a mão até o peito. Senti as batidas. Durante um, dois, vários minutos. Tudo parecia normal, mas havia alguma coisa estranha no meu peito. O meu mamilo estava duro. E algo pulsava lá embaixo. Fui descendo a mão até chegar entre as pernas. Parecia que o coração tinha transferido o seu ímpeto: as paredes da minha vagina pulsavam como se tivessem vontade própria. Um rabo amputado de lagartixa: quanto mais longe da cabeça, mais cheio de vida.

Só então me dei conta de que, desde que começara com o antidepressivo, nunca mais tinha pensado em sexo. Nunca mais tinha me masturbado nem tido fantasias. Atenção, proprietária da buceta de pentelhos lisos castanhos, o seu órgão a aguarda na recepção. Pobre clitóris, pobres pequenos e grandes lábios, perdidos e abandonados por aí. A minha libido não tinha desaparecido por causa do medicamento, só mudado de lugar, se acumulando feito pus sob a superfície elástica do sonho, pedindo para ser liberta de forma a não me inflamar. Não se sublima nada dentro do corpo, esse universo cercado de pele por todos os lados.

Iniciei o trabalho braçal. Não seria nenhum sacrifício. Eu já estava toda molhada. Pensei que ia ser como sempre: só puxar uma imagem de arquivo, me concentrar no serviço, manter o ritmo e pronto; delícia, maravilha, ufa; vida que segue.

Paixão antiga que envelheceu sem barriga de cerveja, sempre bonito nas fotos que posta, deitado comigo como daquela vez. A língua descendo pelo meu pescoço, pelos peitos, pela barriga, chegando na buceta. Acho que tá indo...

Não foi.

Paixão antiga segurando meus cabelos, roçando a barba no meu rosto, enfiando a língua na minha boca, entrando em mim. Os meus dedos dentro de mim. Agora vai.

Não foi.

Que que tá acontecendo pra demorar desse jeito? Quem sabe variando: professora de dança nua sobre o meu corpo, os peitos quase na minha boca, o seu quadril encaixado no meu, rebolando juntas, que delícia um clitóris no outro, bem agarradas aqui na cama da vó, meu Deus, tô batendo uma siririca na cama da vó.

Claro que não foi.

Editor do Caderno de Política se aproximando de mim perto da máquina de xerox, me olhando com aquela cara de bravo, com aquelas olheiras de quem não acredita mais no ser humano, me apertando contra a máquina sem dizer nada, a sua boca chegando perto da minha, a sua mão levantando a saia curta que eu nunca usaria, apertando a minha bunda. Concentra, Maria João, agora vai!

Não foi.

Tá duro, hein? E mesmo duro impávido intumescido não vai. Preciso de alguma coisa mais pesada. Alguma coisa nível Hollywood. Mentalizo o Adam Driver. Lembro de uma cena em que ele sai de um riacho com os cabelos molhados, aquele tórax de quem carregou sozinho todas as pedras usadas na construção da esfinge de Gizé. Onde entro nesse riacho? Que bizarra essa necessidade de inventar historinhas de enredo efêmero, como se ninguém soubesse como tudo vai acabar. Peço ajuda. Ele me salva, me deita sobre a rocha, faz uma respiração boca a boca que vai virando um beijo, aquele corpo gelado dele pesando sobre o meu. Os seixos machucam as minhas costas. Por que estou pensando nos seixos? Só vai, Adam. *Just go, ok?* De repente tenho vontade de rir dessa sirirication.

It doesn't go.

Talvez eu esteja apostando em pessoas pouco qualificadas, darwinianamente falando. O Adam Driver é lindo, mas um pouco torto. O editor do Caderno de Política e os caras que sigo nas redes são mais interessantes do que bonitos e os ovários das fêmeas *sapiens* não querem saber quem leu Platão, querem genes para usar na caçada, ainda que essa caçada tenha se tornado um embate débil de crachás. Lembro-me de uma lista que publicamos no jornal: "Os dez homens mais bonitos do mundo de acordo com a ciência". Um cirurgião inventou um software que analisava as proporções do nariz, da boca, do queixo e dos olhos. Esses caras sim! Esses são capazes de fazer uma mulher gozar só com um olharzinho de esguelha. Pego o primeiro dessa lista, se não me engano é o George Clooney. Já tô um pouco impaciente. Vai, George, usa logo esse poder que eu preciso gozar. Sem alguma preliminar também não dá. Que merda ser mulher, até na hora da masturbação essa coisa de preliminar. Só falta eu querer que o George fale de Foucault. Vai, George, lambe com essa língua filosófica o meu rabo. Isso, devagar, mas também não tão devagar, que eu não aguento mais mexer essa mão. *Yes, I'm tired. Yes, I'm worried.* Agiliza senão eu vou morrer do coração, literalmente. Se eu morrer do coração a culpa é tua, Clooney!

Não foi.

O meu braço está cansado, o meu indicador está desiludido, estou com medo. Se o coração de um pianista acelera durante um concerto, o coração de uma siririquista também deve acelerar. Ponho os dedos molhados sobre o peito. Sinto o mamilo, agora duro a ponto de poder ser chamado de ereto. Sinto as batidas. Nenhuma arritmia mas, ao que parece, uma leve aceleração. Como se eu tivesse caminhado com sacolas de compras. Penso em desistir, chego a afastar os lençóis para me levantar, mas receio que tudo volte no sonho, que volte com ainda mais força onde não tenho controle.

O desejo é um zumbido. Vivemos para matar a mosca.

Espalmo a mão. Olho para os dedos. Vamos lá, garotos. Vocês conseguem.

Fecho os olhos mas já não sei em quem pensar. Deixo a mente livre. O dublê de Hamlet surge na minha cabeça. O que esse imbecil tá fazendo aqui com o pau pra fora? Detesto essa faceta sombria do desejo, a se imiscuir onde a razão não recomenda. Pode pôr esse negócio pra dentro da cueca. Tenho mais em quem pensar. Ou não?

Apelo para imagens do Kama Sutra. Para as ilustrações do Milo Manara. Para as mulheres gostosas da Giovana Casotto tomando banho peladas, uma ensaboando a outra. Para o Homem-Aranha. Menos, Maria João. Daqui a pouco vou estar tocando uma para o Mickey Mouse e nem assim vou gozar, porque logo percebo que, por mais tesudas que sejam, as ilustrações não me levam longe, como se os ovários e a corrida dos genes também soubessem que, de certa forma, essas são emboscadas inférteis.

Ainda tento uma suruba, a professora de dança na máquina de xerox, a bandeja do editor de política entrando, a bandeja saindo, o George Clooney entrando, a minha mão entrando em mim com tanta vontade que daqui a pouco vou laçar o fígado, mas laçar o orgasmo que é bom, nada, me sinto uma vaqueira míope tentando laçar o clímax, uma vaqueira frígida tentando laçar o clímax, de novo chegando perto, vaaaaaaai, pelo amor desse Deus que nem existe, vaaaaaaai, mas me escapa, me escapa... E finalmente desisto.

Ponho uma das mãos sobre o peito. Largo a outra ao lado do corpo. Os meus dedos reclinam as falanges exaustas sobre o lençol. Pobrezinhos, correram a São Silvestre e não ganharam nem medalha de consolação, nem uma esmola orgiástica no sangue para auxiliar no seu relaxamento. A psiquiatra até disse que antidepressivo podia diminuir a libido, mas não imaginei que poderia retardar o orgasmo a ponto de torná-lo inatingível. O que eu teria de fazer da próxima vez? Pedir folga no trabalho e agendar um dia inteiro para essa atividade, deixando uma ambulância na porta de sobreaviso? Porque claro que haveria uma próxima vez. Eu ainda tinha mais dois meses de tratamento pela frente, era provável que a mosca do desejo voltasse a zumbir, fosse no sonho ou na vigília. E reprimir não parecia uma boa. Pelo bem da minha saúde, seria bom que eu gozasse. Talvez o único jeito de conseguir isso fosse investindo num equipamento. Um daqueles que nunca tive coragem de comprar porque custam os lábios da cara.

Fiquei mais um pouco na cama. Era cedo, a Página do Leitor ainda não precisava de mim. Olhando ao redor, percebi que o cadeado ainda estava no teto. O mesmo cadeado, com a inicial vermelha de esmalte que minha avó usava para marcar alguns dos seus objetos. Como era possível que depois de tantos anos ainda estivesse lá? Cresci com aquela peça metálica como parte da paisagem. Às vezes fitava o cadeado ouvindo histórias na cama da minha avó. Outras vezes contava aos meus amigos que dentro daquele sótão morava um monstro. Em outras, apenas imaginava o que havia dentro. A minha avó nunca me deixou subir a escada e espiar o que ela guardava lá no alto, o que tanto preservava longe dos nossos olhos. Nas poucas vezes que tentei subir com ela, foi categórica: aquilo não era lugar para criança, era um depósito onde só ela podia mexer, sob a guarda de aranhas peludas — não é magnífico o talento dos adultos para criar medos? O meu pai deve ter ouvido a mesma advertência, porque quando fomos limpar a casa, depois da morte dos meus avós, não quis abrir o sótão. Quem sabe tivesse receio de saber o que a minha avó escondia ou guardava com tanto zelo. Ou tivesse só preguiça mesmo. Lembro de ele reclamar que não tinha encontrado a chave do cadeado. Que não daria tempo de chamar o chaveiro. Que faríamos isso na nossa próxima ida. Só que a casa foi alugada logo depois. E assim o descaso se perpetuou, nos privando do que havia lá dentro.

    A minha família só queria saber do amanhã: se teriam dinheiro para o financiamento da casa, para pagar o seguro do carro. O amanhã é uma terra fascinante porque comporta tudo, ao contrário do ontem, consolidado com os seus fracassos. Quando limpamos a casa dos meus avós, não me restou um álbum de família. Tudo que ficou foram umas peças de roupa, duas alianças e a minha memória. E na minha memória resplandeciam os sábados. Esse era o dia livre da minha avó. De segunda a sexta, dona de casa. Aos domingos, mulher do homem que, sentado no sofá, lhe pedia uma cerveja a cada meia hora. Aos sábados, não: nesse dia, o meu avô ia pescar com o meu tio e a minha avó podia até usar o carro. Quando ela e o meu avô estavam juntos, ela jamais podia se sentar à direção. O meu avô podia estar caindo de bêbado, como de fato esteve na volta de tantas festas, ziguezagueando o Voyage pela rua, mas quem dirigia era ele. O meu avô podia estar com um braço quebrado, como de fato esteve, mas quem dirigia era ele. Antes um homem agonizando na direção que uma mulher. Mal sabia o meu avô que ela dirigia muito melhor, que com ela eu não sentia as lombadas, os buracos, as vielas de terra batida. Que ela me levava a bordo de uma pluma até a cidade grande mais próxima, onde fazíamos sempre o mesmo programa. Ela desembarcava. Abria a minha porta. Quando os meus pés pisavam no asfalto do estacionamento, eu já ouvia o barulho das turbinas, já sentia o vento do descampado nos cabelos. Ela me dava a mão. Avançávamos juntas até a entrada. Às vezes, ela me pagava um sorvete. Depois seguíamos, pelas escadas, pelos guichês, pelas lojas, até o domo envidraçado. Não sei se era mesmo um domo, talvez fosse apenas uma parede de pé-direito alto, nas minhas memórias de infância tudo é tão extremado, tudo é tão sombrio ou magnífico. Sem dizer palavra — não havia nada a combinar, era sempre a mesma coisa —, ficávamos ali paradas, olhando os aviões pousarem e decolarem. Muitas vezes eu me concentrava no sorvete, tentando conter a onda que derretia em direção aos meus dedos, mas ela nem reparava. Ela não reparou nem no dia em que a ponta do meu sapato ficou coberta por um manto de baunilha. Os seus olhos estavam sempre voltados para a frente e, eventualmente, apenas eventualmente, ela me falava o nome da companhia aérea, e para onde deveria estar indo tal avião. Durante muitos anos, acreditei que a minha avó me levava ao aeroporto só porque sonhava viajar, sair um pouco de Moenda. Até o momento em que fitava o cadeado eu ainda acreditava nisso. E a comoção que beliscou o meu plástico-bolha foi suave, não só porque eu estava protegida, mas porque já tinha perdido a tração. Eu já tinha me comovido vezes demais com aquela lembrança. Comoção forte é aquela que vem de surpresa. Por isso pensei bem antes de sair procurando a chave, antes de sair me abrindo para qualquer situação inesperada, mas logo me convenci de que não deveria haver nada de tão surpreendente lá em cima.

Abri o armário do quarto. Puxei as gavetas. Vasculhei tudo, inclusive atrás do móvel. Talvez a chave estivesse presa com fita-crepe em algum canto, por isso ninguém nunca viu. Quando já tinha desistido, fui fechar uma gaveta que ficou meio aberta. A desgraçada emperrou. Acarretei-a com força, a ponto de tirá-la do trilho, revelando o fundo falso. Ali naquele campo nevado de poeira, divisei algo metálico. Peguei o objeto entre os dedos: não era a chave, era um broche no formato de um pássaro. O metal estava meio enferrujado, o dourado corroído nos cantos. A minha avó nunca foi de se enfeitar, sempre usava os mesmos brincos e a aliança, como se não tivesse tempo de pensar nessas coisas. Achei que não era dela. Até porque broches são postos avançados na corrida dos adereços, só quem tem muito traquejo indumentário se arrisca a grampear um tecido de tal e tal forma, em tal e tal lugar. Aliás, também me surpreendia que os nossos inquilinos pudessem ter tamanha elegância, mas vai saber? Obviamente eu não iria averiguar de quem era aquilo. Por outro lado, também não quis jogar fora. Sempre gostei de guardar ingressos, folhas e flores dentro de livros. Quando voltava a folheá-los, os objetos me lembravam de alguma coisa. Resolvi fazer o mesmo com o broche, pousando-o de volta naquela poeira.

"

Palmas. Não acredito: palmas. Considerei nem me levantar, mas como estava esperando uma entrega por aqueles dias, achei melhor ver quem era. Afastei a cortina e, assim que avistei quem estava lá fora, soltei de novo o tecido, tentando me esconder.

Era tarde, ela já tinha me visto. Abri a porta. Enquanto Sara pisava o caminho de azulejos quebrados, fiquei imaginando de onde ela estava vindo. Ou para onde estava indo. Certamente aquela produção toda não era para mim. Nem para ela mesma. Quem em sã consciência se veste para si com uma saia fechada a vácuo? Também usava um decote, o pingente em forma de cruz caindo na clivagem dos seios.

Voltei porque nem conseguimos conversar direito aquele dia. Imagine se tivéssemos conseguido, pensei, já apavorada com a possiblidade de uma conversa ainda mais longa. Não à toa, comentei que estava cheia de trabalho. Benza Deus, ela falou, sem entender a minha indireta. Nos sentamos no sofá. Ela perguntou como eu estava. Só por educação, devolvi a pergunta. Depois ela disse: Não pude falar muito aquele dia porque o Nico tava junto, mas hoje vim pra desabafar. E antes de continuar: Não fala pra ele o que vou te contar, ele não gosta que eu fique dando detalhes por aí. Aquela relação estava muito assimétrica: eu pensando que a visita que me fizeram seria a única, Sara já me enfiando nos seus imbróglios domésticos. Pensei em dizer: Não se preocupe que nunca mais vou ver o seu filho, mas seria rude. Ela prosseguiu: O Nico tem um linfoma. Você sabe o que é isso? Eu sabia. Havia poucos meses, tinha escrito um obituário de um político que morreu desse mesmo câncer, do sistema linfático. Então era por isso que o menino estava careca. Então era por isso que Sara estava acabada daquele jeito. Seria por isso que Nico lia um livro que prepara as pessoas para a morte? Fiz sinal para que ela continuasse contando. Falou que estavam lutando contra a doença havia dois anos. Nico já tinha feito até um transplante de medula. Quando vieram me visitar, ela estava esperançosa. A medulinha nova tava lá. Lembra que a gente tinha uma consulta? Era pra ver se tava tudo bem. E tava?, perguntei. Sara não disse nada, mas o seu rosto começou a dizer. Pude ver a emoção chegando, invadindo aquela face que tentava se manter otimista, que certamente tentava ser a expressão da fé. As suas sobrancelhas foram descendo, se aproximando uma da outra, os vincos na testa ficando cada vez mais fundos. Os lábios, que estavam relaxados, foram se esticando para os lados, subitamente finos, arrastando consigo o bigode chinês, cada vez mais proeminente. Em seguida, as narinas foram se abrindo, se abrindo... Pensei: Puta merda, ela vai chorar. Aquele era o grau mais avançado da comoção, quando você é pego de surpresa por outro rosto humano. Somos programados para não resistir. Para implodir junto. E, embora eu não estivesse elaborando nada disso, sabia que não podia despencar com ela. Já fui me garantindo. Pincei a camiseta e comecei a listar mentalmente: Japão, Taiwan, Indonésia, Camboja, mas logo parei porque nem foi necessário reprimir nada, o meu choro não subiu. Senti um pequeno ímpeto ao ver a minha amiga com os cílios molhados, os ombros se sacudindo, mas era como se o vapor da minha comoção não conseguisse se condensar em lágrimas, nem sequer aguar um pouco os meus olhos. Sara, você está tão longe. Sou uma astronauta flutuando sobre a superfície lunar das emoções. Uma escafandrista descendo com segurança pela zona abissal dos sentimentos. Estou atrás de tantas camadas que nem sequer consigo te estender a mão.

Só falei: Sinto muito. Foi o bastante para que ela voltasse da sua própria viagem. O transplante não deu certo. E o câncer voltou, finalmente disse. Depois assoou o nariz num lenço que tirou da bolsa: Como os médicos gostam de dizer, recidivou. E o danadinho do Nico já sabia. O caroço voltou a crescer na axila, mas ele escondeu de mim. Só me deixou ver na hora que não teve mais jeito, na hora em que o médico mandou ele tirar a camiseta. Nesse momento, ela deu um sorriso estranho, triste e orgulhoso ao mesmo tempo: Esse menino faz de tudo pra me proteger. Depois ficou alguns segundos em silêncio. Perguntei como foi o resto da consulta, quais seriam os próximos passos. As suas mãos, que estavam cruzadas, se abriram. Ela olhou para as palmas vazias. Contou que no sistema público de saúde os recursos já estavam esgotados. Que a única coisa que pôde dar para o Nico no dia dessa consulta foi um balão do Dragon Ball na saída do ambulatório e um pouco da sua fé, que nunca esmorece. E tem razão de não esmorecer porque, como sempre, Deus estava com eles. No dia seguinte, o médico ligou contando que ainda havia um último recurso. Ele não havia falado antes porque não tinha certeza, mas descobriu que um hospital privado já estava disponibilizando um tratamento novo que programa a medula para atacar a doença. Tipo um robozinho, sabe? Que maravilha, lembro de ter exclamado. Pois é, ela disse, é mesmo uma maravilha, mas uma maravilha pra quem pode. Custa dois milhões e meio. E, obviamente e como sempre, sem garantia de dar certo.

Pensei no meu caso, tão diferente e tão parecido. Até ter aquela cardiopatia, eu era como a maioria das pessoas, achava que a medicina tinha evoluído a ponto de resolver qualquer problema. É assim que os leigos falam: Hoje em dia tem tratamento pra tudo, com a leviandade de quem menciona o nome de uma loja. Só quando a doença está no seu corpo você descobre a verdade. E a verdade é que a medicina é uma ciência de poréns. Não existe consenso absoluto entre os médicos. Mesmo no meu caso, que as opiniões convergiam e o tratamento prometia dar certo, havia discordâncias. Não há garantia de nada — cada corpo é uma folha em branco a escrever todo dia a sua própria e única história. O que parece fácil de resolver é sempre um pouco mais complexo do que se espera. E algumas vezes a solução não existe. Ou é mais um daqueles artigos de luxo a que só uma ínfima parte da população pode ter acesso.

Dois milhões e meio? Isso mesmo, ela disse. Em seguida contou que o médico do Nico tinha lhe arranjado uma consulta presencial no hospital bambambã. Graças a Deus tenho a frota da autoescola. Peguei o meu melhor carro e fiz um trajeto de onze horas em nove, chegando a tempo para a consulta, porque essas coisas gosto olho no olho. Nem tomei água no caminho pra não ter que parar pra fazer xixi. E? O tratamento é indicado pro Nico, mas é essa grana mesmo. O sistema público não banca? Disse que não. Me ocorreu que ela estava ali para pedir dinheiro. O que seria compreensível, dada a gravidade do problema. Sara me conhecia tão bem que percebeu no meu silêncio o que eu estava pensando. Não vim aqui pra te pedir dinheiro não, viu? Até porque sei que você tem um escorpião dentro do bolso. Que se botar a mão aí dentro, ele pica. E também sei que jornalista não ganha tanto assim. Era verdade: mesmo que eu trabalhasse a vida inteira não conseguiria economizar aquela soma. Mesmo que herdasse a casa dos meus avós não conseguiria bater naquela soma. Ela se ajeitou no sofá: Por que você acha que hoje eu tô arrumada desse jeito? Eu não fazia ideia. Ela esfregou o polegar no indicador: Fui falar com quem tem a grana, meu ex-marido. Depois daquela chupetinha, ele não ficou com raiva de você? Ficou, mas essa é uma situação extraordinária. E como foi a conversa? Tava indo bem até a mulher dele aparecer. Uma garota de vinte e poucos anos, com roupa de piscina, uns tamancões de salto. Ela se inteirou do caso. Depois me perguntou: Quantos por cento de chance o tratamento tem de dar certo? Eu respondi cinquenta por cento e ela disse só? Aí eu falei: Pra quem tem zero por cento de chance, cinquenta é muito. A garota não falou nada, só olhou pro meu ex. Depois os dois me pediram um minutinho pra conversar. Fui tomar um ar no jardim, pensando como a vida é dura. Tanta papinha na boca, tanta canção de ninar, tantas idas pra escola, tanta dedicação pra criar uma pessoa e, no fim, tudo se resume a números. Nesse caso, analisados num tribunal de alheios. Uns minutos depois, o abestalhado me chamou. Ela nem tava mais na sala. Claro que eu não esperava que ele me desse todo o valor. Ele não dava pro enteado nem os domingos, que eram de graça, imagine se ia dar dois milhões e meio. Dar não, emprestar. Porque eu disse que podia demorar, mas pagaria tudo. E afinal?, pressionei, já ansiosa por saber. Trezentos e dois mil. Acho que fiz um muxoxo, não era pouco mas, perto do que ela precisava, era. O que me irritou nem foi o valor, foram os dois mil. Quase mandei ele enfiar aquele quebradinho no meio do cofre. Dito isso, olhou para as próprias mãos, para as unhas pintadas em estilo francesinha, e mordeu o canto de uma delas. Depois se voltou para mim: Mas eu tenho fé que vai dar certo. Se não veio tudo por ele, vai vir por outros. Além disso, posso tentar um empréstimo no banco, uma ajuda na igreja. E vender a minha frota. Não é o ideal porque sem os carros não consigo ganhar dinheiro pra pagar o empréstimo, mas eu me viro. Sugeri que ela fizesse uma vaquinha na internet, esse tipo de iniciativa costumava ajudar. Ela disse que já tinha pensado nisso.

    Depois se inclinou para a frente, se aproximando de mim. Pensei que ia lançar alguma das suas frases de efeito, mas não. O importante é saber que posso contar com você pro que der e vier. Fiquei paralisada. Quando foi que eu dei essa declaração em cartório? É claro que eu estava comovida com tudo aquilo, mas só de imaginar que a Sara podia me escalar para pedir doações pela cidade ou cuidar por algumas horas do menino, já senti um calafrio. E eu não tinha a menor dúvida de que, se precisasse, ela iria me pedir isso. Tanto que, antes de desapontá-la, achei melhor ser honesta. Lembrar a ela o que eu estava fazendo em Moenda.

    Pensei um pouco antes de falar, não queria magoá-la. Reiterei que sentia por eles. Depois frisei o quanto aquele isolamento emocional que eu estava fazendo era importante para mim. Eu podendo ajudá-los, desde que fosse à distância, por exemplo, montando a página da vaquinha, mas sem me envolver em encontros físicos ou atividades presenciais, em coisas que pudessem me trazer emoções inesperadas ou momentos de estresse. Sei que é estranho, falei, mas é o que estou vivendo.

    Sara suspirou. Achei que me acusaria de alguma coisa, como nos velhos tempos, mas, naturalmente, ela tinha amadurecido. E muito mais que eu, porque não foi só em torno dos seus olhos que a doença do filho deixou marcas. Você não quer mais que eu apareça aqui, né? Antes que eu respondesse alguma coisa, ela prosseguiu. Te entendo. Eu sei o quanto é importante seguir à risca um tratamento. Devolvi a consideração sugerindo que trocássemos telefones, assim eu poderia saber do menino. O contato remoto não me preocupava tanto. O ambiente digital é a terra dos sentimentos amputados. Ali podemos interromper qualquer emoção pausando o áudio, o vídeo, fechando o aplicativo. Podemos transformar a emoção numa carinha amarela e partir para outra. A perspectiva de me relacionar com eles nesse sentir sem intensidade me deixou aliviada. A ponto de até ficar tranquila para perguntar algo que estava curiosa para saber. E o teu filho, como tá com tudo isso? Deus dá a cruz pra quem consegue carregar, Meri. O Nico é fora de série.

"

Uns dias depois, o brinquedinho chegou. Fiquei excitada. Não lubrificadamente falando, mas como uma criança que encontra uma boneca na soleira da porta. Ou melhor, um boneco. Ou melhor, uma parte de um boneco. Ou melhor, aquela parte que não vem no boneco. Eu nunca tinha comprado nada similar. O único vibrador que tinha até então era um modelo antigo, uma espécie de trem a vapor, só que a pilha, que ganhei do meu segundo namorado. Achei bacana a caixa discreta, perfeita para mães e avós que não querem que os seus hábitos virem assunto de família. Eu não era uma delas, mas também não queria ficar conhecida como a devota do Santo Dildo nas redondezas, aquela que recebe um dia a capelinha e, no outro, o milagre.

    Me esgueirei com o embrulho para dentro. Abri a caixa, tomando o cuidado de não rasgar nada. Se viesse com defeito, pediria reembolso. Nem morta abriria mão daquele valor anticlímax. Um preço que talvez fosse justo, pensei enquanto abria a caixa e pegava o produto. Era bonito. Era macio. Era do tamanho perfeito. Por um segundo, me senti meio ridícula, meio clichê comprando um falo num mundo já tão excessivamente falocêntrico. Mas aquilo não era apenas um falo. Da base do pênis de silicone saíam alguns apêndices. Primeiro, uma espécie de minidedo com um furinho na ponta, o qual deduzi que deveria ser acoplado ao clitóris, um sugador que simulava sexo oral. Na lateral havia dois bracinhos mais flexíveis que, logo descobri, deveriam ser acoplados aos grandes lábios. Por fim, uma varinha anelada que deveria ser metida cu adentro. Se tudo desse certo, a compradora do produto poderia ter algo impensável: um orgasmo no clitóris, um nos grandes lábios, um no ponto G e outro no cuzinho.

Havia muitos dias que eu não pensava em sexo, que essa prática primitiva não tinha me ocorrido sequer uma vez. Porém, coincidentemente, naquela noite eu tinha tido mais um sonho erótico. Por curiosidade ou contingência, resolvi testar a engenhoca assim que a bateria carregasse. Botei na tomada. Depois corri para resolver a Página do Leitor. Quando a luz do vibrador apagou, indicando que estava carregado, resolvi testar. Para não ter outros daqueles pensamentos castradores — siriricando na cama da vovó —, resolvi me deitar no sofá. Acoplei todas as partes e apêndices nos seus devidos lugares. Lembrei da cena do primeiro foguete enviado à Lua. *Three, two, one, zero!* Apertei o botão que ligava tudo. A engenhoca começou a trepidar. Eu comecei a trepidar. Era bom, mas talvez fosse bom demais. Mexi nos botões tentando ralentar alguns dos estímulos, mas ficou ainda mais estranho: o pênis trepidava num ritmo, o sugador em outro, a varinha retal em outro, os bracinhos duros e agitados faziam uma massagem vigorosa na minha vulva, e eu não sabia se mandava o foguete mais para dentro ou mais para fora da base, porque quando eu mexia nele atiçava outros pontos e tudo ficava ainda mais intenso. Não cheguei nem a pensar em alguém quando senti o esguicho. Fiquei surpresa, nunca tinha tido um *squirt*. Botei imediatamente a mão no coração. O bicho estava acelerado. Sem arritmias, mas acelerado. E eu nem tinha chegado a gozar. Fiquei pensando o que aconteceria se eu chegasse ao fim. Limpei os arredores. Peguei o manual. Estudei outras formas de usar. Tentei ligar apenas o dublê de pênis, mas os outros apêndices dificultavam o trabalho dos meus dedos. Um pouco irritada, resolvi mandar uma mensagem para a loja, já fantasiando um reembolso ou a possibilidade de trocar por algo mais simples. Eu: Oi, achei o produto um pouco intenso. Lana: É por isso que as ppks adoram! Eu: Estou com dificuldade de usar. Lana: As mulheres não estão habituadas com tanta alegria, mas logo você se acostuma. Encerrei o chat. Senti que seria impossível. Lavei aquela espetacular tranqueira com água e sabão neutro e guardei para usar quando estivesse curada.

"

Claro que acabei não resistindo. Depois da última visita da Sara, dei uma pesquisada sobre o câncer do menino. Não encontrei nada de conclusivo, até porque eu nem sabia qual era o tipo do linfoma. De qualquer forma, descobri que o sistema linfático, descentralizado, deixa sinais do seu adoecimento pelo corpo todo, como caroços na pele. E que o transplante podia causar certo enrijecimento nas articulações, o que explicava aqueles dedinhos de gesso.

Eu ainda não tinha escrito para Sara, consciente de que uma primeira mensagem iniciaria outro tipo de relação, e ainda imaginando que ela devia ser o tipo que manda áudios longos, salmos e flores desejando bom-dia. Mas estava na hora. Até para eu me poupar de sentir a culpa estourando as minhas bolhas com as suas unhas compridas. Mandei uma mensagem perguntando como eles estavam e me oferecendo para fazer o texto da vaquinha de um jeito que engajasse os cartões de crédito. Senti que ela gostou do contato. Devolveu um áudio contando que Nico estava bem. Tinha até ido para a escola. Quanto à página da vaquinha, eles já haviam feito. Nico quis escrever o texto. Acabou sendo bom porque os dois se divertiram escolhendo a foto, montando o *template*. Abaixo da mensagem, Sara colocou o link.

Cliquei. Lá estava a foto do Nico: careca, fazendo um joinha com a mão esquerda, os quatro dedos mal dobrados para dentro. Na camiseta, o rosto da Maria Callas. Desci os olhos pela página. Oi, tudo bem? Eu sou o Nico. Texto em primeira pessoa, ótima escolha. Ele explicava o problema de um jeito descomplicado. Depois dizia que não via a hora de voltar a ter o topete que tinha. E até de sofrer bullying por causa do topete: Só quero que tudo volte a ser como era antes. Pelo jeito, tinham arrumado outro empréstimo; mesmo assim, a meta me comoveu: pediam 1.798.000,00, com o quebradinho de dois mil, e prometiam, no fim da campanha, fazer o sorteio de "Um Curso Completo de Habilitação para quem colaborar com qualquer valor. Independente de termos ou não atingido a meta".

Era hora de meter a mão na toca do escorpião. Eu estava com pena deles, e isso faria com que eu afrouxasse um pouco o bolso. Será que, se eu estivesse mais abalada, daria mais? Será que, se estivesse mais indiferente, daria menos? Quem manda nas escolhas: o que pensamos ou o que sentimos? Logo percebi que nada anda sozinho. Se eram os sentimentos que me faziam gastar, eram também eles que fechavam a minha mão, e não o controle emocional, não certa racionalidade da qual eu me jactava para justificar o inseto peçonhento da minha avareza. O que fechava a minha mão com tanta força era o medo. De acabar como o meu pai e a minha mãe, sem dinheiro para almoçar fora no fim de semana, se humilhando para conseguir uns trocados da filha. Que pavor eu tinha de ser como eles. Pensei que era a chance de eu me libertar. Pelo menos um pouquinho. Pelo menos para não queimar o filme, porque Sara e Nico veriam o quanto doei, e eu não queria mostrar que, além de não ter conseguido amealhar marido, filho, gato, cachorro, dinheiro, seguidores e fé, não tinha conseguido sequer desenvolver alguma generosidade. Fiz uns cálculos. Preenchi o valor. Apaguei. Preenchi outro. Apaguei. Abre a mão, mulher, o menino tá morrendo! E então mandei logo o dinheiro para não voltar atrás.

Depois enviei uma mensagem sucinta para a Sara dizendo que a página tinha ficado bacana e desejando sucesso. Eu já podia ficar tranquila: tinha feito a minha parte. O destino ou aquele Deus deles que cuidasse do menino. Comecei a trabalhar. E a me distrair do trabalho. Não sei se foi o vídeo de um psicanalista com sotaque italiano ou o post do meu ex que envelheceu bem, mas algumas horas depois comecei a sentir aquele tesão represado.

Pela primeira vez, percebi meu corpo como um incômodo. Um apêndice que, além de carregar uma doença, me impedia de executar o meu plano. Ou até de viver virtualmente, emancipada daquele coração, com um avatar de compleição física perfeita que eu mesma configuraria. Talvez Nico já tivesse desejado isso. Talvez alguns doentes, idosos, violados, estigmatizados pela aparência desejem isso. Abandonar a carcaça e seguir em frente de outro jeito. Como se fosse possível, como se de fato existisse alguma separação entre o corpo e a mente.

Em posse do meu inevitável pacote de carne e ossos, resolvi dar uma caminhada. As pernas já tinham salvado tanta gente da loucura, talvez pudessem me exaurir dos meus desejos. Ou ao menos me trazer um pouco de ar fresco. Graças às minhas idas ao supermercado, eu vinha ganhando confiança no meu coração, que seguia se comportando bem em trajetos planos. Além de dar uma olhada na cidade, eu poderia ir até o serralheiro, se é que o serralheiro ainda estava lá depois de tantos anos, bem ao lado da sorveteria — motivo pelo qual eu lembrava a sua localização. Há décadas, sentada no banco em frente àquelas duas fachadas simplórias, Chaveiro de Ouro e Q Delícia, o manto de baunilha não chegava a cobrir a ponta dos meus sapatos porque a minha vó percebia antes, sem nada no horizonte que a distraísse da minha companhia.

Fui por um caminho contrário ao do supermercado, numa direção pela qual ainda não havia andado desde que tinha chegado, observando a vizinhança, as casas com jardim, muitas com uma cava na alvenaria sobre a porta e, dentro dela, uma santa. Era só ali que as pessoas ainda faziam isso. Era só ali que os caixas de supermercado e os instaladores de internet diziam "fique com Deus" ao final do serviço. Era só ali que o vento ainda assobiava ao passar pelos diastemas das casas de madeira. De onde vinha aquela melancolia que soprava por todos os lados, conseguindo passar até pelas frestas do meu plástico-bolha? Talvez da natureza da cidade: pequena. Nas maiores, o tecido urbano dá uma ilusão de sentido para a vida. É preciso desviar do carro, do pedestre, do ônibus. Ficar atento ao farol, à placa de rua, aos letreiros. Andar rápido para não chegar atrasado. Trabalhar rápido para não ser engolido. Ali não. Ali o vazio era pornográfico. Não dava para se esconder atrás de todas as mentiras que inventamos.

O Chaveiro de Ouro ainda estava lá, bem como o seu proprietário, forjando alguma peça sob a mesma fachada, sob a mesma pele, esta última o único indicativo de que o tempo passou. Ele me reconheceu, quis saber o que me trouxera de volta. Contei que vim descansar um pouco, tratar da minha saúde. E queria fazer uma chave para abrir o cadeado da minha avó. Lembro bem dela, falou, vivia inventando coisa. Era verdade, uma vez fomos até ali para ver se ele ou outro serralheiro podia executar o portão que ela desenhou. Ele perguntou se eu tinha pressa em abrir o cadeado. Disse que não, havia trinta anos que estava para fazer aquilo. Uns dias a mais não fariam diferença. Além disso — essa parte não mencionei —, ainda tinha algum medo do que encontraria lá em cima, de como isso poderia me afetar emocionalmente. Tanto que já tinha planejado: pediria a ele que desse uma olhada no sótão antes de eu subir, mesmo sabendo que isso só me blindaria de uma múmia ou de uma aranha. Que bom que não tem pressa, ele respondeu. O meu assistente tá de férias. Daqui a uma semana, quando ele voltar, apareço por lá. E antes que eu fosse embora: Vá com Deus.

Resolvi voltar cruzando um bosque. Além de encurtar o trajeto, pensei que faria bem à minha saúde. Caminhava concentrada nos meus passos, segurando o ímpeto de acelerar, prestando atenção aos bichos rasteiros. De repente, um barulho. Levantei o rosto e vi o corpo esguio, o pescoço comprido, a galhada com bifurcações. A face coberta pela pelagem marrom, os olhos fixos em mim. Pensei em sair correndo, mas nem precisei: um segundo depois e o veado já tinha desaparecido. Antes mesmo de eu me mexer. Antes mesmo de a minha mão chegar ao coração, que parecia não ter saído do ritmo. Só então processei o que tinha acontecido: o animal também teve medo de mim. Só que foi muito mais rápido. Se houvesse um embate entre mim e aquele *Ozotoceros bezoarticus*, eu teria sido a presa. Eu era uma involução da minha própria espécie: uma *Homo chapiens*, entorpecida de miligramas e pensamentos. Quanto menos eu sentia, mais me distanciava da minha natureza.

"

Umas três semanas depois da minha última troca de mensagens com Sara, um pensamento pernicioso cruzou a minha mente: e se o menino tivesse morrido? Será que Sara me avisaria ou pouparia o meu coração? Era mais provável que nem se lembrasse de mim, estando também morta de outra maneira. Resolvi dar uma olhada na página da vaquinha. O valor arrecadado havia aumentado um pouco, mas a página não tinha outras atualizações. Como o meu trabalho daquele dia já estava quase concluído, achei que podia tomar um ar e, quem sabe, tirar aquela possibilidade mórbida da cabeça.

Pela primeira vez, atravessei a ponte que dava para a outra parte de Moenda. Não havia atravessado antes porque, tirando certa curiosidade, que tratei de reprimir, eu não tinha o que fazer naquele lado, o mais pobre do município. Continuava parecido: as ruas de terra batida, talvez mais algumas casas, agora adornadas por antenas. Antes ser pobre em cidade pequena do que grande: por menores que fossem as casas, todas tinham algum quintal. De longe eu já vi o da dona Lourdes, cruzado por uma corda de varal. Ou não seria mais o da dona Lourdes? A casa seguia igualzinha, duas janelas pequenas como dois olhos tristes, a grama circundando a frente e a lateral. Só que tudo parecia mais bem cuidado. Como qualquer pessoa que bebe, dona Lourdes preferia regar a garganta às flores. O jardim, antes pisoteado, agora tinha buxinhos. A parte externa, que costumava ser de um único tom, estava pintada de terracota e amarelo, a mesma cor das grades do portão. Talvez ela tivesse vendido a casa, pensei, até que reparei no uniforme escolar no varal, o mesmo do Nico. Claro que aquilo não era garantia de nada, as crianças do bairro inteiro deviam estudar na mesma escola, mas ao menos foi um indicativo de que eu precisava esperar. E foi o que fiz, me acomodando discretamente atrás da mureta de um terreno baldio, até que o menino apareceu, saindo pela porta com os fones graúdos nas orelhas. Estava vivo. E magro, talvez ainda mais magro, a barriguinha da doença à mostra, usando só uma bermuda, os pés descalços. Logo percebi que falava. Pelo jeito, sozinho. E de uma forma meio estranha, levando uma das mãos para a frente e para o alto, os dedinhos duros a cortar o ar, como se brigasse com alguém. Ou fizesse um discurso. Me ocorreu que talvez estivesse falando ao telefone, mas não se via nenhum aparelho nem parecia haver bolsos na sua bermuda. Depois me ocorreu que estivesse falando com Deus. Daí o monólogo. Senti pena dele. O meu plástico sendo torcido, apertando daquele jeito que só o compadecimento aperta, uma dor que pegamos emprestada, que tomamos como nossa por alguns instantes. Ainda que eu estivesse embalada em várias camadas, ainda que essa compaixão me tocasse de forma sutil, o seu poder era assombroso, porque mesmo que eu experimentasse sentimentos mais fortes em outros momentos, como o medo e a tristeza, tão meus e dizendo respeito apenas a mim, era no exercício de sentir a dor do outro que eu me percebia mais viva. A felicidade alheia não faz isso. É no flagelo do outro que nos tornamos mais humanos. Tanto que tive vontade de atravessar a rua e conversar com Nico. Ainda bem que eu estava *chapiens* demais para atender ao meu impulso, porque em seguida ouvi o barulho do carro freando e embicando na minúscula garagem. Apesar dos fones, Nico também ouviu. Ou percebeu. Porque mudou imediatamente de comportamento, parando de falar sozinho para chutar uma bola que estava largada no quintal, posando de artilheiro contra um gol imaginário. Voltei os olhos para a traseira do carro, adesivada com "Autoescola Penélope. Mulher no Volante, Deus na Direção". Em seguida, Sara desembarcou com a sua saia à vácuo e sapatos de salto. Não pude deixar de admirá-la: atravessava o inferno sem largar o estandarte. Por isso é que a fachada da casa, provavelmente sob seu comando, estava tão ajeitada.

Sara deu um beijo no Nico. Em seguida, os dois entraram pela porta. Deixei o terreno baldio, buscando algum caminho que ainda não tivesse feito. Olhar paisagens novas me distraía de olhar para mim. Não que a distração fosse bonita: a cidade espraiava a sua aridez estética por todos os cantos. Algumas casas daquele lado nem sequer tinham pintura. Como se o dinheiro tivesse acabado na etapa dos tijolos. Como provavelmente deve ter acontecido. Quando atravessei de volta a ponte, a noite estava caindo, e um cordão de lâmpadas chamou a minha atenção. Estava pregado na frente de um bar, onde letras em estilo faroeste anunciavam música ao vivo. Senti o maior alívio por não terem indicado no meu tratamento frequentar bares duas vezes por semana. Sem imaginar que dentro de alguns dias entraria naquele mesmo lugar. E me perguntaria, por meses, o que teria acontecido se naquele dia eu não tivesse ido até a casa do Nico e, consequentemente, avistado aquelas luzes.

"

Tenho uma coisa maravilhosa pra te contar. Posso dar um pulo aí?

Fazia tempo que Sara não me mandava mensagem. Na verdade, até mandou, mas foi um convite coletivo, chamando para uma corrente de oração presencial pelo filho, da qual eu obviamente não participei. Primeiro porque a prece de uma pessoa que não acredita em nada não deve surtir efeito — partindo do pressuposto de que o efeito existe. Segundo porque, se essas coisas de fato existissem, eu poderia até atrapalhar a corrente, como um espelho que desvia o sinal de internet, as orações batendo e morrendo no meu tronco estéril em vez subirem ao destinatário.

Claro que a corrente não deu em cura, mas logo pensei na vaquinha: deviam ter batido a meta. Entrei na página: nem quinhentos mil. Perguntei a ela o que tinha acontecido. Respondeu: um verdadeiro MILAGRE, assim, em caixa-alta. Eu tinha prometido que não me envolveria mais, só que aquilo era para matar qualquer um de curiosidade. Antes de me resignar à possível visita, sugeri: manda áudio, mas ela insistiu que precisava ser ao vivo, era muita coisa para contar. Até onde eu vinha observando, uma notícia boa não faria mal à minha saúde. Quer dizer, se eu ganhasse na mega-sena era provável que a informação me fulminasse com uma taquicardia fatal, mas a alegria da Sara era uma alegria de terceiros. E alegria de terceiros não enche o bucho de ninguém.

No fim da tarde, os dois apareceram. Ela com uma animação visível, saltitando pelo caminho de azulejos. Quando passaram pela porta, Sara cutucou o menino: Não vai dizer nada? Obrigado pela doação, me disse sorrindo. Os dois se sentaram no sofá. Adivinha?, Sara falou. A igreja resolveu dar a grana que falta, arrisquei. Logo se vê que você não entende nada de igreja. Uma delas não tem dinheiro nem pra restaurar a fachada. A outra até tem, mas prefere receber a dar. Tentei mais uma vez: o hospital resolveu bancar o tratamento. Também se vê que não entende nada de saúde privada: só fazem isso quando precisam de voluntários pra pesquisa. Talvez incomodado com aquelas verdades, Nico se virou para a mãe: Conta logo, ela não tem como saber.

Sara disse que foi naquela manhã. Assim que deixou o menino na escola, entrou no carro e já começou a chorar. Todo mundo que tinha de colaborar já havia colaborado e ainda estavam longe de bater a meta. Sabia que não deveria sentir isso, mas estava com raiva das famílias que não tinham ajudado por causa daquele vídeo da chupetinha, que acabou se espalhando. Estava ressentida com os que tinham dado pouco. Estava sem esperança de que as coisas fossem dar certo. Olhei para Nico, que parecia não se abalar com o que a mãe dizia, provavelmente acostumado com a sua língua solta. Sara prosseguiu, contando que às oito precisava dar uma aula prática. Chegou à autoescola quinze minutos adiantada, mas nem desceu do carro, ficou ali estacionada entre as balizas, chorando e orando. Quando faltavam cinco para as oito, cobriu o rosto com um quilo de maquiagem e, mirando o firmamento, implorou a Deus que lhe apontasse um caminho. Ou pelo menos desse um sinal de que as coisas iam dar certo. Alguns minutos depois, a aluna chegou. Ela já devia ter estranhado porque a mulher estava na casa dos cinquenta anos, quando a maioria das alunas está na dos vinte. Sara saiu do carro, se apresentou, abriu a porta do motorista para Arlete entrar. Gosta de ter a primeira conversa já dentro do veículo, para a aluna ir se acostumando, criando um vínculo com o ambiente da direção. Arlete contou que sabia dirigir um pouco, mas queria ganhar confiança. Sara pensou que era mais uma daquelas mulheres que se separam e precisam assumir a direção. Pediu que a aluna desse uma volta perto da autoescola. Surpreendeu-se: ela leu corretamente as placas, andou de ré, fez bem a baliza. Ficou meio chateada porque tinha planejado empurrar um pacote de doze aulas para a aluna, mas teve que ser sincera: ela nem precisava de aulas práticas para passar no teste, por que estava ali? Arlete disse que queria ganhar coragem para pegar a estrada, encarar pista dupla à noite, conhecer o mundo. Já sei, acabou de se separar, Sara disse. E ela: Acabei de nascer de novo. Nessa hora, minha amiga falou que já sentiu a presença divina, uma voz dizendo: Deixa ela falar. Sara deixou. Arlete contou que tinha acabado de se curar de um câncer de mama agressivo. Que já estava sem esperança quando ficou sabendo do seu José, da Unidade da Cura, ela já tinha ouvido falar? Sara fez que não com a cabeça. Um hospital espiritual que atende gente de toda fé, a seiscentos quilômetros dali. A filha da Arlete levou-a até lá. Ela ficou uma semana fazendo o tratamento e o caroço sumiu. Nessa hora percebi que Nico levou discretamente a mão até a axila. Sara encarou Arlete: Não é possível que o caroço sumiu. Quer ver?, a aluna disse, sugerindo que a instrutora tocasse a sua mama. Depois soltou o cinto de segurança. Abriu a blusa. Puxou a taça do sutiã para baixo, revelando o seio. Acho que nessa hora arregalei os olhos. O que viria pela frente? A aluna era uma tarada, uma mitômana ou as duas coisas? Arlete pegou a mão de Sara e conduziu até o seu seio direito. Você apalpou?, perguntei, sem conseguir segurar a ansiedade. Claro, aquilo era Deus me exortando, imagine se ia ficar de braços cruzados. Fui tocando o seio dela no sentido horário, depois anti-horário. Sabe o que senti? Pensei na palavra tesão, mas obviamente não falei isso. Nada, Sara exclamou. Quer dizer, senti sim. Um arrebatamento. Uma certeza do caminho que eu deveria seguir. Assim que a Arlete fechou o casaco, Sara contou para ela sobre Nico. As duas começaram a chorar de emoção por causa daquele encontro. Deus não é lindo?, disse olhando para mim. Fiquei sem reação, tentando entender aquela lógica. Você acha que... É óbvio. Deus me ouviu e mandou aquela mulher. Fiquei em silêncio. Pela primeira vez, percebi que habitava um mundo bidimensional. O mundo bidimensional dos ateus. Além do meu horizonte havia outro, com fatos e explicações que se conectavam formando outros contornos, outras realidades. Era dessa dimensão que Sara me encarava, quase em êxtase. E não foi pra mim que Ele mandou aquela mulher. Foi pro Nico. Foi pra você.

Pronto, agora eu sabia aonde ela queria chegar. Virei para o menino, que me olhava empolgado: Já dei uma pesquisada na cidade, parece bem legal. Sara completou: Fica tranquila que você não vai gastar nada com transporte. Vamos no meu melhor carro, um Onix Plus com banco de couro que faz esse percurso num pulo. E o Nico: O som desse carro é da hora. Como eu ia sair dessa? Como ia sair sem desapontar o garoto? Porque só isso me preocupava. Com Sara eu não tava nem aí. Estava com raiva dela por ter me enfiado naquela situação. E com raiva da raiva que me fez sentir. Ela percebeu:

Achei que você ia ficar animada, Meri. Vai que o homem resolve o teu coração.

Você sabe que eu não acredito nessas coisas.

Às vezes eu também não acredito, Nico falou.

Que é isso, menino?

Só tô dando uma força pra ela, mãe. Tô acolhendo o rebanho.

Achei graça, mas não era hora para rir. Sara seguiu insistindo, dizendo que já tinha arrumado uma pousada ótima, eu precisava ver. Começou a revirar a bolsa, atrás do celular. Nico sacudiu a cabeça: Essa daí, quando encasqueta...

Sara ia começar a dar *scroll* nas fotos mas eu interrompi, falando que queria fazer um café, que precisava da ajuda dela com a cafeteira. Sendo que nem podia tomar café nem tinha cafeteira. Arrastei-a até a cozinha, avisando ao Nico que logo voltaríamos. Assim que ficamos a sós, disparei:

Você acha que eu sou louca de me despencar até a puta que o pariu sem saber se vai dar certo?

Certeza nem eu tenho, mas tenho fé.

Dei uma espiada pela porta. Vi que Nico se largou no sofá e pôs os fones. Fiquei aliviada: não precisaria mais me preocupar com o tom de voz. Só em despachar logo a minha amiga. Lembrei de uma frase do Einstein e pensei que talvez aquele homem de barba branca que não era Deus, mas quase, pudesse debelar o assunto:

Uma pessoa deve procurar o que existe, não o que acha que deveria existir.

E quando o que existe não é o bastante?

Aquilo foi como um tapa, me acordando para o fato de que eu tinha recursos para me curar, o Nico não.

Não tô falando pra você parar o teu tratamento cardiológico, Meri. Eu também não vou parar de correr atrás do dinheiro da vaquinha. Pensa nisso como uma coisa paralela, uma segunda aposta. Com boa chance de dar certo.

De onde você tirou essa boa chance?

Eu não falei lá na sala porque não deu tempo. Você sabe que dia é hoje?

Quarta-feira.

Dia 27 de setembro.

E?

Dia de Cosme e Damião.

Fiquei olhando para ela, ainda sem entender.

Cosme e Damião foram dois irmãos médicos que atendiam de graça e curavam as pessoas por milagre.

Acho que suspirei. Não dava mesmo para acompanhar a Sara. Ela vivia numa Times Square de sinais divinos.

Por que você quer tanto que eu vá?

Porque eu acho que você não veio parar aqui à toa. Porque eu quero te ver bem logo. E porque é muito melhor estar com uma amiga do que sozinha.

Olhei para aquele rosto surrado. As linhas da testa traçando um mapa cheio de territórios. Busquei a única banqueta que tinha para ela se sentar. Depois me acomodei sobre o balcão da cozinha e falei: O meu problema com essa Unidade da Cura não é só uma questão de fé. Tenho muitos anos de jornalismo. Sei demais pra não desconfiar dessas coisas. Tinha um curandeiro, em Goiânia, que pagava para as pessoas fingirem deficiência. O ator aparecia de cadeira de rodas na frente dos outros doentes, o curandeiro dava o show dele e o sujeito saía andando. Sem falar na quantidade de mulheres de quem ele abusou.

Esse era o João.

João, José. É tudo a mesma coisa.

Sério que uma mulher esclarecida como você se refere a pessoas diferentes como tudo a mesma coisa? Além de preconceituosa, essa visão reduz milhares de profissionais que trabalham pela espiritualidade e pela cura a um único mau exemplo.

Um? Antes de vir pra cá, editei uma matéria que ainda tá fresca na minha memória: nos últimos oitenta anos, na Espanha, duzentas e trinta e três mil crianças sofreram abusos dentro da Igreja. Dentro da Igreja! Imagine fora dela, onde cada um faz as suas regras.

Todos os setores têm as suas maçãs podres.

Esse quintal é bichado demais.

Depois de falar isso, peguei umas castanhas, enfiei num potinho. Achei que seria bom soltar a minha indignação pela mandíbula: E sabe por que esse quintal é bichado? Porque se apoia em pessoas que estão vulneráveis. Como você.

Sara levantou da banqueta e espiou Nico, que tinha pegado no sono com os fones nas orelhas. Em seguida, disse: Quer que eu seja bem sincera?

Assenti.

Eu daria todos os buracos do meu corpo pra um cara desses se isso salvasse a vida do meu filho. Ou mesmo se só aumentasse a chance de cura.

Era deprimente, mas compreensível. Era a chave que fazia a roda da exploração e do abuso girar.

E esse nem é o caso, ela continuou. Dei uma pesquisada hoje e não vi nenhuma notícia ou postagem que desabone a Unidade da Cura. Mas vi depoimentos de pessoas que se curaram. Você, que é tão informada, que é tão sabichona, também deve ter lido sobre casos assim.

São raros. Se é que realmente existem. E se existem, são por autossugestão.

E que diferença faz ser autossugestão ou milagre?

Sara tinha razão. Na prática, não fazia diferença. A questão é que até para ter autossugestão era preciso ter fé. Era preciso acreditar que as coisas iam dar certo. Durante anos, tive uma coluna de jornal em que eu bolava contos e crônicas a partir de propostas dos leitores. O meu exercício era o oposto ao da fé: eu precisava imaginar que as coisas iam dar errado. Sem conflito não há drama. E sem drama não há história boa. Mesmo nas reportagens, eu precisava imaginar que ia dar merda, para poder buscar a merda. Não só deixei de exercitar o músculo da fé como suei pela sua atrofia.

Sara ruminava um punhado de castanhas. Não chegou nem a engolir tudo, falando com a boca cheia: Não ache que a escolha de apelar pra Unidade é fácil. Se eu perguntar por aí, vão dizer que não devo ir.

Sério?

Deus é o médico dos médicos. Se a cura não vem pela Igreja, não adianta procurar em outro lugar. A não ser..., disse enchendo o peito: ... que Ele mesmo aponte outro caminho.

Acho que revirei os olhos.

Ela continuou: No fundo o seu problema é só um, você não consegue acreditar em Deus.

Eu não quero acreditar, falei. E logo depois: Sabe quanto sangue já foi derramado em nome de Deus?

Também foi na ausência dele. Veja o caso dos comunistas, que eram ateus.

Foram menos mililitros.

Cadê o medidor?, ela disse. E depois: A ideia de Deus não existe à toa desde sempre.

Não mesmo. As pessoas precisam de histórias pra organizar o caos que é viver. Pra dar sentido pro que não tem sentido.

É muita loucura você pensar que não há nada além de nós.

Loucura pra mim é achar que a sua fé pode mudar as coisas. A materialidade das coisas. Que, de dentro do seu carro em Moenda, você pode falar diretamente com esse todo-poderoso. Percebe o delírio de onipotência?

Sara se levantou. Achei que finalmente ia embora, mas a menina que me acordava com a boia no braço às sete da manhã foi em direção ao banheiro.

Segui pensando naquele assunto. Lembrei de algumas pessoas que entrevistei, presas a imagens sagradas em momentos de desespero, e da pergunta que tive vontade de fazer a elas.

A polícia prendeu o meu filho por engano.

Onde tava Deus?

O cueiro encostou no aquecedor e pegou fogo, não deu nem tempo de salvar o bebê.

Onde tava Deus?

A lama veio e levou as casa tudo.

Onde tava Deus?

O meu marido só parou de me bater quando quebrou a minha bacia.

Onde tava Deus?

O menino está deitado no sofá. Os seus braços magros contrastam com uma barriga inchada, resultado do linfoma.

Onde tá Deus?, perguntei para Sara, assim que ela apareceu e me flagrou olhando para Nico.

Como assim, onde tá Deus?

Se Deus existisse, o Nico não estaria doente. Nenhuma criança ficaria doente.

Deus não é sobre um mundo perfeito.

Se Deus não é sobre isso, serve pra quê?

Ela me olhou com outro tipo de tristeza, que até então ainda não tinha aparecido no seu vasto catálogo: Como pode, em trinta e seis anos, você não ter aprendido nada sobre o que existe de mais importante?

Eu não disse nada, fiquei só olhando para ela.

Desculpe, prometo que nunca mais venho te incomodar, Sara falou. Depois, foi até o sofá acordar o menino. Fiquei observando. Não acreditei quando ela flexionou aquelas pernas curtas e pegou Nico no colo. Tudo bem que ele estava magrelo, ainda assim devia pesar quase o mesmo que ela. Não bastasse, jogou levemente o peso dele para cima, ajeitando-o nos braços. Fui correndo abrir a porta mas, antes disso, Nico abriu os olhos. Me larga, mãe. Não sou criancinha.

Sara o colocou no chão. Os dois saíram pela porta. Quando já estavam perto do portão, Nico se virou para mim: Lá tem cachoeira.

"

Acordei mal por causa da visita dos dois. Discutir com Sara e ver o menino daquele jeito me abalou de uma forma estranha. A tristeza não me inundou, mas foi se infiltrando no meu plástico-bolha à medida que eu me lembrava de partes da conversa. Ainda bem que, mal tirei as ramelas, o chaveiro me escreveu, perguntando se podia fazer a visita.

Meia hora depois, eu abria a porta. Ele apertou a minha mão e em seguida indagou se eu tinha uma escada. Se eu não tivesse, pegaria no carro. Fui até o depósito nos fundos da casa. Entre algumas vassouras paleozoicas, achei uma escada toda enferrujada, a mesma que a minha avó usava quando morava ali.

Levamos a escada até o quarto. Ele pisou nos primeiros lances. Começou a cutucar o cadeado, que logo se abriu. Depois empurrou a porta para dentro do sótão. Uma fina camada de poeira se descolou e choveu à minha frente. Pedi que ele subisse mais um pouco. Que desse uma olhada e me contasse o que havia lá dentro. O seu tronco sumiu e logo depois ele gritou: Umas revistas, um brinquedo e umas roupas de cama.

Acompanhei-o até a porta e voltei para o quarto, pensando no que ele listou. O brinquedo atiçou a minha curiosidade. Torcia para que fosse meu, seria uma boa lembrança. As revistas deviam ser da minha avó, umas edições de bricolagem que ela vivia folheando. Nas roupas de cama eu nem pretendia mexer — detesto cheiro de mofo. A julgar pelo que ele listou, a única coisa que poderia abalar o meu coração eram as aranhas. Aquelas que a minha avó descrevia de forma tão ameaçadora. Pela primeira vez me ocorreu que se de fato fossem tantas e tão pavorosas, a minha avó também não entraria lá dentro — tive vontade de voltar no tempo e dizer isso para a minha criança. De qualquer forma, subi atenta, pronta para fechar a porta rápido, se fosse preciso.

Assim que os meus olhos cruzaram o limiar, vasculhei o ambiente. Nem uma teia. Só o encanto de descobrir um lugar guardado no tempo. Não era exatamente bonito — ao contrário dos sótãos dos filmes, que têm um pé-direito alto e uma janela generosa —, mas era bonito à sua maneira, com uma janelinha redonda que se via lá de fora e que lembrava uma escotilha. Era preciso curvar as costas para andar lá dentro. E talvez nem fosse preciso andar, já que o espaço era pequeno e quase todos os objetos estavam empilhados juntos, ao lado da entrada, como a bagagem de alguém que se prepara para partir.

Logo bati os olhos no brinquedo: não era meu. E nem era exatamente um brinquedo. Era uma réplica perfeita de um Boeing. Tentei lembrar se o meu pai gostava dessas coisas, o meu avô com certeza não. A minha avó adorava ver decolagens, mas por que teria um objeto daqueles? Me debrucei sobre a pequena pilha de revistas. Também não eram revistas. Teoria de voo — Noções básicas. Embaixo desse fascículo: Curso para Comissários de Bordo, Parte 1 e 2. Achei estranho, nunca soube de ninguém na família que tenha trabalhado em companhias aéreas. Folheei as páginas em busca do nome do aluno, os meus neurônios já marchando em certa direção. Não encontrei nada além de letras impressas e alternativas circuladas a lápis. Ainda havia uma última brochura. Um caderno com anotações e exercícios. Na primeira página, um cabeçalho com a data e alguns procedimentos de emergência escritos à mão. Eu conhecia aquela caligrafia. Era a mesma que assinava os meus cartões de aniversário e Natal. As minhas provas quando os meus pais não estavam em casa. Não era possível. Rússia, Tailândia, Camboja, respira, Maria João!

Lembrei-me do broche. Daquele adereço que, antes, não tinha significado algum. De repente, o pássaro largado no fundo do guarda-roupa ganhava outra dimensão. Desci as escadas. Abri o armário. Puxei a gaveta. Lá estava o objeto metálico, pousado sobre a poeira. Peguei-o entre os dedos. Não parecia mais um broche qualquer, mas a águia de uma companhia aérea. Subi as escadas segurando o adereço como a peça de um quebra-cabeça. Olhei em volta, buscando mais alguma coisa. Não havia muito mais a vasculhar por ali. Só alguns cobertores junto à parede, no fundo do sótão. E o saco de lençóis junto das revistas.

Desdobrei os cobertores. Não encontrei nada além de cheiro de mofo. Depois voltei para junto da entrada. Abri o saco de lençóis. Na hora, a cor já se destacou, um tecido azul-marinho ali no meio. Era uma saia-lápis, junto com uma camisa branca já não tão branca e um lenço pequeno, desses de amarrar no pescoço. Estiquei o lenço. No canto da estampa, o nome de uma companhia aérea. "O que eu gosto nos filmes é de ver como outras pessoas vivem, me imaginar no lugar delas." Pelo jeito, a minha avó queria ver de perto essas outras pessoas, talvez estar no lugar delas. Para isso, tinha traçado uma rota de fuga, de um jeito inteligentíssimo, sem romper com nada, sem se distanciar totalmente da família. E, a julgar pela data no caderno, quando já podia fazer isso sem culpa, quando os dois filhos já eram adultos, o meu pai com dezoito anos. O broche e as roupas apontavam que tinha conseguido o emprego de aeromoça. Por que não embarcou?

Desci as escadas, peguei o celular na mesa de cabeceira. Subi de novo, queria estar ali no meio das coisas dela quando falasse com o meu pai. Logo ele atendeu. Perguntou como eu estava. Contei que seguia sem nenhuma arritmia ou taquicardia. Não contei que estava no sótão nem que tinha aberto o cadeado. Não queria trair os segredos da minha avó. Só perguntei se ela chegara a trabalhar fora alguma vez. Não, por quê? Expliquei que a casa me trazia lembranças e de repente isso tinha me ocorrido. Afirmou que não, talvez até quisesse, mas provavelmente o meu avô não deixaria. Depois perguntei quando ele começou a trabalhar. Estranhou ainda mais a pergunta, indagou se eu estava fazendo a Árvore Genealógica dos Trabalhadores da família. Dei risada e insisti para que respondesse. Aos dezoito anos. Não foi nessa época que você começou a ter aquelas crises de claustrofobia?, perguntei, lembrando do que me contou um dia e sentindo que ali podia ter alguma coisa. Ele confirmou. Pedi que me falasse mais a respeito, falar de doença era com ele mesmo. Contou que não conseguia nem pegar sozinho o elevador. A minha avó tinha que levá-lo todos os dias até a cidade vizinha e subir com ele até o décimo segundo andar, onde ficava a corretora em que trabalhava. Tenho até vergonha de contar isso, filha, mas só quando chegava no décimo segundo, um pouco antes de abrir a porta, eu largava a mão dela. E quanto tempo duraram essas crises? Meses.

Depois disso, não ouvi mais o que ele falou. Imaginei a minha avó estacionando o carro onde nós duas estacionamos tantas vezes. Lá fora, o barulho das turbinas. Lá dentro, ela com aquela camisa, o broche pregado no peito, o lenço no pescoço, pensando no que fazer. Embarcar e deixar o filho na frente da porta de um elevador, petrificado a ponto de pôr o seu primeiro emprego a perder? Talvez ela tenha chorado. Talvez tenha batido no volante, borrado a maquiagem. Talvez nada disso tenha acontecido. Talvez ela nem tenha chegado a aceitar a vaga. Ou até tenha voado alguma vez, antes de se resignar ao solo da sua vida.

Inventei alguma desculpa e logo me despedi do meu pai, tomada que estava por tudo aquilo. Segurando o broche, girando aquela haste como a chave de uma máquina do tempo, eu me lembrei de um dia que ficou na minha memória por ser diferente. Um dia em que ela quebrou o protocolo sorvete-domo-estacionamento e entrou na fila de um guichê, onde deixou alguma coisa. Talvez uma ficha de emprego? Parecia plausível que ela tivesse tentado pôr seu plano em prática de novo, alguns anos depois, quando o filho já estava funcional e a neta não usava mais fraldas. E também parecia plausível que não tenha conseguido, já sendo uma mulher de cinquenta anos num mundo que não suporta ver as mulheres envelhecerem.

Eram hipóteses, mas, fosse o que fosse, algumas certezas estavam postas. Senti tanta pena da minha avó. Uma mistura de comoção e tristeza tentando se condensar em lágrimas, como da outra vez, mas chegando a apertar. Eu sendo espremida como um limão seco do qual não se consegue extrair uma gota. Se fosse antes, eu ajudaria. Tocaria uma música dos Carpenters que adorávamos ouvir no carro para me conectar com ela onde o tempo não existe, para me dilacerar, para sentir o prazer do choro e soluçar e exaurir a emoção. Mas eu não podia. Tudo que fiz foi baixar os olhos e fitar de novo as revistas, o avião, as roupas. Os objetos reunidos junto da porta como a bagagem de alguém que se prepara para partir. E então me dei conta de que deviam estar ali separados perto da porta porque a minha avó de fato se preparava para partir. Já sabendo que possivelmente morreria da pneumonia (o que de fato aconteceu), juntou aquilo para jogar fora, para dar sumiço, para esconder de nós a sua tentativa de fuga. E isso, essa possível vergonha de ter tentado, esse constrangimento de ter tido a ousadia de sonhar um sonho, foi o que realmente me comoveu. O que me apertou e me espremeu com ainda mais força, a ponto de eu sentir uma lágrima se formando. Armênia, Egito,

Laos, segura o choro, Camboja! Ela não viveu a tempo de descer os objetos, Vietnã. O meu avô era tão indiferente que sequer abriu o sótão, Uzbequistão. Fiquei ali sentindo a gota engordar, me esforçando para que fosse a única, me concentrando no seu percurso: pelos cílios, nariz, narina, contorno da boca, até soçobrar na ponta do queixo e enfim despencar graúda no chão.

Finalmente percebendo que não choraria outra lágrima, tirei a mão do peito. Depois, não sei bem por quê, talvez pelo exotismo daquele pingo que eu já não produzia havia meses, me inclinei para olhá-lo sobre o chão de madeira. Devia estar tentando ver lá dentro minha tristeza, porque de fato alguma tristeza sempre vai embora com as lágrimas, por isso é tão bom derramá-las. Para onde vai o choro que não é chorado? Será que aquela parcela continha em si os resquícios de tudo que não chorei naquele período? Me abaixei um pouco mais, meu rosto quase tocando o piso: era tão cristalina. Lágrimas poderiam ser amarelas, vermelhas, marrons, bege como outros excrementos mas não, são como água. Aquela já se espalhando para ser sugada pela madeira e evaporar sem deixar vestígios, como tudo que sentimos. Ninguém sustenta uma mesma emoção por muito tempo, e isso é uma dádiva. Embora eu ainda fosse sentir, por dias, o preço de ter subido até ali.

"

O sótão não era mais aquele lugar acanhado. O pé-direito estava mais alto. Eu andava ereta, livre dos incômodos que antes existiam lá dentro. Ao caminhar ao lado da abertura, vi ou senti a presença de alguém lá embaixo. Me esgueirei um pouco. Depois me aproximei, sorrateira, da porta do sótão. Olhei para baixo. Quem estava na cama dos meus avós era eu, sob o lençol, de olhos fechados. Fiquei me observando. Era fascinante e ao mesmo tempo assustador ver a mim mesma. Num primeiro momento, pensei que a Maria João de baixo estava dormindo. Mas então vi uma movimentação dentro do lençol, na altura da virilha. Uma mão que parecia uma aranha. A Maria João de baixo se tocava. Cada vez mais rápido. E, à medida que a sua mão acelerava, o seu peito se tornava mais ofegante. O lençol subindo e descendo do lado esquerdo, onde algo palpitava — ts, tun, tá! — como uma coisa viva, levantando cada vez mais o tecido e começando a manchá-lo de sangue. Quis alertá-la para o que estava acontecendo, mas não foi preciso. De repente, a Maria João de baixo arregalou os olhos. E ver o pavor nos seus olhos foi tão apavorante que abri também os meus.

Acordei na cama. Fitei a abertura do sótão: não havia ninguém lá em cima. Olhei para o lençol: não havia mancha. Pus a mão no peito: não havia taqui. Ainda fiquei um tempo acompanhando. O meu coração parecia um pouco mais acelerado, mas sem sair do ritmo. Senti certo alívio, mas não de todo. Estava transtornada pelo pesadelo. Tinha visto no meu rosto a face extrema do desejo. E não era bonita: era contorcida, desesperada. Está certo quem diz que o desejo é a fonte do sofrimento. Vê-lo deformando as minhas feições, na sua forma mais pungente, fez com que eu me sentisse um animal. E ainda pior do que isso foi perceber que a minha doença andava me privando do prazer, como se me aplicasse um castigo moral. Mesmo sabendo que a doença não é um sujeito e muito menos um sujeito moralista, quis mandá-la à merda com o dedo do meio, que levei ao meu clitóris na companhia dos outros para mais uma tentativa: vamos lá, rapazes, vamos descarregar esse tesão, mas a coisa não avançou muito porque, além da prevista demora, logo lembrei da minha própria imagem sob o lençol cheio de sangue e não consegui mais seguir em frente.

Pensei que precisava sair desse ciclo. Recuperar a relação saudável que tinha com o prazer e espantar os pesadelos que vinham me assombrando. As letras em estilo faroeste vieram à minha cabeça. Era o meu inconsciente piscando, apontando uma possível saída. Eu não esperaria nem mais uma noite, não podia nem pensar em outro pesadelo como aquele. Dei um jeito de deixar a Página do Leitor pronta até o fim do dia. Assim que inseri o último comentário, comi alguma coisa e fui tomar banho. Ao sair do chuveiro, observei as roupas que trouxe. Talvez pudesse fazer bonito no chá das cinco de uma casa de repouso. O visual mais sexy que consegui montar foi uma camiseta branca, uma calça de moletom e um chinelo. Pelo menos mostrava o peito do pé. Não que eu considere a sensualidade proporcional à quantidade de pele exibida. Pelo contrário, até prefiro pessoas mergulhadas na elegância de uma veste larga, mas pensei que precisava falar a língua do lugar ao qual estava indo. Como a blusa decotada, a saia justa e os cílios turbinados da Sara falavam. E foi eu pensar na minha amiga que lembrei da saia da vó. Justa e bem cortada, como as de todas as aeromoças. Com certeza ela não se importaria que eu usasse. Até gostaria. O problema era o cheiro. Não dava tempo de lavar e secar. Tive que pendurar no box, fechar a porta e criar uma sauna úmida de sabonete. Para cobrir o furinho do lado esquerdo da camiseta, pus o broche. Depois comi alguma coisa e saí de casa com os chinelos estalando más intenções.

O lugar não ficava longe — do contrário, eu nem teria ido. Percebi que embaixo do "música ao vivo" havia outra inscrição: mulher desacompanhada não paga. Lembrei de um amigo que dizia: se a mulher não paga é porque ela é o produto. Ele tinha razão mas, para alguém pão-duro como eu, até que foi agradável passar pela porta desembolsando apenas um sorriso.

O espaço era maior do que eu esperava. Na lateral havia um bar. No centro, uma pista rodeada de mesas e cadeiras. E no fundo ficava a banda. Um trio que tocava sertanejo de forma sofrível, como se o vocalista estivesse com uma pedra na vesícula. Peguei uma bebida, me sentei numa das cadeiras. Era quinta-feira e o lugar não estava cheio. Havia dois casais dançando, meia dúzia de homens e mulheres em torno do bar e uns três ou quatro gatos-pingados nas mesas. Fui observando um a um, a maioria de jeans, às vezes de botas, um ar levemente bronco. Aqueles eram os que ficaram. Toda cidade pequena tem isto: os que vão e os que ficam. Eu sou dos que foram. Mesmo que o meu pai não tivesse se mudado por causa de um novo emprego, eu teria ido embora. Ali eu só poderia fazer o jornalzinho da paróquia. E percebo que eu e todos os que se foram são admirados por isso. Que coragem, como é a vida por lá? Claro que é preciso uma certa bravura para deixar um lugar e recomeçar em outro, mas também é preciso bravura para ficar. Depois de um tempo, passei a pensar que bravos mesmo são aqueles que ficam e encaram as feridas de família, os problemas da comunidade, a falta de recursos de toda cidade pequena. Aqueles que seguram as alças dos caixões que escolhemos não segurar. Quanta coragem é preciso para conhecer o mundo. E quanta coragem é preciso para fazer de um único lugar o seu mundo inteiro.

Se eu os via com um certo estranhamento, eles também me viam. Percebi que alguns me olhavam. Eu era a novidade, a forasteira. Uma mulher me reconheceu. Não lembrava o seu nome, era de uma turma que brincava comigo numa olaria abandonada. Ela me acenou com a cabeça de longe, sorriu para mim. Um homem, sentado numa mesa oposta à minha, também me observava com curiosidade. Devia ter mais ou menos a mesma idade que eu. Cabelos ralos. Barriga. Dois olhinhos pequenos pregados lá no fundo de um rosto inchado. À sua frente, um copo de uísque ou algo parecido. Não era o meu tipo. E, bem por isso, era o meu tipo naquela noite. Ali estava um candidato que nunca faria o meu coração bater mais rápido. Que nunca despertaria no meu corpo uma descarga de dopamina, oxitocina ou a ina que fosse. Que nunca me deixaria com a respiração ofegante. A paixão é uma droga pesada e, naquele momento, eu deveria evitá-la.

Quando ele se levantou para pegar outra bebida, me olhou com interesse — parte necessária para o meu plano avançar. Vi que a sua barriga pendia sobre o cinto, que a sua pisada arqueada transmitia exaustão. O que também era conveniente para o meu plano: não parecia ser um atleta cheio de elasticidade e disposição física, pronto para uma deliciosa atividade aeróbica. Restava saber se não era um psicopata. Ou um potencial agressor. Outro cara, que tinha acabado de chegar, parecia trazer um revólver na cintura. Algo que lembrei ser comum por aquelas bandas mas que, ainda assim, me gerou desconforto. Tornei a fitar o meu alvo, que tinha voltado para a mesa com mais uma dose de bebida. Eu não tinha mais vinte anos, não pretendia perder muito tempo naquilo. Precisava acelerar o flerte. Talvez tomar a atitude. Pensei que uma cerveja podia me ajudar. Fui até o bar. Na hora de voltar para onde estava sentada, resolvi passar perto da pista, por trás da mesa dele. A banda estava no intervalo. Tive a sorte de pegá-lo com o celular na orelha e ouvir o que falava: Durma bem, tia. Aquilo me relaxou. Um cara que deseja que a tia durma bem não deve ser um assassino em série. Ou talvez seja, um dos mais doidos, fissurado pela tia, buscando em vítimas inocentes a imagem da familiar quando jovem. Aí estava a minha imaginação criando drama. Ou melhor, tragédia. Agora não, pensei enquanto dava um gole de cerveja e voltava para onde estava antes.

Fiquei ali bebericando e trocando mais esguelhas com ele sob as luzes coloridas. Num certo momento, ele sorriu para mim. Ou eu sorri antes, não sei direito. Só sei que ele se levantou. Percebi que vinha na minha direção. Mirei a banda que voltava a tocar, fazendo de conta que não percebia o seu movimento. Ele parou na minha frente, o rosto emergindo do escuro da pista. Quer dançar comigo, Maria João? Levei a mão ao peito. Como ele sabia o meu nome? Por alguns segundos que pareceram muito longos, fiquei olhando para o seu rosto, percebendo algo familiar naqueles olhos que então vi serem verdes, mas antes que eu me arriscasse, talvez com medo de que eu errasse, ele se adiantou: Sou eu, o Danka. Acho que suspirei de alívio. O Danka foi meu colega de escola por quase toda a infância. E gostava de mim. Quando eu tinha oito anos, ele me deu uma bonequinha. Nunca esqueço a sua mão trêmula segurando o globo de plástico que envolvia o brinquedo. Fiquei tão nervosa em receber aquilo que tremi também. E, ao chegar em casa, enterrei o presente no quintal, como se tivesse cometido um crime de aceitar algo de um menino. Tantos anos depois, o Danka me oferecia a mesma mão trêmula, articulada pelo mesmo quinhão de esperança. Eu queria tomá-la, conduzi-lo até a pista, mas não podia. Falei: Adoraria dançar mas não posso, senta aqui. E ele se sentou ao meu lado.

Você voltou pra cá?, ele disse alto, por causa da música. Não, só vim passar um tempo, tratar da minha saúde. Reparei que ele não ouviu direito. E eu precisava que ouvisse. Era parte do plano explicar exatamente pelo que eu estava passando. Sugeri que fôssemos até o bar. Encostamos no balcão, virados um de frente para o outro. Contei que estava tratando de um problema cardíaco, dei uma geral do quadro. Falei que era por isso que não podia dançar nem fazer qualquer outro esforço físico. Ele me olhou com carinho, talvez com pena. Falou que o meu tratamento ia dar certo, eu sempre tirava de letra os desafios da escola, agora não ia ser diferente. Acho que sorri. Depois perguntei dele, seguiu sempre em Moenda? Me contou que saiu uns anos para fazer faculdade de veterinária. Depois voltou. Não quis deixar a tia sozinha. A tia era como uma mãe. De repente, uma memória me veio. A diretora chamando o Danka no meio da aula, as outras crianças falando que a mãe dele morreu. Você perdeu a sua mãe, não foi? Ele fez que sim. Foi por isso que reprovei naquele ano. Foi por isso que deixamos de ser colegas. Ele pediu outro uísque. Em seguida, como quem tenta espanar um assunto difícil, falou que, de qualquer forma, era melhor estar em Moenda, porque o negócio dele eram os animais de grande porte e, como eu sabia, a cidade era cercada de fazendas. Contei que eu era jornalista, que já tinha entrevistado muita gente, mas nunca um especialista em animais de grande porte. Então isso aqui é uma entrevista?, ele disse, ajeitando a roupa, e demos risada. Depois comentou que sabia o que eu fazia. Logo que surgiram as redes sociais, ele procurou o meu nome. Passou a me seguir. Pedi desculpas, não tinha visto que ele me seguia. Ele disse que eu não tinha que me desculpar. Além disso, não teria como saber, seu avatar era uma vaca e seu arroba, DK1985. Perguntei se era fácil trabalhar com animais de grande porte. Ele disse que muito mais fácil do que com seus donos. Claro que, como todo trabalho, tinha a parte chata. Fazer eutanásia, relar em sarna, coletar esperma de touro. Arregalei os olhos. Você faz isso no braço?, falei, animada em encontrar alguém que não se importava em suar para fazer os outros gozarem. Respondeu que não. Já existia uma vagina coletora de silicone para ser acoplada no ejaculante, mas sim, era ele que acoplava. Eu ia pedir mais detalhes, mas fomos interrompidos pelo vocalista da banda, que passou por nós com o violão nas costas, se despedindo do Danka. Ele também estudou no nosso colégio, Danka disse assim que o músico com pedra na vesícula se afastou. Depois virou mais um gole, como se precisasse da bebida para seguir se soltando. Perguntou quem mais eu tinha encontrado, da velha turma. A Sara, lembra dela? Claro, hoje vi ela na rua, respondeu, e foi ali que soube que os dois ainda não tinham saído de viagem. Depois ele perguntou se eu estava sabendo do menino. Senti uma afeição inesperada, um leve calor passando pelo meu plástico-bolha, uma coisa boa por poder dizer que sim, eu conhecia o Nico. E sentia por ele. Danka contou que participou da vaquinha, será que tinham conseguido o dinheiro? Meneei a cabeça com pesar. Ele suspirou, os olhos se afundando mais ainda. Depois: Quem mais você encontrou em Moenda? Normalmente ficaria constrangida em dizer que mais ninguém, mas achei aquilo uma ótima oportunidade para explicitar minhas intenções. Só a Sara e o Nico. Por isso vim aqui hoje. Ando muito carente. Coitado do Danka, nem soube o que dizer depois dessa. Ainda bem que, para a sorte dele e minha, o funcionário atrás do balcão entrou na nossa conversa, se dirigindo ao meu amigo pelo nome e avisando que já estavam fechando. Danka, que não era burro, perguntou se eu queria tomar a saideira na casa dele. Morava ali do lado.

Saímos do lugar. Nunca vou esquecer o silêncio daquela noite. Era como se apenas nós estivéssemos acordados no mundo. Como se os postes estivessem acesos só para a nossa passagem. Fomos andando sem pressa, falando da infância. Num dado momento, cruzamos a rua. Lá estava a Clínica Manada. Moro na parte de cima, ele disse, abrindo o portão, depois a porta. Entramos. A sala estava escura. Tropecei em alguma coisa. Ele acendeu a luz e me vi sobre uma placa metálica, paralela ao chão, onde havia um marcador digital. Ele apontou para os dígitos: sessenta e um quilos, peso de bezerra. Seguimos caminhando clínica adentro, até chegar à escada que levava ao segundo andar. Percebi que ele ficou meio nervoso: não esperava voltar para casa com alguém, muito menos com a colega da 2ª série B. Fechou a porta da cozinha, havia algumas louças na pia. Depois correu para ajeitar um tecido que cobria o sofá meio gasto. Perguntou se eu queria uma cerveja ou um uísque. Voltou com uma lata para mim e um copo com gelo para ele. E a música, do que você gosta? Normalmente pediria que colocasse alguma romântica de rasgar o coração, adorava potencializar os flertes com uma intensidade extra, mas falei que preferia o silêncio, que andava curtindo o silêncio de Moenda.

Fomos até a varanda da sala, conversamos mais um pouco. Usei a minha habilidade de entrevistadora para fazer algumas perguntas, mas logo o assunto morreu. Além do passado, não tínhamos nada em comum. Percebi que ele estava tenso, tentando agradar. Tirei a minha mão da cerveja gelada e passei atrás da nuca dele. Aproximei-o. Beijei devagar a sua boca. Logo depois ele me puxou para dentro da sala. Enlaçou a minha cintura, me trouxe para bem perto. Senti o coração dele batendo. Pensei no meu. Disse: Não sei se vou conseguir, tô nervosa. E ele: Eu também. Expliquei que não era esse tipo de nervoso. Eu estava com medo de que o meu coração acelerasse, de ter uma taquicardia. Podemos fazer bem devagar, ele disse. Pincei a camiseta, acho que fiz um ar reticente. Posso sugerir uma coisa? Fiz que sim. Quando um animal tá nervoso e a gente dá banho, passa a escova bem devagar, o bicho se acalma. Eu posso..., ele disse, e apontou para o banheiro.

Depois me puxou até lá. Pegou uma vela. Acendeu e colocou sobre a cuba. Virou-se para mim. Tocou o primeiro botão da minha blusa: Posso? E foi desabotoando com delicadeza a minha roupa. Senti que se controlou para não pôr a boca no meu peito. Depois que a minha calcinha caiu no chão, sobre a saia de aeromoça, ele ligou a água. Morna ou quente? Morna. Tirei a camiseta dele. Em seguida, me ajoelhei, o rosto bem na frente do cinto de fivela de prata, onde havia a imagem de um cavalo correndo. Abri o cinto, desci a sua calça, a boca quase raspando no pau duro. Me levantei. Ele pediu para eu experimentar a água, tá bom assim? Entra no chuveiro que eu já volto. Entrei. Poucos minutos depois ele apareceu, tirando o plástico de alguma coisa, uma escova enorme. Entrou no box. Começou a massagear as minhas costas com as cerdas macias. Ele tinha razão, aquilo era capaz de acalmar um touro. De excitar um touro. Ainda mais quando ele largou a escova e começou a me lavar, as mãos entrando nos meus cabelos, nas minhas axilas, nas curvas dos meus braços, passando pelos seios, pela minha barriga, sem se deter especialmente em lugar algum. Quando já não havia nada a ser percorrido pelos seus dedos, desligou o chuveiro. Me enrolou numa toalha. Arrumou outra nos meus cabelos.

Fomos até o quarto, onde havia o pôster de um pôr do sol na parede. Ele me puxou para a cama: Ainda tá com medo? Um pouco. Danka pegou o meu braço. Envolveu o meu punho com o polegar e o indicador. Foi tateando as minhas veias, até achar o ponto certo. Fica tranquila, vou ficar tirando o teu pulso. Sem nos soltarmos, fiz sinal para que ele deitasse. Sentei em cima dele, querendo ficar no controle, porque estava com medo de que o orgasmo escapasse como das outras vezes, de que criássemos cabelos brancos e rugas antes de chegar ao fim. Além disso, queria ditar o ritmo, o mais lento possível. Apoiei a mão livre no seu peito: Você não se mexe. Ele assentiu. Percebi que eu também não precisava me mexer. Nunca imaginei que a gratidão pudesse deixar uma mulher tão molhada. Olhar para aquela mão segurando o meu pulso, para aquela boca que se mordia para controlar o corpo estático, dispensou qualquer esforço visível. Quem nos olhasse de fora, pensaria que éramos duas estátuas — Vênus cavalgando Davi com punho alado —, mas dentro de mim acontecia tanto. Eu envolvia e apertava aquele pau com força. Quase com paixão. E, cada vez que eu fazia isso, ficava ainda mais duro, como se não tivesse limites, até que tocou o meu ponto G e...

ai
oi
voi
foi,
e eu senti,,,,,,,,,,,,,,,,,,,,,

Puta merda.
Que foi?
Acabei de ter uma taquicardia.
Pelo teu pulso, não senti nada.
E daria pra sentir?
Nem sempre.
Saí de cima dele. Sentei na cama.
Sou uma idiota.
Eu juro que não me mexi, nem relei num fio de cabelo.
Eu sei.
Calma, talvez tenha sido só impressão.
Não tinha sido só impressão, foram sete ou oito batidas, não dava para ter dúvida. Ainda bem que eu estava tomando o antidepressivo ou teria surtado. Mesmo tendo a potência emocional de uma cenoura, tive vontade de chorar, mas, pelo jeito,

já tinha gastado minha miserável cota de lágrimas daquele trimestre no sótão.

Ainda assim o desespero apareceu no meu rosto. Danka me deu um abraço. Em seguida disse para eu esperar, já voltaria. Saiu do quarto. Tenho a impressão de que desceu correndo as escadas. Logo depois apareceu com um estetoscópio. Pôs a chapa metálica no meu peito. Ficou um tempo ouvindo. Tá regular, de repente foi impressão mesmo. E me estendendo os auriculares: Quer ouvir? Pensei duas vezes. Ouvir era transformar abstração em realidade. O barulho poderia me assombrar dali para a frente. Claro que não resisti. Ele afastou com delicadeza os meus cabelos para trás das orelhas. Encaixou os auriculares. Pôs de novo a chapa perto do meu seio esquerdo. Por frio ou sem-vergonhice, o mamilo ficou duro. Comecei a ouvir, não sabia avaliar um ritmo sinusal, mas as batidas pareciam espaçadas com a mesma diferença de tempo. Me senti um pouco mais calma, mas não muito. Aquela membrana que não se fizesse de rogada: eu sabia muito bem o que ela tinha aprontado minutos antes. Segui ouvindo mais um pouco, esperando e não esperando uma nova arritmia.

Depois de um tempo sem ouvir nada, dei o estetoscópio para ele. Eu ainda devia estar com aspecto desesperado porque ele tentou me acalmar, contando que muitos animais, e também humanos, vivem uma vida longa com o coração cheio de problemas. Não que..., tentou se desculpar, e eu disse que não se preocupasse, eu sabia que ele só estava tentando ajudar. Ficamos alguns segundos em silêncio. Ele perguntou se eu não queria um chá de capim-cidreira. Ou um calmante de cavalo. Acho que rimos, de um jeito amargo. Agradeci e disse que ia embora. Estava sem cabeça para continuar ali. Ele disse que entendia. Podia me levar para casa. Em outras circunstâncias, diria que não precisava, mas estava tão preocupada que não queria nem caminhar.

Descemos as escadas e fomos até a lateral da clínica, onde havia um veículo com caçamba, a parte interna cheia de pelos. Não lembro bem sobre o que conversamos no caminho, eu não prestava atenção, só pensando no que tinha acontecido. Quando fui sair do carro, ele perguntou se nos veríamos de novo. Apenas sorri, não queria falar a verdade nem mentir para o meu colega de escola. Fiz um carinho nos seus poucos cabelos, dei um beijo na boca dele e desci do carro.

Lembro-me do barulho da porta batendo atrás de mim. Agora éramos só eu e o canalha do meu coração. Como uma mãe que chega em casa e repreende o filho por ter se comportado mal numa festa, esculhambei com ele. E desejei ouvi-lo. Se o corpo fala, o coração se assemelha a uma máquina de escrever, as teclas carimbando a membrana. O que as batidas, sempre tão eloquentes, queriam dizer? Que a doença tinha voltado? Ou que aquela taquicardia foi apenas um caso isolado? Precisava me acalmar, o médico iria me explicar tudo no dia seguinte, talvez uma única taqui não consumasse nada, não fosse assim tão grave. Deitei no sofá de barriga para cima, tentando respirar com calma. Mas haja inspiração e exalação para ventilar aquele fato. Até então, estava segura de que o tratamento funcionaria, foi o que o médico disse e eu lembrava palavra por palavra: o medicamento é extremamente efetivo, vai dar certo. Pela primeira vez, assumia que podia dar errado. Pela primeira vez, a morte surgia como uma possibilidade real, um vulto que de repente tinha entrado no meu campo de visão e eu não conseguia mais afastar. Até me levantei, fui ao banheiro, lavei o rosto, mas o vulto também estava lá, encostado nos azulejos atrás do espelho. Pensei em ir para o quarto, mas tive medo de pegar no sono. De dormir e ter outra taquicardia, quem sabe morrer. Voltei para o sofá, decidi que não dormiria até falar com o cardiologista, com a psiquiatra. Fiquei ali, fitando o teto, só uma rachadura acima de mim, avançando pela alvenaria como a bacia hidrográfica de um mapa. Os meus olhos ardiam, mas eu não fechava. As minhas pálpebras pesavam, mas eu não fechava. Por que tanto apego à vida? Não havia ninguém me esperando no quarto. Não havia ninguém me esperando no berço, na mesa de um restaurante, na frente de um cinema. Não havia ninguém me esperando no altar, na porta do trabalho, no portão da escola. Dentro de um táxi, no aeroporto, na estação. Não havia ninguém me esperando com a mesa posta. Nem sequer com a pia suja. Não havia ninguém me esperando com ingresso, fofoca ou latido. Não havia ninguém me esperando no fim do dia, no fim da rua, no fim da festa. E mesmo assim as minhas pupilas seguiam adesivadas ao teto como se não houvesse amanhã.

"

Acordei com o sol batendo na sala. Abri os olhos, estranhando ter dormido no sofá, estranhando a saia da minha avó, até que as lembranças começaram a vir. Tive aquele sobressalto que sentimos ao acordar de uma véspera terrível, o punho fechado do susto dando o seu golpe único e estourando as bolhas do meu plástico. Imediatamente pus a mão no peito, fiquei assim por alguns minutos. Depois fui tomar o remédio, antes mesmo de escovar os dentes.

Já eram quase nove horas e resolvi ligar para o médico. Da última vez que conversamos, salvei o seu número pessoal, e não tive o menor constrangimento em acessá-lo. Ele atendeu. Pedi desculpas por ligar tão cedo e diretamente para ele. Expliquei o que tinha acontecido, sem detalhar a gozante circunstância. Será que o problema tinha voltado? Talvez nunca tenha desaparecido, respondeu, explicando as possibilidades. Uma: o ponto seguia lá, eu não estava sentindo porque o medicamento estava segurando a membrana. Outra: o ponto tinha desaparecido e voltado. De qualquer forma, ainda tinha alguma chance de sumir, embora já parecesse pouco provável. Quando combinamos de tirar o remédio? Daqui a doze dias, respondi, e indaguei se não valia a pena alongar um pouco o tratamento. Ele reforçou que o dano do efeito colateral era inviável. Que eu não tivesse medo, se não desse certo iríamos resolver com o cateterismo.

Que eu não tivesse medo. Falar é fácil, especialmente quando o senciente é o outro. Para mim, o medo sempre foi a pior das emoções. Tristeza é ruim, mas é coisa posta. A merda está à sua frente, vultuosa mas concreta, trate de lidar com ela ou se entregar. A raiva também não é fácil mas perfura rápido e com direção objetiva, resta juntar os cacos depois. O nojo, perto do medo, é coisa de criança. O medo é turbinado pela incerteza. Pelas fantasias que nascem a partir do vão infinito da incerteza. Não há plástico-bolha que nos proteja daquilo que germina e se sedimenta dentro de nós. O meu medo sempre foi como uma ilha à deriva. Uma ilha que só muda de lugar, ancorando no continente de cada situação vivida. Uma hora era o medo de que a minha mãe não me buscasse na escola; na seguinte, o de dormir no escuro. Um dia era o medo não de passar no vestibular; no outro, o de perder o emprego. Basta cavoucar a superfície para ver que é tudo a mesma terra. E, naquele momento, o medo ainda vinha se ancorar na mais sombria das perspectivas: a morte. Eu já podia ver a minha aorta jorrando, o sangue espirrando na parede do hospital. O meu corpo na gaveta do necrotério. O meu pai amarrando a gravata na viga do teto: Eu não ia emprestar a chave da casa pra ela!

E isso porque eu estava medicada. Nem gosto de imaginar se não estivesse. Depois que falei com o cardiologista, liguei para a psiquiatra. Não atendeu. Mandei uma mensagem frisando que era importante. Fiz um chá de camomila e voltei para a sala, comecei a folhear os livros que trouxera. Naquele momento, entendi por que tantas almas correm para algum líder: quem vai ler e discutir quinhentas páginas com a angústia marejando os olhos? Os meus não estavam marejados, mas corriam com angústia pelas letras, linhas, parágrafos, lombadas.

Ainda bem que logo a psiquiatra ligou de volta. Expliquei a situação. Ela falou que percalços fazem parte dos tratamentos. De uma forma ou de outra, aquele problema seria resolvido. Espero que uma lápide não faça parte da solução, desabafei. Ela perguntou se eu estava conseguindo trabalhar. Dormir bem, comer bem. Respondi que sim, mas não sabia como seria dali para a frente. Perguntei se não poderíamos aumentar a dose. Ela ficou um pouco reticente. Insisti: Só faltam doze dias, vai me ajudar. Recomendou que eu tomasse mais um por dia. Mais do que isso, de jeito nenhum. E ligasse para contar como estava indo.

Nem bem desliguei, peguei a cartela. Abri o blister e tirei a hóstia da indústria farmacêutica. A medicina não trazia resposta. A ciência não trazia resposta. A literatura não trazia resposta. Agora eu entendia Sara e Nico, aquele desespero, aquela viagem absurda. Era a água batendo na bunda. De repente eu sentia essa mesma água subindo pelas coxas. Tentei trabalhar. Seria uma forma de me distrair, já que parecia não haver mais nada a fazer.

Me deparar com mensagens de leitores criando caso por coisas pequenas, como um que ameaçava cancelar a assinatura por causa da nova diagramação do jornal, só me deixou mais impaciente. Tanto drama por causa de uma tipologia, queria ver se tivesse um problema de saúde. Respondi ao leitor de forma ríspida e claro que não publiquei aquela mensagem. Que se corroesse sem holofotes, o imbecil. Continuei trabalhando. Quando dei por mim, estava no site da Unidade da Cura. Era bastante rudimentar, só com a foto da fachada e uns poucos textos. Achei positivo não cobrarem pelos atendimentos. Tentei achar testemunhos. Se a cura era o produto oferecido, não seria normal o consumidor ranqueá-la depois? Claro que ninguém ranqueava. Aquela era uma sapataria que funcionava havia mais de duas décadas sem consertar um único sapato. E com fila na porta, pessoas esperando ansiosamente, tanto que o site orientava os doentes a pegarem uma senha assim que chegassem. O ser humano é mesmo louco, lembro-me de ter pensado, me perguntando se eu já não começava a flertar com aquela possibilidade, porque uns minutos depois estava dando *search* em "cura mediúnica". Claro que não estava flertando, era apenas a curiosidade de jornalista, justifiquei e segui em frente, descobrindo que uma equipe de certa universidade de medicina chegou a tabelar uma pesquisa para descobrir se milagres afinal existiam, acompanhando por um ano os pacientes de um curandeiro. Ainda que alguns pacientes tenham relatado que seus quadros regrediram, era impossível saber a que se atribuía isso, ao tratamento pela medicina tradicional ou ao milagre. De qualquer forma, a maioria feneceu e morreu, inclusive o próprio curandeiro, que empacotou de câncer dois anos depois. Li relatos de doentes, pensei que tudo aquilo daria uma excelente reportagem. Quando vi, já eram três da tarde. Eu não tinha nem almoçado. Também não fiz a seleção das melhores mensagens dos leitores. Fui diagramando qualquer uma, só preocupada em concluir a Página.

O fim do dia chegou com o desconforto do crepúsculo, a certeza visível de que mais um dia se passou sem que nada evoluísse. Comecei a andar de um lado para o outro da sala. De repente, nem parecia que eu estava medicada, era como se os fios finíssimos da tensão tivessem cortado o meu plástico, puxando a minha pele, os meus músculos, a mandíbula, para amarrar tudo com um nó bem dado nas costas. Em cerca de quarenta horas, o antidepressivo extra deveria fazer efeito, será que daria conta de me acalmar? O meu desejo era sair correndo pela rua. Correr até depois do corpo. Ou pelo menos caminhar, mas nem isso eu estava com coragem de fazer. Se a dor é um deserto, o do ateu é sem estrelas. Lembro-me de ter pensado na Sara e invejá-la por ter onde se agarrar, por talvez estar fazendo as malas naquele momento, preparando o Onix para pegar a estrada, dotada de uma esperança que eu não tinha. Será que Nico também tinha essa esperança?

Saí pela porta da sala. Comecei a andar em círculos pelo jardim. Resolvi achar a bonequinha. Não sei por quê, resolvi achar a bonequinha. Lembrava-me de ter enterrado na lateral da casa, num lugar no qual os meus avós não conseguiriam me enxergar pela janela. Arranquei o mato. Comecei a cavoucar a terra com as mãos. Os meus dedos enfiados no húmus, escavando e trazendo à superfície pequenas raízes, pequenos insetos e larvas, coisas que eu mal enxergava na noite cada vez mais escura. Não achei nada no primeiro buraco, passei a cavar outro, calculando quão fundo uma criança cavaria. Depois de um tempo, já não pensava em mais nada, a mão indo cada vez mais terra adentro, um buraco depois de outro. Até que senti uma gota de suor escorrendo pela minha testa. O que eu estava fazendo? Só podia estar doida, pondo a minha saúde em risco com aquele esforço todo. Me ocorreu pedir ajuda para a minha avó. Não que eu acreditasse que podia falar com ela, não que eu acreditasse que ela estava em outro lugar. Pensei apenas em imaginar o que me diria se estivesse viva. Se estivesse ali, como esteve tantas vezes. Tentei projetá-la à minha frente, com as mãos no bolso do avental, os cabelos presos num rabo. Fala, vó, o que eu faço pra não surtar? No silêncio daquela resposta, ouvi o tamanho da minha solidão.

Ninguém explica Deus

Frase de caminhão

"

,,,

Eu não era nem uma cenoura. Era um nabo, incolor. Uma pedra. Ou nem isso, porque pedras têm textura, nuances. Eu era um porcelanato em forma de ser humano. E ainda bem, porque no banco atrás de mim dormia um menino com o rosto pálido, o que, em outros tempos, me arrasaria. Ao meu lado, uma doida guiava turbinada por latas de energético — Sara resolveu que deveríamos pegar a estrada às três da manhã (tinha dado aula até à noite), para chegar a tempo de retirar a senha. E, no banco do passageiro, estava eu, tão *chapiens*, mas tão *chapiens*, que só faltava um fio de baba cair do canto da minha boca, coisa que não acontecia porque a mucosa estava seca, efeito daquele comprimido extra.

Eu tinha acabado de acordar, talvez com o sol, talvez com o sacolejo do carro que já começava a avançar pelas ruas esburacadas do entorno de Luziana. Era um lugar feio, era um lugar pobre, um destino que eu nunca visitaria em outras circunstâncias. Sara me deu bom-dia e me ofereceu um gole de energético. Lembrei a ela que aquele cálice poderia cutucar meu coração, que estava quieto desde o fatídico orgasmo. Não gosto de conversar assim que acordo, e logo vi que nem precisaria, ela falaria por mim e por ela. Estava contando da estrada, algo sobre a quantidade de caminhões, sobre a carteira de habilitação para a categoria C e blá-blá-blá, enquanto eu assistia atônita à nossa chegada ao município, surpreendentemente movimentado para aquela hora da manhã e para o seu tamanho. E movimentado por um público peculiar. Parecia que estávamos entrando numa realidade invertida. Pela rua passavam pessoas com cadeiras de rodas, colar na cervical, próteses, cães-guia, bengalas, máscaras, tipoias, tapa-olho, cabeças lisas como a do menino no banco de trás. Tá vendo o que tô vendo?, falei para Sara, e foi Nico, que tinha acabado de despertar, que respondeu: Tô me sentindo em casa.

Já eram quase nove da manhã e achamos melhor, antes de passar na pousada, ir direto pegar a senha. Reconheci a construção de longe porque era exatamente a mesma do site, fachada alta e ovalada, estrutura avançando quadra adentro. Não dava para ver o que havia no interior, as portas estavam fechadas. Um homem de roupa branca avisava para as várias pessoas que se agrupavam no portão que as senhas para aquele dia já tinham acabado, quem não pegou que voltasse no dia seguinte. Sara deu um tapa no volante: Corri tanto pra nada. Ainda bem que fiz a reserva com uma noite extra. Este era o plano dela: fazer a operação espiritual do Nico e, depois, permanecer uns dias na cidade, porque era recomendado que, se possível, o paciente ficasse no local a fim de receber uma visita diária dos médicos da Unidade, até concluir o tratamento. Confesso que achei atencioso um médico se deslocar até cada paciente. E, ao ver a fila, também me lembro de ficar intrigada, como atenderiam presencialmente tantas pessoas? Sara saberia me explicar, mas não falamos a respeito disso naquele momento, ocupadas em achar o nome da pousada e ditar para o navegador. Quando pronunciei a primeira sílaba, Nico já reconheceu o vocábulo e disse que a pronúncia era Mem Hey Shin. Sara olhou-o pelo retrovisor: Como que você sabe disso? É da cabala, o quinto nome de Deus, o nome da cura. Sara se virou para trás: Já disse pra você parar de futucar essas coisas.

A pousada ficava perto da Unidade e, ainda bem, tinha um ótimo aspecto. Uma casa de madeira escura com ares de estalagem campestre, um jardim cheio de árvores. Fomos recebidos pelo barulho de um mensageiro dos ventos, pendurado numa das copas mais altas, os sinos se chocando com a brisa no instante da nossa passagem. Nico e eu levantamos o rosto, ele com o seu olhar de criança, Sara puxando a sua mão: Vambora, menino.

Passamos pela porta. Entramos numa recepção que parecia a sala de uma casa. No centro havia um sofá e algumas poltronas. Ao fundo, uma cristaleira e umas poucas mesas. Junto à entrada, um balcãozinho, onde repousava uma sineta que logo foi despertada pelo dedo nervoso da Sara, tocando-a várias vezes, sem intervalo. Ao ver que Nico e eu olhávamos para ela, se justificou: É o energético. Quando o seu indicador ia tocar a sineta de novo, a dona da Mem Hey Shin apareceu com a sua presença calmante. O sorriso largo, cabelos meio loiros, meio grisalhos até a cintura. Ela se apresentou. Disse que chegamos em boa hora. Já estava para tirar o café da manhã. Que nos sentássemos, ela fazia questão de servir.

Alguma dieta especial?, Flora perguntou, olhando para Nico de máscara no rosto e boné, nitidamente o enfermo que estava ali para fazer o tratamento. Sara que disse ele não podia comer nada cru. Ela deu as costas e logo voltou com uma bandeja. Depois de servir, sentou-se conosco. Vieram pra Unidade da Cura? Sara disse que sim, tratar o menino. Com a boca cheia de bolo, Nico apontou para mim: E ela também. Problema cardíaco, entreguei logo, não queria dar muita trela para perguntas, só pensava na situação em que me meti. Antes de partir, tinha dito a Sara que resolvi fazer a viagem por uma questão jornalística, porque havia pesquisado a respeito do lugar e achei que daria uma excelente reportagem, mas não faria o tratamento. Tudo bem dizer isso a ela, mas como dizer isso para o menino, sem desqualificar o que foram fazer ali? Na falta de resposta, peguei um copo d'água e tomei o último comprimido do tratamento cardíaco.

Enquanto isso, Sara enchia a dona da pousada de perguntas. Sim, era melhor pegar a senha às sete da manhã. Não, ninguém ia embora sem conseguir o tratamento. Sim, algumas pessoas se curavam, embora fossem raríssimas as que ligassem ou voltassem para contar, porque o doente só pensa na doença e no mundo da enfermidade quando está mal. Depois da cura, não querem olhar para trás, só querem saber de viver, mas ela era uma prova concreta de que a Unidade curava. Nico largou o talher e arregalou os olhos. Flora contou que foi assim que veio parar em Luziana. Teve um câncer no útero e foi curada pelas mãos do seu José que, na época, ainda estava vivo. E agora que ele tá morto?, o menino perguntou. Segue operando normalmente, só que do outro lado, a dona da pousada respondeu. Sara quis saber o que podiam fazer naquele dia perdido. Nico sugeriu que fôssemos até a cachoeira. A mãe disse que ficava afastada da cidade, fariam isso no último dia, no caminho de volta. Flora disse que tinha muita coisa legal para fazer ali perto. O menino consegue andar? Você consegue andar? Balançamos positivamente a cabeça. Ela explicou que estávamos do ladinho do centro, onde havia a igreja e o comércio local, lojas com lembranças e a Casa dos Cristais, um lugar que tinha uma ametista do tamanho do Nico, ele ia amar tirar foto. E a Garrafada do Caboclo, fica por ali?, Sara perguntou, mostrando que já tinha esquadrinhado tudo antes. A trezentos metros da Casa dos Cristais. E perto tem uma churrascaria ótima, Flora completou. Depois nos deu um cartão: no restaurante e na Casa dos Cristais, digam que estão hospedados aqui, eles dão desconto. Guardamos o cartão. Preenchemos a ficha de entrada. Fiquei surpresa quando a dona da pousada nos estendeu apenas uma chave: eu não tinha pedido um quarto só para mim? Sara disse que, quando tentou, não tinha mais disponibilidade. Depois me pediu desculpas: se tivesse me contado, eu não teria vindo. Não senti nada, nem os espinhos miúdos da irritação. Me comportei como o nabo indiferente e resignado que era naqueles dias, pegando a minha bagagem. Ainda bem que Flora logo a tomou de mim, dizendo que deixasse o peso com ela, sabia muito bem como são os cardíacos.

Atravessamos o jardim. Os quartos ficavam nos fundos. Eram apenas três, dois menores para um lado, o nosso para o outro. Flora abriu a porta mas não avançou, apenas nos desejou uma boa estadia. Sara foi a primeira a entrar, Nico quase passando por cima dela: Que da hora, tem sofá e televisão. O quarto era mesmo bom. Além da minissala, tinha três camas entremeadas por duas mesas de cabeceira, um pequeno armário e um banheiro amplo. Nico pegou a cama do meio. Depois se aproximou da cabeceira. Na parede atrás de cada cama, havia um gancho de onde pendia um fio com uma teia de gravetos com plumas coloridas. Nico tocou o objeto. O que é isso? Tira a mão, Sara gralhou, tem jeito de macumba. Falei que deviam ser apanhadores de sonhos. Que tinham aquele formato porque serviam para enredar e prender os pesadelos. Nico abriu seu olhar de criança, se inclinou ainda mais na direção do apanhador, com os braços para trás, obedecendo à mãe. Deus fala através dos sonhos, filho, por que vamos perder a chance de ouvir? Ela tirou o apanhador da parede, fazendo o mesmo com o que estava atrás da sua cama, e depois guardou os dois na gaveta da mesinha. Naquele momento entendi a amplitude do termo crente, aquele que acredita até no que não acredita.

Começamos a desfazer as malas. Nico, sua mochila. Achei intrigante ele ter escolhido usar, como mesa de cabeceira, a que ficava entre a minha cama e a dele, e não a que ficava entre a dele e a da mãe. Sobre o tampo, depositou uma pilha de livros, os fones e duas moedas que tirou do fundo do bolso com certa dificuldade por causa da rigidez dos dedos. Percebi que ele também me observou quando fui colocando ali as minhas coisas: remédios, livros, notebook e o broche de pássaro da minha avó, que eu vinha usando para tampar os furinhos das camisetas.

Sara sugeriu que tomássemos um banho e depois descansássemos um pouco, Nico tinha dormido muito picotado naquela noite, precisava de sono. Pelo jeito havia esquecido de si mesma, ela que nem tinha dormido. Falei que podiam usar o banheiro antes de mim. Pode ir, o menino sugeriu para a mãe, não sei se tentando protelar o banho ou agradá-la. A Sara falou para ele ir antes, ainda tinha que desfazer as duas malas. Fui desfazer as minhas, tomando o cuidado de deixar a caixa do vibrador escondida, bem lá no fundo. Peguei as roupas mais frescas, que usaria mais por aqueles dias, e fui colocar no armário. Ao abrir a porta, fiquei intrigada com o que vi nos cabides: um vestido curto de lurex, outro com um laço no ombro. Aonde Sara iria com aquelas roupas? Talvez fosse usar para esperar o médico da Unidade, há quem se arrume para consultas, ainda que aquilo fosse um nítido exagero, mas nem deu para assuntar porque Sara começou a bater na porta do banheiro, mandando Nico sair com o creme. Com um ar contrariado, o menino apareceu, segurando um pote na mão. Sara fez sinal para que o menino se sentasse na cama. Percebi que ele me olhou, depois sentou no cantinho, o mais longe possível de mim. Tira a camiseta, ela disse. Ele hesitou um pouco. Vai, tira. Ele puxou devagar a camiseta, com certa resistência, tanto que foi Sara quem a sacou orelhas acima. Assisti à cena com o canto do olho. Não sei como não senti a força gravitacional da tristeza. As suas costas estavam magras, as omoplatas visíveis em todo o contorno, como duas asas escondidas sob a pele, que estava visivelmente seca e cheia de manchas, com aspecto marmóreo. Fingi que ainda procurava alguma coisa na mala, não queria constranger o menino. Depois de um tempo, escutei-o falando: Agora deixa que eu passo. Sara disse: Capricha. Em seguida entrou no banho.

Assim que a mãe bateu a porta, ele vestiu a camiseta. Sentei-me na cama com o meu notebook, enquanto ele seguia espalhando o produto pelo resto do corpo. Em certo momento, fitei-o de novo: passava o creme nas beiradas da boca. Acho que se sentiu observado, porque torceu um pouco o tronco, virando-se para mim: A minha pele racha muito. A sua não? Falei que não, que a minha patologia restringia o esforço físico e emocional, tipo eu não podia correr ou levar susto, mas não surtia efeito na pele. Ficou pensativo por alguns segundos, até que disse: Pensei que o seu caso era melhor do que o meu, mas agora não sei. Você não pode ir em trem fantasma nem em montanha-russa. Acho que dei risada, fazia meses que estava com aquele problema e nunca tinha pensado naquilo, que de fato seria um pesadelo ser enfiada à força num carrinho, subir por um trilho e, com os braços para o alto, despencar gritando lá de cima. Não lembro o que disse para Nico mas logo voltamos ao nosso trabalho, ele com sua pele, eu com os leitores. Alguns minutos depois, escutei o chuveiro ser desligado. A voz da Sara gritando: Tudo bem aí, filho? Nico gritou que sim, e então pôs os fones. Sara abriu a porta exalando perfume. Era a minha vez. Entrei no banheiro, impecavelmente arrumado, nem um fio na pia, nem uma gota de água no chão. Quando saí, tentando deixar tudo como estava antes, encontrei os dois dormindo. Me agachei, dei uma espiada nas lombadas dos livros do Nico: três escolares, *O diário de um banana* e outro que não dava para saber porque estava sem a sobrecapa.

Acordei com Sara no celular. Tentava falar baixo, mas nem tentando ela conseguia. Consolava alguém que tinha sido reprovado no exame psicotécnico, dizendo que aquilo não era tão incomum. Esfreguei os olhos e consultei o relógio: quase uma da tarde. Nico também despertava e, ao se localizar, sorriu para mim. Sorri de volta, os lábios se prendendo na gengiva seca, o meu corpo todo seco por causa do antidepressivo extra. Sara concluiu a ligação. Ao ver que já estávamos acordados, abriu as cortinas. Depois se debruçou sobre a sua mala. Começou a futucar lá dentro. Tirou do meio das roupas um salame. Ao ver a minha surpresa, se explicou: Esse menino precisa se alimentar. Quer uma fatia? Fiz que não com a cabeça. Fui escovar os dentes enquanto Sara dava a ele suco e remédios. Quinze minutos depois, já estávamos todos prontos, a líder da nossa excursão apressando o grupo, queria chegar logo à tal da garrafada. Assim que saímos pela porta e ela girou a chave, Nico disse que precisava voltar. Tinha esquecido as moedas. Sara suspirou. O menino voltou para dentro do quarto, logo depois saiu, com a mãozinha no bolso.

Pisamos na rua, o maior calor. Consegue caminhar um pouco, filho? Ele balançou a cabeça. E você, Meri? Disse que sim, me faria bem, só pedi que fôssemos devagar. Qualquer coisa, volto e pego o carro, ela falou, e então fomos andando, a nossa guia com o mapa na mão. A primeira parada seria a churrascaria, que fechava em breve e ficava a apenas duas quadras. O lugar era simples: fachada sem charme, piso de lajotas, toalhas de plástico nas mesas. Sara colocou uma máscara no Nico e pediu à garçonete uma mesa perto da janela: O meu menino tá doente. Minha senhora, aqui todo mundo tá doente. Sara pôs a mão na cintura: Mas não imunossuprimido aos onze anos por causa de um câncer. A garçonete correu para arrumar a mesa.

Sara quase sentou o menino para fora da janela. Logo os garçons começaram a passar com os espetos. Recusei todas as carnes, aceitando apenas o queijo coalho. Que frescura é essa, Meri, não come mais carne? Disse que tinha parado havia alguns anos. Tanta gente passando fome por aí, você não tem vergonha? Olha o respeito, mãe. Ela deve ter os seus motivos. Que motivos, menino? Nico olhou para mim: A crueldade com os animais... Deixei que ele falasse mais. Talvez a emissão daquele gás... metano? Sorri para ele, dando a entender que era isso mesmo, enquanto Sara perguntava o que era metano, para logo depois receber uma explicação surpreendente para um menino daquela idade. Não te falei que ele era superdotado?, ela disse, limpando com o guardanapo o sorriso nos cantos da boca. Não sou superdotado, já te pedi pra parar de falar isso pros outros. O segundo principal gás do efeito estufa, Sara macaqueou-o. Só sei isso porque leio muito, ele falou. E depois, baixando os olhos: E só leio muito porque ninguém quer brincar comigo. Ainda bem que os nabos não amam ou eu teria passado a mão naquela careca. Depois de encher o prato com mais algumas colheres de farofa e maionese, perguntei para a Sara o que era a garrafada. Falou que era um composto de ervas que aliviava sintomas de várias doenças e curava moléstias mais simples. Pensei que, se fossem ervas calmantes, talvez me fizessem bem. Perguntei se era caro. Sara disse que não sabia. Bem nessa hora um garçom se aproximou da mesa, com um espeto cheio de corações de galinha. Sara aceitou, Nico disse que já estava cheio. Como assim cheio?, a Sara falou, argumentando que ele não tinha comido quase nada e, em seguida, colocando três dos seus corações no prato dele. Eu não quero, mãe. É um dos teus petiscos preferidos, ela argumentou. Nico fitou o meu peito, depois os corações com aquelas válvulas assadas saindo pelo topo. Sara percebeu o motivo da repulsa. Acenando para o garçom e olhando para o filho ao mesmo tempo: Então vai comer fígado. Nico obedeceu sem reclamar, enquanto ela me perguntou se eu já estava bolando a matéria. Você vai fazer uma matéria?, o menino me perguntou com a boca cheia. E antes de eu responder: Que da hora.

Depois me indagou se ele e a mãe iam aparecer, se as entrevistas seriam em vídeo ou escritas. Respondi que ainda não sabia qual seria o formato e, para desconversar, peguei o cardápio de sobremesas.

Pouco tempo depois estávamos de volta à rua. Viramos aqui e ali, e logo avistamos a fila. Sara adorava uma muvuca, não importava o que as pessoas estivessem fazendo ou oferecendo: era assim desde criança. Se tem bastante gente é porque a garrafada funciona, disse toda animada, e apertou o passo. Posicionou o menino no final da fila: Fica aqui que a gente vai olhar lá dentro e já volta. Fomos passando pelos corpos entrincheirados na estreita faixa de sombra que a construção projetava na calçada. Uma galeria de doenças variadas, uma coisa triste de se ver. A serpente dos combalidos entrava loja adentro, onde um homem colocava, quase ininterruptamente, garrafas com um líquido marrom sobre o balcão. Me aproximei mais um pouco: lá dentro era possível ver uma variedade de folhas e ervas, uma rolha tampando tudo. No rápido intervalo entre um cliente e outro, perguntei o que ia ali dentro. Ele apontou para a lateral. Pintado na própria parede, em letras verdes, lia-se: Garrafada do Caboclo. Receita secreta e milagrosa desde 1982. Bom para: acidose metabólica, acondroplastia, acromegalia, alopecia, Alzheimer, e assim a lista seguia, em ordem alfabética, cobrindo a parede até perto do rodapé. Fomos passando os olhos, até que encontrei minha enfermidade e Sara viu a do filho, o que fez com que ela desse um gritinho de alegria. Você tá pensando em dar esse negócio pro Nico? Óbvio, Meri, o que que você acha que eu tô fazendo aqui? Apontei para a frase do topo: Eles não dizem o que vai dentro da garrafada. Claro que não dizem, senão todo mundo copia. Acho que revirei os olhos. Ela não acreditava só em Deus, acreditava nas pessoas. E se fizer mal pro Nico? É indicada pra doença dele, Sara disse, apontando para a parede. E depois: Vou experimentar antes. Se não me der nenhum efeito adverso, dou pra ele. Não quis mais discutir, não ia adiantar. Saímos da loja e fomos para o final da fila, onde Nico nos esperava, curioso para saber o que vimos.

Lá pelas tantas, o balconista da garrafada apareceu ali fora e gritou que só tinha mais oito garrafas. Ouvi um muxoxo coletivo, depois alguém reclamando em voz alta. Ele sugeriu que o resto da fila voltasse dentro de uns dias, quando eles receberiam a nova produção. Sara começou a contar quantas pessoas havia à nossa frente: somos os oitavos, era pra ser. E olhando para mim: Você não vai querer comprar, né? Antes que eu respondesse: Se você resolver tomar, toma da nossa garrafa. Depois, esticando o pescoço: Aqueles dois moribundos ali, você acha que tão juntos? Eles vão pegar uma ou duas garrafadas? Falei que não sabia, que não dava para saber. O da cadeira de rodas tá nas últimas. É sacanagem ele tirar a vez do Nico. Falei para ela ficar tranquila: o idoso em questão estava ofegando tanto, mas tanto, que era capaz de morrer nos próximos minutos. Que seja antes de chegar a vez dele, Sara disse. E depois: Deus me perdoe.

A fila, cujos últimos colocados passamos a ser nós, andou rápido. O moribundo não morreu. E, para o alívio da Sara, a moribunda ao lado dele era apenas uma acompanhante. Teríamos a garrafada, e Sara já se encostava toda animada no balcão. A última, o balconista disse, e as últimas são as melhores, vêm mais carregadas da mistura. Sara olhou exultante para o filho: Viu só? Depois abriu a carteira, pegou o cartão. O balconista apontou para a parede na sua outra lateral, para a qual nem tínhamos olhado, ocupadas com aquela lista imensa de enfermidades. Pintado também em verde: só dinheiro vivo. Aquilo só podia ser uma piada. Num país em que qualquer biboca aceita cartão, a biboca dos semimortos só aceitava do vivo. Sara fuçou a carteira: só tinha cinquenta, ainda faltava um pouco. Dei uma olhada na minha, quase nunca usava dinheiro, mas vai que tinha alguma coisa no porta-moedas. Nada, nem um centavo. Sara se virou para o balconista: Você é o Caboclo? Ele balançou negativamente a cabeça. Não pode dar um desconto? O homem disse que não, era a regra da casa, tratar todo mundo de forma igual. Se não davam desconto para um, não podiam dar para outro. Somos os últimos, ninguém tá vendo, Sara argumentou, mas o balconista seguiu quieto, como se estivesse empalhado atrás do balcão. De repente, o rosto da minha amiga se iluminou. Filho, aquelas duas moedas que você carrega no bolso. Dá pra mãe. Nico, que já estava meio estranho, se tensionou de vez. Desculpe, mãe, não posso te dar. Eu te pago depois. Não é questão de pagar, ele disse. Então dá logo. Ele enfiou a mão no bolso, como se quisesse proteger as moedas. Desde quando você deu pra me desobedecer? O menino continuou parado. Vamos, me dá. Ele deu um passo para trás. Que que essas moedas têm de mais, ganhou de alguma menina? Nico fez que não. Ela arregalou os olhos: De algum menino? Não é nada disso, mãe. Então me dá logo, ela gritou. Já disse que não posso, ele gritou de volta. Só não te dou uma palmada porque você tá doente. Me deixa, Nico bradou. Lembrei da reflexão dos sufis: por que quando duas pessoas brigam, elas gritam, mesmo estando tão perto uma da outra? Porque seus corações se distanciaram. O grito é uma tentativa de diminuir essa distância, de se fazer ouvir. Eu queria ter dito isso a eles. Alto, para que pudessem me ouvir. Para que os seus corações moucos ouvissem o meu. Mas como ouvir um coração que está em estado vegetativo? Assisti perplexa mas inabalável àqueles seres tão vivos, tão diferentes de mim, saírem do controle. O rosto do menino se crispando num choro. O da mãe se retraindo na raiva. Não senti porra nenhuma, mas entendi a agudeza da situação. Sem me alterar, virei para o balconista e, com uma expressão e uma cadência nabobesca, disse: Dá / o / desconto / pra / eles / seu / filho / da / puta. O homem empurrou a garrafa na nossa direção: Podem levar. Saímos os três daquela biboca. Sara segurando a aquisição contra o peito, com cara de remorso. Nico enxugando as lágrimas.

Seguimos até a Casa dos Cristais. Ainda queríamos ver a ametista. Não à toa ficava bem na entrada da loja. Uma pedra impressionante, até maior do que Nico, num formato fálico que me fez pensar no meu vibrador. Que da hora, ele disse. E Sara: Maravilhosa, mas daí pra curar alguém eu já duvido. Isso é coisa de bicho-grilo. Olhei para ela com o canto do olho: E essa garrafa que você tá segurando, não é? Sara ajeitou o vidro contra o corpo: Essa é produto da fé. Pensei que se algum dia fosse abrir uma empresa, contrataria o Caboclo para o marketing. Tirei uma foto do Nico com a pedra, depois uma dos dois. Em seguida demos uma volta pela loja. Sara comentando que se não estivesse comprometida com a vaquinha compraria um par de brincos e uma bandeja de ágata. Não tive vontade de comprar nada. Não acreditava na energia das pedras e não queria gastar. E nem desgastar o meu coração carregando uma mala com minérios. Já nos preparávamos para ir embora mas Nico cutucava uns chaveiros, amontoados num mostruário cheio de ganchos. Sara se aproximou dele: Escolhe um, a mãe te dá de presente. Ele pegou uma pedra verde, gravada com o nome da cidade.

Assim que saímos da loja, Nico parou. Podemos sentar um pouco, mãe? Tô meio tonto. Claro, Sara disse passando a mão pelo seu tronco, quase pegando o menino no colo, para então conduzi-lo até um banco, bem na frente da loja. Deu para ele uns comprimidos e uma fruta, me fazendo lembrar que eu precisava passar na farmácia: tinha suspendido o tratamento cardíaco mas resolvi que manteria o antidepressivo e, como tinha aumentado a dose, precisava de mais uma cartela. Quando Nico terminou de comer, seguimos em frente. Parei numa farmácia. Não tinham o antidepressivo, mas não me preocupei: pelo que havia observado, drogaria era o que não faltava naquela cidade, resolveria isso no dia seguinte. Naquele momento, estava mais preocupada em voltar para a pousada, diagramar as mensagens que faltavam e fechar a Página do Leitor.

Ao chegarmos à Mem Hey Shin, encontramos Flora arrumando as mesas para o jantar, o que me trouxe a lembrança positiva de que havíamos pagado por meia pensão. Depois de nos cumprimentar e contar que estava preparando um caldo, ela foi para a cozinha e nós fomos para o quarto. Sara ligou a tevê. Como eu precisava de silêncio, fui trabalhar na recepção. Quando saí, a noite estava caindo. Avistei, num canto do jardim, a silhueta do Nico. Estava com os fones, mexendo a boca e levando a mão ao ar, como fazia quando o vi na frente da sua casa. Só que ainda mais enlevado, a ponto de nem me ver passando.

Fomos jantar, a recepção perfumada pela comida. Flora nos contou que toda noite fazia uma sopa ou um caldo, era o mais adequado para os doentes. Perguntei se aquela receita levava carne. Disse que não. Ao saber que eu era vegetariana, se dispôs a sempre ter algo para mim. Fui pegar o meu prato, que estava sobre a mesa. Nesse momento, uma moça, que não devia ter nem vinte anos, entrou no salão. Tinha cabelos ralos demais para a sua idade. Uma mancha vermelha, em forma de borboleta, no rosto. Achei curioso estar sozinha. Pelo que sabia, o turismo da doença sempre se dava em, pelo menos, dois. A moça se serviu. Depois se sentou numa mesa mais afastada. Flora foi até lá. Levou uma garrafa d'água. Conversou um pouco. Em seguida veio até a nossa mesa, perguntou o que beberíamos. Será que eu e Sara não aceitaríamos uma taça de vinho, por conta da casa? Falei que não, estava evitando álcool, mas a minha amiga aceitou. Flora também se serviu de uma taça, depois se sentou conosco. Perguntou como tinha sido o dia. Nico contou da loja de cristais. Mostrou o chaveiro: É quartzo verdadeiro. Sara contou da garrafada, omitindo o drama das moedas. Depois relatou que já tinha tomado uma colher. Se tudo desse certo, daria ao filho no dia seguinte. Flora disse que, na época em que estava doente, também tomou a garrafada. Não sabe se ajudou, mas mal não fez. Levantei para pegar mais sopa. A moça estava se servindo. Quando voltei para a mesa, perguntei para Flora se a hóspede também tinha vindo para se tratar. Disse que sim, tinha lúpus.

Sara perguntou se Flora tinha nascido ali mesmo, naquela cidade. Ela disse que não, que era de uma cidade histórica a alguns quilômetros dali, mas quando veio se tratar acabou ficando. Não suportava mais a dor de morar na terra natal. Acho que olhamos intrigados para ela. Nico, com a espontaneidade invejável das crianças, perguntou por que doía morar lá. Flora falou que era uma longa história. A gente não tem pressa, ele disse.

A dona da pousada falou que nunca acreditou em amor de novela. Acreditava até em duende, mas não em amor de novela. Tanto que se casou com um colega da faculdade, não porque fosse louca por ele, mas porque queria ter filhos, ter uma família, e eles se davam bem. Tiveram um casal de gêmeos. Uma vida tranquila. Quando ela estava com cinquenta anos, os filhos quase adultos, se apaixonou. E por um garoto de vinte e cinco. Ali entendeu que a paixão existia e, em certos aspectos, era como uma doença: um estado do qual não se pode escapar. Deixou tudo que tinha: a casa, o carro, o marido, os filhos. Foi embora só com uma mala de roupas. O seu namorado era marceneiro. Um artista, fazia coisas lindas. E sempre tinha no bolso um molho de chaves que abria qualquer porta. Numa madrugada, eles usaram uma daquelas chaves para abrir uma igreja do século XVIII. Casaram lá dentro, à luz de uma única vela, com a cerimônia celebrada por eles mesmos, tendo como testemunha só os anjos barrocos e o vira-lata do namorado, que sempre andava com eles. Flora molhou a garganta com mais um gole. Depois prosseguiu, dizendo que viveram dois anos felizes. Até o dia em que ela resolveu fazer uma pergunta que se revolvia na sua cabeça havia tempos. Que pergunta?, Nico atravessou ansioso. Quis saber se ele queria ter filhos. Ele admitiu que sim, sempre sonhara ter vários, a ponto de encher uma Kombi. Ali ela soube que começava o fim. Por que não adotaram?, Sara indagou. Eu amava demais o meu namorado e, por isso mesmo, achava que ele merecia ter filhos, como eu tive, e encher a tal Kombi. Desde então, passei a ficar de olho em possíveis candidatas. Queria achar uma perfeita, que cuidasse bem do meu amor. Até que um dia uma escultora jovem passou pela cidade, expondo seu trabalho. Lembro quando vi a moça, com um chapéu de veludo, os cabelos compridos. Um olhar de fada. Fui eu que apresentei os dois. Ele resistiu um pouco no começo, mas acabou cedendo e depois se apaixonando por ela. Em seguida, Flora suspirou, acho que suspiramos todos. Até levei a mão ao peito, coisa que vinha fazendo menos após me tornar um nabo. A dona da pousada prosseguiu, contando que uns meses depois a moça engravidou dele. E ela engravidou de um tumor, filho da tristeza. Percebi que Nico olhou com compaixão para ela. Sara pegou nas suas mãos: Deus não te trouxe até aqui à toa. Acho que não mesmo, Flora disse. Adoro a energia dessa cidade, adoro cuidar dos meus hóspedes. Além de encontrar a cura, aqui acabei encontrando outro sentido pra vida. Dito isso, se levantou, trouxe umas compotas até a mesa.

    Voltamos para o quarto: tínhamos que acordar cedo no dia seguinte. Além disso, o menino estava cansado, o aspecto ainda mais abatido. Sara recomendou que ele tomasse um banho rápido, assim não precisaria tomar na manhã seguinte. Ele tirou as moedas do bolso, colocou-as sobre a mesinha, meio escondidas entre o abajur e os livros. Depois pegou o pijama e foi para o banheiro. Assim que o barulho da ducha cessou, Sara perguntou: Tá tudo bem aí? Tá, Nico resmungou. E logo saiu com o creme nas mãos. Antes de passar o hidratante, vamos orar, Sara disse. Catei a minha camisetona de dormir e fui para o banho. Assim que voltei para o quarto, Sara entrou na ducha. Nico já estava dormindo. Aproveitei para dar uma olhada nas suas patacas, curiosa para ver o que tinham de tão incrível. Eram duas moedas de um real, sem nada que as diferenciasse das outras.

„,

Acordei com as cortinas sendo abertas e a voz cheia de energia da Sara: Vamos levantar que hoje é dia de receber a graça. Cobri a cabeça com o travesseiro. Nico também não parecia disposto, a mãe teve de cutucá-lo várias vezes para que levantasse. Nós dois nos arrumamos rápido, no ritmo ditado pela líder da excursão. Reparei que, apesar da sonolência, o menino não esqueceu as suas moedas, que logo enfiou no bolso da calça. Eu também não esqueci do meu pássaro, que preguei escondendo o furo da camiseta.

Eram sete e cinco quando pisamos na recepção, sei disso porque vi no relógio-cuco. Senti inveja da Sara, que pôde virar uma xícara de café. Engoli o último antidepressivo da cartela com água. Nico tomou os seus remédios. Depois comemos rapidamente alguma coisa, pois Flora nos alertava que na Unidade eles serviam lanche mas era bem simples, melhor chegar com a barriga cheia.

Fomos de carro para ganhar tempo. A Unidade da Cura já estava de portas abertas, um ônibus de excursão estacionado na frente. Nunca vi passageiros desembarcarem tão devagar de um transporte, o que foi ótimo para nós: conseguimos entrar na frente deles. Na porta, uma mulher de roupa branca distribuía as senhas. Perguntou quem faria o tratamento. Eu e ela, Nico disse, apontando para mim. A mulher perguntou se, além de me tratar, eu acompanharia o tratamento do garoto. Disse que sim e percebi que Nico ficou satisfeito com a resposta.

A mulher falou que, como criança, ele era preferencial. Eu não era, mas podia me sentar junto dele e da mãe, sendo atendida depois. Em seguida nos deu os números, o meu impresso num papel branco, o dele num amarelo.

Passamos pela porta, Sara apertando a máscara do Nico. Ainda bem que o lugar é arejado, falou, avançando na minha frente. E como era. Parecia um ginásio. Talvez um dia tenha sido um ginásio. O teto alto. A nave central retangular, ocupada por filas de cadeiras de plástico que iam da frente até o fundo. Na lateral, uma mesa comprida com água, pães e sucos. Banheiros. E assistentes vestidos de branco, circulando por todos os lados e indicando para as pessoas onde deviam se sentar. Fomos encaminhados para a frente, na parte preferencial. Os pacientes iam se acomodando por ordem de chegada. Sentamos na terceira fila, Nico entre a mãe e eu. Passei os olhos pela turma da primeira e da segunda fileira: idosos, cadeirantes e duas grávidas. Nico me cutucou e apontou lá para a frente, onde havia um tablado que ia de ponta a ponta, cheio de imagens. Os avatares de Deus, me disse baixinho. E depois: Tira foto pra tua matéria. Enquadrei aquele imenso altar onde se aninhavam imagens das mais diversas religiões e dos mais diversos tamanhos, sinalizando que aquela casa era aberta a todas as crenças. Sara, provavelmente incomodada com aquele sincretismo explícito e com certeza ansiosa, começou a rezar baixinho. Permaneci olhando para a frente. Era a primeira vez que via os avatares de Deus reunidos. Costumamos vê-los separados, cada um na sua igreja ou templo, na casa do seu fiel ou temente. Só ali, confrontada com aquela galeria, me dei conta do quanto as representações eram distintas entre si.

No centro do tablado estava Jesus Cristo. Das mãos, cravadas com pregos, saía sangue, assim como dos joelhos e dos pés perfurados. O corpo esquálido, um pano esfiapado cobrindo a pelve, as costelas visíveis sob a pele. O seu rosto sofrido pendia para o lado, sangrando sob a coroa de espinhos. À sua esquerda estava uma das representações do Buda, sentado, com uma perna dobrada e a outra solta, a barriga volumosa à mostra, rindo de boca aberta. Era ladeado por Iansã com o seu vestido decotado em vermelho, a fenda revelando a coxa, os braços cheios de pulseiras, o semblante forte e desafiador, a mão cortando o ar com um facão. Iansã, por sua vez, estava ao lado da Nossa Senhora, com um vestido fechado até o pescoço, o manto cobrindo os cabelos, o olhar resignado para o chão. Como se estivesse olhando na direção de Ganesha, com o seu corpo parte homem, parte elefante, a tromba descendo sobre a barriga, a primeira mão segurando uma machadinha, a segunda, uma flor de lótus, a terceira, um pote de doces e a quarta aberta para quem o via. Seu vizinho era o Caboclo Tupinambá, com o corpo atlético, um cocar na cabeça, arco e flecha nas mãos. Tinha perto de si são Francisco de Assis, o físico esguio na bata marrom, a cabeça calva voltada para o braço, que servia de pouso para pássaros. Os seus pés contrastavam com os do Zé Pelintra, fechados em sapatos de bico fino impecavelmente brancos, combinando com o terno da mesma cor e a gravata vermelha. O chapéu, caído sobre o rosto, e a ginga no quadril faziam com que parecesse de carne e osso, e não de gesso. Não fazia muito sentido que estivesse ali: pelo que eu sabia de tanto legendar fotos nos jornais, Pelintra era invocado para resolver questões domésticas e financeiras, não de cura. No entanto, como logo vi, o tablado era aberto para que qualquer um depositasse uma imagem da sua fé e preferência — desde que não fosse ofensiva aos outros, imagino —, tanto que, naquele momento, um sujeito se aproximava e ali deixava uma pirâmide de meio metro com um olho pintado no centro, algo que eu nunca tinha visto e depois descobri ser o Deus dos caodaístas, o olho que tudo vê, na religião que tem entre seus santos Victor Hugo e Joana D'Arc. Assim que a pirâmide foi depositada, Sara suspirou: Ah, se alguém da igreja me vê aqui.

Eu ainda fitava o altar quando Nico me cutucou. Acho que ele também teria cutucado a mãe mas ela estava compenetrada, rezando. Na fila atrás de nós se sentavam quatro meninos indígenas, acompanhados por um senhor de uns sessenta anos. O meu amigo ficou exultante: não era mais o único doente juvenil na ala preferencial. E dava para saber que não era porque um dos garotos estava com o rosto muito inchado. Fiz sinal para que Nico se voltasse para a frente, sussurrei que era falta de educação ficar olhando assim para os outros.

Como ainda não tinham começado a atender nem a primeira fila, sugeri que déssemos uma volta. Ele se animou com a proposta. Sara pensou em ir, mas lhe ocorreu que podíamos perder o lugar. Ou chamarem os nossos números. Combinamos de ir os dois, ficando de olho no celular. Avançamos pelo outro lado da nave, ladeando as fileiras que já estavam quase todas cheias. O lado esquerdo replicava o outro: uma mesa longa com pães e bebidas, banheiros, um bebedouro. Vi no canto da construção uma porta, o batente pintado de azul. Vamos dar uma espiada, falei para Nico. A passagem dava para um pequeno jardim, onde uma mulher de branco fumava um cigarro e um cadeirante, outro. Me aproximei da mulher com o sorriso mais expansivo que a minha vitalidade de porcelanato permitiu. Não lembro como entabulei a conversa, provavelmente indagando se ela trabalhava ali. Contou que era voluntária todas as quartas. Depois perguntou se era o menino que ia fazer o tratamento. Eu e ela, ele falou. Ela quis saber o que tínhamos. Contamos. Estão nervosos? Um pouco, Nico desabafou. Perguntei quem conduzia o tratamento. Ela disse que não havia só uma pessoa. Médiuns conduziam em duplas, trios ou grupos. Saber que não existia um líder me trouxe certo alívio. Assim como saber que não cobravam pelas intervenções. E eles usam algum instrumento?, perguntei, temendo que fizessem raspagem de córnea ou abrissem orifícios no corpo com facas sem esterilização, como em alguns lugares. O principal instrumento aqui é a fé, respondeu de um jeito meio evasivo. E antes de sair pela porta: Sei que é difícil de acreditar, mas já vi muita gente ser curada. Assim que ela desapareceu, ouvi uma voz roufenha: Eu fui curado. Era o cadeirante. É mesmo?, Nico disse, arregalando o seu olhar de criança. Faz um ano, fui curado de doença pulmonar obstrutiva crônica. O senhor voltou pra agradecer? Pra me curar de novo. O problema voltou, mas a culpa é minha que sigo mamando essa chupeta, ele disse, e depois deu um peteleco na guimba.

Ao entrar no ginásio, senti o cheiro de pão fresco. Sugeri que pegássemos para nós e para Sara. Em seguida, caminhamos em direção à nossa fileira. Na hora de me sentar, aproveitei para dar uma olhada no grupo que estava atrás de nós. Era intrigante porque os meninos indígenas tinham idades muito próximas e feições bem distintas. Não pareciam irmãos. O que faziam juntos? O que aquele homem tão taciturno, com um colar de miçangas no pescoço, era deles? Ao ver os pães, Sara abriu a bolsa. Tirou lá de dentro um embrulho. E, do meio do papel-alumínio, uma faca e o salame. Que mico, Nico falou. E depois: Guarda isso, mãe. Mico nada, Sara disse, cortando o salame no colo. Você vai ver o sucesso que isso aqui vai fazer. Deu rodelas para o filho enfiar no pão. Em seguida lhe deu outras: Oferece pros meninos aí atrás. Nico estava envergonhado, mas como era muito obediente, cumpriu o pedido. Os meninos aceitaram. Um deles perguntou o nome do Nico. Sara sorriu para si mesma, me fazendo perceber que não disponibilizou seu salame por mera educação ou generosidade, mas para realizar o desejo do filho de se enturmar com os garotos.

Escutei Nico perguntar quem estava doente. Não resisti e me virei para trás. Sara também se virou. Todo mundo tá doente, o do rosto inchado disse. Alguém com quadro viral?, ela perguntou, reapertando a máscara no rosto do filho. O homem falou que não. O menino foi especificando: Eu dos rins, ele do pulmão, ele da cabeça, por isso tem essa tremedeira. E o Mioti do ouvido, né, Mioti?, disse alto, e o último menino balançou a cabeça. Nico pensou por alguns segundos. E depois: Na minha escola só eu tô doente. Como vocês quatro conseguiram ficar doentes juntos? A gente nadou no rio com mercúrio, o do rosto inchado respondeu. E o outro: E a gente também comeu peixe com mercúrio. E você? Eu tenho um câncer, por isso tô careca, mas não sei como arranjei isso. Depois de um breve silêncio, o do rosto inchado perguntou: Quer brincar de pedra, papel e tesoura? Nico olhou para Sara. Pode, ela disse, desde que não relem as mãos.

Vi que a porta ao lado do tablado tinha sido aberta. Cutuquei Sara. Ficamos observando. A fila dos preferenciais já começava a ser atendida. Pelo jeito, a mulher chamava os números e, quando o paciente precisava de ajuda para se locomover, dois jovens de branco vinham ajudar. Foi assim que aconteceu com o primeiro. Logo chamaram o segundo. Parece que o atendimento é rápido, Sara disse. Ou fazem vários ao mesmo tempo, sugeri. De qualquer forma, ainda deveria demorar. Depois que conversamos um pouco, peguei o meu celular. Tinha uma mensagem do Danka. Era a segunda vez que escrevia para saber como eu estava. Respondi e comecei a selecionar os comentários dos leitores, não fazia ideia da hora que voltaríamos para a pousada.

Não sei bem quanto tempo passou até o número ser chamado. Sara disse para Nico interromper a brincadeira e levantar logo. Ao ficar de pé, ele bambeou. Ela foi segurá-lo mas Nico, observado pelos novos amigos, empertigou-se: Tô de boa, mãe. Só fiquei tonto porque levantei rápido. Dito isso, deu tchau para os garotos e seguimos em frente. Na porta, a assistente conferiu a senha. É só entregar para a enfermeira lá dentro, disse e abriu passagem, apontando para uma segunda construção.

Atravessamos o chão craquelado de cimento. Sara empurrou a porta. O lugar parecia um ambulatório: uma antessala, um corredor comprido, pessoas de branco circulando aqui e ali. Mas havia algo estranho. Logo percebi que era a luz. As janelas estavam vedadas, o ambiente era iluminado apenas por lâmpadas vermelhas. Atrás da mesa havia uma mulher com um guarda-pó acinturado, como o de uma enfermeira. Vendo-a imersa naquele insólito carmim, tive a impressão de estar numa festa à fantasia. Ou num sonho. A enfermeira pegou a senha do Nico. Anotou o nome dele e o ano de nascimento. O nome da responsável. Depois perguntou qual era a enfermidade. Sara começou a explicar, dando um monte de detalhes. Ela disse que só queria o nome da patologia, e só para controle interno: no trabalho que eles executavam não fazia diferença qual era o problema do paciente. Aquilo me deixou perplexa. Saber que uma gastrite e um tumor no cérebro, uma rinite e uma falência do rim, para eles, era a mesma coisa, botou de novo a minha orelha sempre ereta de pé. Maria João, Nico me despertou, já dá pra ela a sua senha. Entreguei o papelzinho amassado. Ela disse para eu voltar ali depois que o menino acabasse o atendimento dele. E em seguida: Sala 5.

Avançamos pelo corredor. As portas das três primeiras salas estavam fechadas. A da Sala 4, entreaberta. Dei uma espiada. Dois homens de branco estavam inclinados sobre alguém. A porta da Sala 5 estava escancarada. Entramos. Lá dentro a luz era verde. Vinha de duas lâmpadas de teto que banhavam o ambiente. No centro havia uma maca, ladeada por um carrinho com rodas, como esses usados nos hospitais.

Para o meu alívio, sem facas ou bisturis, só uma garrafa d'água, copos plásticos e um tubo de álcool gel. Um minuto depois, seis pessoas vestidas de branco, com máscaras cirúrgicas no rosto, entraram na sala. Vi a apreensão no rosto do Nico. Pensei em pendurá-lo nas costas e correr dali, mas nem correr eu podia. Um deles, um homem alto, olhou para a indefectível careca do Nico: É desse rapazinho que vamos tratar? O menino fez que sim. Sara passou os braços ao redor do tronco dele: Eu sou a mãe. O homem pediu que o paciente se deitasse na maca. Minha amiga foi ajudá-lo, tirou rapidamente os tênis dele. Estava ainda mais atenciosa que de costume, provavelmente devassada pela culpa de não ter produzido uma criança saudável como a maioria das outras mulheres, e tentando mostrar que, apesar disso, era uma boa mãe. Foi assim que o homem se dirigiu a ela, como se seu ser se reduzisse àquela única função: Mãezinha, pode ficar na cabeceira da maca. E você, falou apontando para mim, nos pés. Nos posicionamos, uma na reta da outra, como no dia em que jogamos pingue-pongue, como no dia em que nos maquiamos, como no dia em que fomos pela primeira vez sozinhas a uma lanchonete, e como nunca antes.

 Um a um, eles foram desinfetando as mãos com álcool gel, o que me deixou ressabiada de novo — no que tocariam? Depois foram se postando em círculo em torno da maca. Resolvi que tentaria ter alguma fé. Vai que isso ajudava, vai que fazia bem para o menino. Como placebos fazem bem para certas pessoas. O problema é que eu não sabia nem por onde começar. A fé é um pensamento, uma emoção ou um sentimento? Uma *chapiens* tem potência para ensejar a mesma fé que uma *sapiens*? Resolvi copiar os outros. Estávamos de mãos dadas em volta da maca. Todos eles de olhos fechados, inclusive Nico. Fechei os meus. Escutei o homem alto dizer em tom solene: Na presença dos médicos espirituais, iniciamos o trabalho. Nesse momento, senti as mãos das mulheres ao meu lado se soltarem das minhas. Os antebraços suspensos ao lado do corpo, as palmas das mãos para cima. Começaram a rezar. E agora?, me perguntei. O Pai-Nosso eu até consegui acompanhar — quando falavam "santi" eu deduzia que depois era "ficado" e falava isso em voz alta, mas quando veio a oração seguinte, que eu ignorava totalmente, não consegui deduzir nem tartamudear. Procurei invocar a fé do meu jeito simplório, falando para mim mesma: Vai dar certo, vai dar certo, mas logo os meus olhos voltaram a se abrir, curiosos para ver o que estava acontecendo. Para o meu alívio, ninguém tocava o corpo do menino. A cena era impressionante. O verde tingindo as roupas e os lençóis brancos, aqueles desconhecidos olhando para o alto, como se o menino fosse ser abduzido por aquela luz. Dava para perceber que estavam transidos de fé. E, bem à minha frente, a mãe. Os braços um pouco mais soltos que os dos outros, as palmas também para o alto, como se segurasse um bebê. Um pequeno Nico sobre a cabeça do Nico. O seu rosto estava plácido. Ao contrário da maioria dos outros, plácido. De repente, percebi que sorria, suavemente. Um discreto êxtase, enquanto lágrimas começavam a descer pelas suas bochechas. Tive a sensação de que ela emanava o verde à sua volta. Que emanava um halo. Eu não acreditava em Deus, eu não acreditava em santos, mas acreditava naquela mulher. Sara do Perpétuo Perrengue, banhada em fel de agruras. Tinha sobrevivido a uma mãe alcoólatra, a um relacionamento abusivo, a dois ex de merda, a uma maternidade solo, a um filho doente, a uma amiga apática, a um país dessemelhante. E lá estava: inquebrável e magnânima, a dar muito mais do que jamais recebeu ou receberia. Assim que os médiuns viraram as palmas das mãos na direção do Nico, Sara virou as suas, com uma força que fez os seus braços tremerem. Fiz o mesmo mas, ao contrário dos outros, não cerrei as pálpebras. De repente, flagrei Nico com o pescoço levemente inclinado, mirando curioso ao redor. Quando viu que eu o fitava, fechou os olhos. Tive a impressão de que só não tinha perscrutado a sala antes porque tomaria um peteleco da mãe se fosse flagrado distraído das orações.

Depois de alguns minutos, os médiuns relaxaram as mãos. Desfizeram a roda. Sara se debruçou sobre o filho, segurou o seu rosto: Jesus te curou. A médium ao lado dela sussurrou: Assim seja. Em seguida conduziu a maca pelo corredor, sinalizando que seguíssemos em frente, Nico repousaria um pouco e depois seria levado até nós. Eu ia com Sara em direção à saída, mas ela se virou para mim: Peraí, você não vai fazer o tratamento? Fiquei olhando para ela sem dizer nada. Ela segurou meus ombros: Deixa de ser abestalhada. Pus a mão do lado esquerdo do peito, enquanto Sara desapareceu pela porta dupla, me deixando sozinha naquele corredor vermelho. Fiquei alguns segundos parada, sem saber o que fazer. Com medo de encontrar Sara para lá da porta, fui caminhando em direção à antessala. Me aproximei da mesa. Qual o seu nome?, a enfermeira deve ter perguntado por perguntar, porque não anotou nem deu baixa em nenhuma ficha. Depois que respondi, ela disse: Sala 3. Caminhei como um autômato até a terceira porta do corredor. Estava entreaberta. Era bem menor do que a Sala 5. Tinha apenas uma cadeira sob uma lâmpada vermelha que pendia do teto. Me sentei. Fiquei ali tocando o pássaro no meu peito, me perguntando por que a cor da lâmpada sobre a minha cabeça era diferente. Será que a luz vermelha era indicada para casos mais leves? Será que fui julgada pela aparência, por não ter marcas físicas da minha patologia? Ou a enfermeira sabia mais do que eu pensava, tendo conversado com a mulher que anotou o meu quadro na outra porta e achado o rubro adequado para um problema cardíaco? Era mais provável que as lâmpadas verdes tivessem acabado e eles pegaram um dos bulbos do corredor para iluminar a Sala 3, pensei comigo.

Vi duas mulheres entrando. Ambas de branco, ambas de máscara. Fiz menção de me levantar. Pode ficar sentada, uma delas disse. As duas se postaram à minha frente, os meus olhos na altura das suas barrigas flácidas, humanas, carnais. Na presença dos médicos espirituais, iniciamos o trabalho. Começaram a rezar. Dessa vez, nem tentei. Estávamos próximas demais para que eu improvisasse, deduzisse, fingisse. E depois, fingir para quê, para quem? Só fechei os olhos.

Foi enquanto elas oravam que a voz se alçou. Não era uma voz externa. Era daquelas vozes do coreto da mente, da polifonia incessante que atormenta o ser humano todos os dias. Geralmente essas vozes se sobrepõem, se calam, se intercalam, sem muita predominância. Mas naquele momento uma delas se soergueu com estridência: Fala a verdade, essa história de fazer reportagem é uma desculpa. Você veio até aqui porque tá se cagando de medo de o tratamento não ter dado certo, porque tá se cagando de medo de morrer, porque tá doida pra se agarrar em alguma coisa, sua formiguinha neurótica.

Talvez fosse isso que algumas pessoas relatam como uma aparição — no fundo, tudo é uma questão de como interpretamos o que chega até nós. Eu poderia dizer que naquela hora uma voz apareceu e disse, porque parecia mesmo que a voz estava fora da minha cabeça, dada sua eloquência, seu distanciamento, sua perspicácia, o fato de se articular em segunda pessoa, como se fosse mesmo outro sujeito, o que me deixou paralisada, sem saber o que fazer. Até que as mulheres tiraram as mãos do meu ombro e eu abri os olhos.

Elas saíram da sala sem falar nada. Esperei um pouco e saí também. Pisei no insólito corredor, que já não parecia mais tão insólito. Pus a mão no peito, por baixo do pássaro. Estava tudo bem. Estragada, não fui. Toquei a barra de metal que abria as portas duplas. Uma seta apontava: Sala de Espera. Antes de ir nessa direção, aproveitei que não havia ninguém por ali e dei uma espiada em outro vão. Dava para um ambiente cheio de macas, onde repousavam diversos pacientes. A luz ali era roxa. Avistei, no fundo, o meu amigo deitado olhando para o teto. Voltei para o lugar onde havia a seta. Alguns passos depois, eu dava na Sala de Espera, um lugar bem ventilado, cheio de cadeiras, ladeado por uma cantina.

Sara estava sentada por ali. Quando me viu, se levantou e veio me dar um abraço: Você tá curada, Meri. Como você sabe? Tô profetizando. É importante profetizar a cura. Me sentei ao seu lado. Contei que vi Nico. Tá tudo bem com ele? Falei que sim. Ela abriu um sorriso, depois falou que tinha certeza de que ele estava curado. Durante a sessão, sentiu um arrebatamento. Arrebataquê? Vai dizer que a sabichona não conhece essa palavra? Disse que conhecia, mas não sabia o que significava naquele contexto. Sara me falou que sentiu a mão de Jesus, os dedos magros de Jesus revirando o ventre dela. Que que o seu ventre tem a ver com o linfoma do Nico? Jesus tava curando a predisposição genética no útero, exclamou, como se aquilo fosse óbvio, como se as linhas do tempo não existissem. Foi por isso que, durante a sessão, comecei a chorar, você não percebeu? Aquiesci. E você, Meri, sentiu alguma coisa? Falei que não. Quer dizer, na sessão do Nico senti uma coisa bem positiva, menti para não desapontar. Depois perguntei qual era o próximo passo. Sara me contou que, de hora em hora, reuniam todos que estavam ali para passar as orientações sobre a continuidade do tratamento. E é bom prestar atenção, disse com o dedo em riste, porque a cura só se consolida se a gente fizer tudo direitinho.

Um tempo depois, Nico se aproximou, acompanhado de uma moça de branco. Entregue, ela falou, depois deu as costas. Sara abraçou-o, contou dos dedos de Jesus, dizendo para Nico que o milagre aconteceu. Ele tocou a axila: O caroço ainda tá aqui, mãe. Calma, filho, não é de uma hora pra outra.

O menino olhou para mim: E você, Maria João, conseguiu alguma coisa? Nem precisei responder porque, de repente, o menino ficou lívido. Percebi que a sua mão rija desceu pelo corpo e apertou, como pôde, as moedinhas por cima do tecido da calça. Levantei para segurá-lo, temendo que fosse desmaiar. Sara fez o mesmo. É só fome, ele disse, se desvencilhando de nós. A minha amiga começou a se chicotear: era uma péssima mãe, já passava do meio-dia, o menino não comia fazia três horas, e logo depois de ter empenhado toda aquela energia lá dentro.

Fomos para o balcão da cantina. Pedimos uns sanduíches reforçados, já serviriam de almoço. Enquanto esperávamos ficarem prontos, vi uma mulher bem-vestida, de chapéu e óculos escuros, sair pela mesma porta de onde saímos. Cutuquei Sara: Não é aquela atriz? A própria, minha amiga confirmou. E a funcionária atrás do balcão: Chegou ontem à cidade, num jatinho particular. Parece que tem feito hemodiálise dia sim, dia não. Olhando, não daria para saber. Ela parecia bem, talvez só um pouco mais magra que na última novela. Acomodou-se num canto, com uma revista na frente do rosto, tentando se esconder. Não era uma de nós, mas era uma de nós. Não existe corpo famoso, rico, nobre. Não existe corpo com diploma, cargo, patente. Corpo é matéria insubmissa, todos iguais diante da doença.

Pegamos os nossos sanduíches e nos sentamos por ali. Alguns minutos depois, a moça de branco reapareceu, entregando os quatro garotos indígenas para o acompanhante. O do rosto inchado veio falar com Nico. Os outros vieram atrás. Sara apertou a máscara no rosto do filho. Começaram a conversar. Estavam todos excitados, como se tivessem voltado de uma viagem. Tinha maca? Quantas pessoas? Que cor era a luz? Achei curioso não terem mencionado o seu estado de saúde, tampouco a expectativa de cura — não há espaço para nada que destoe da vida no começo da vida. Quando todos terminaram de descrever as experiências, Nico apontou para a atriz: Viram quem tá ali? O menino das mãos trêmulas: Não acredito. E o do rosto inchado: Agora sim o Cauã vai tremer. Ele é apaixonado por ela. O terceiro menino sugeriu que Cauã fosse pedir um autógrafo. Não vou conseguir, tenho vergonha de tremer na frente dela. Todo mundo treme na frente dela, o do rosto inchado falou, mas o menino não conseguiu tomar coragem. Foi então que Nico sugeriu: Posso pedir o autógrafo pra você. Sério? Claro, não custa nada. Sara, que também ouvia a conversa, piscou para mim, orgulhosa do filho. E depois: Pega essa caneta, meu amor. E um guardanapo ali da mesa. Com a esferográfica da autoescola Penélope e o papel na mão, Nico avançou em direção à atriz e abordou-a, pedindo o autógrafo. Como soubemos depois, ela perguntou o nome dele. Nico disse que se chamava Cauã. E como se escreve o seu nome?, ela perguntou. Ele ficou sem reação, até que conseguiu balbuciar: Vou ver e já volto. Em seguida deu as costas e foi correndo pedir ao dono da alcunha para soletrá-la, depois voltou até a atriz.

A situação provocou um riso cúmplice e coletivo. Um rasgo de alegria no meio daquela tristeza: a sala de espera se enchendo cada vez mais, eu começando a desconfiar que a doença tinha cheiro, e não era bom. A atriz foi poupada de tudo aquilo. Uma pessoa de branco apareceu para levá-la sei lá aonde, para provavelmente pegar as orientações do tratamento sem ter que esperar nem se expor. A nós, sobrou a pontualidade daquela linha de produção de promessas. Às treze em ponto chamaram todos que estavam ali para uma sala adjunta, um pouco maior do que a de espera. Fomos entrando e nos sentando nas cadeiras, todas encostadas nas paredes, num grande e imperfeito círculo. Os meninos indígenas e o seu acompanhante à nossa frente.

Em menos de dez minutos todos já estavam acomodados, em silêncio, à espera do que iria acontecer. Uma senhora, vestindo uma camisa branca com Unidade da Cura bordado, entrou na sala. Avançou até o meio do círculo. Disse que explicaria o tratamento mas não precisávamos anotar nada, no fim dariam uma receita com todo o passo a passo. A partir do dia seguinte, sempre às dezoito horas, por quatro dias, cada paciente iria receber a vista de um médico da Unidade. O paciente deveria ficar preparado para essa visita, deitado num lugar silencioso e tendo passado, dez minutos antes, um algodão com a água fluidificada sobre o local da enfermidade. Voltei a me perguntar quantos médicos eles precisavam para oferecer aquele atendimento simultâneo para tantos pacientes. Como se adivinhasse a minha pergunta, que não deveria ser só minha, a senhora convidou cada um a olhar para trás e conhecer o médico que passaria no seu endereço. Eu já tinha reparado que, atrás de cada par ou trio de cadeiras, havia um pequeno quadro, com uma foto em preto e branco. Só não tinha reparado que todos os quadros traziam o retrato de uma pessoa. Atrás de mim, estava um homem de terno, gravata e bigode. Sob a imagem: Dr. Hélio de Almeida. 1930-1993. Coloquei a mão no peito, estupefata. Talvez eu não tivesse entendido direito. Estiquei a vista para o quadro atrás da Sara, onde havia o retrato do dr. Carlos Mota Meireles. 1941-1986. Nico se virou para mim com os seus olhos de criança, mesmerizado, em seguida estendendo a mesma expressão para os meninos indígenas, que cochichavam entre si.

Foi o acompanhante dos garotos que rompeu o burburinho. Estava preocupado: começariam naquele mesmo dia a viagem de volta para a aldeia, seriam doze horas de estrada, seguidas de dez horas de barco. Não sabia exatamente onde estaria às dezoito horas do dia seguinte. A senhora disse que ele não precisava se preocupar. Tal qual os espíritos da floresta, o médico saberia encontrá-los em qualquer lugar. A Unidade da Cura recomendava que os pacientes permanecessem em Luziana durante o tratamento porque podiam participar de orações e receber auxílios variados, mas necessário não era. Tanto que... ela se virou para trás e pediu que alguém trouxesse as cartas. Um rapaz lhe entregou uma caixa de acrílico transparente cheia de envelopes. Ela segurou um deles, selado e carimbado, entre os dedos. Fazemos até a sessão de cura à distância, basta o doente solicitar por escrito. Fica a dica pra quem tem algum parente que não pode vir até aqui. Ou seja, não precisa se preocupar, disse para o acompanhante dos meninos. Depois perguntou se ele era pai deles. Sou o pajé do nosso povo, o homem disse cabisbaixo. Compreendi a expressão de amargura daquele homem: estudou tanto para curar a sua comunidade, aprendeu tanto com os seus ancestrais e, de repente, era confrontado com o estrangeiro Mercúrio, causador de doenças para as quais, obviamente, o pajé não estava preparado.

    A mulher chamou de novo a atenção para si, dizendo que para a cura acontecer era importante que ninguém interrompesse o tratamento médico que já vinha fazendo. Uma coisa não excluía a outra, eram trabalhos complementares. Por fim, perguntou se alguém tinha perguntas. Algumas mãos se levantaram. Era recomendado rezar durante a visita? Como saber se o médico realmente esteve na casa da pessoa? E como saber se já tinha ido embora? Quando todo mundo já estava mais confortável com aquela situação, ela pediu que o rapaz que havia trazido a caixa de acrílico trouxesse a água. Ele depositou, no meio da sala, um engradado cheio de garrafas. É agora que vamos ter que abrir a carteira, pensei, achando que ali desvendaria o segredo da Unidade, a fonte da pujança daquele lugar, mas que nada, as garrafas eram de graça, e que bom que eram, porque eu me sentiria uma idiota pagando por um litro e meio de água de torneira.

Pegamos as nossas garrafas. Nico se despediu dos meninos, trocando o telefone com o do rosto inchado. Entramos no carro. Eu ia pedir para Sara passar numa farmácia, mas já eram quase três da tarde e eu não tinha nem começado a diagramar a Página do Leitor. Sara também achou melhor irmos direto para a pousada. Ela precisava trabalhar e Nico, fazer a tarefa da escola. Como estava quente, me acomodei com o computador numa mesinha que havia no jardim. Só levantei os olhos da tela quando senti que a noite começava a cair.

Voltei para o quarto e encontrei Nico estudando. Sara estava no banho. Não demorou para que gritasse lá de dentro: Tudo bem aí, filho? Tudo, ele respondeu. Depois se virou para mim: Ela pergunta isso pra saber se eu continuo vivo. Sara saiu do banheiro. Deu a garrafada para Nico, perguntando se eu também queria. Agradeci e disse que não, eu era autossugestiva demais, capaz de fazer o meu coração acelerar só de imaginar que a poção poderia fazer isso. Atravessamos o jardim, rumo à sala de jantar.

A dona da pousada nos esperava curiosa: Como tinha sido na Unidade? Nico contou a experiência pela sua ótica: fez quatro amigos, conheceu uma atriz famosa, no dia seguinte o espírito do dr. Carlos viria na pousada. Tudo bem ele vir na pousada? Flora sorriu e disse que sim, claro, ela recebia aqueles espíritos direto, naquele fim de tarde mesmo o médico da sua outra hóspede — disse se referindo à moça com lúpus, que caminhava até a mesa do bufê — já tinha estado no quarto 3.

Flora serviu as nossas bebidas. Comentei com ela que precisava comprar um medicamento, já não tinha achado no dia anterior. Ela me passou o endereço de uma farmácia na qual havia de tudo. Ficava um pouco mais longe, era preciso ir de carro, mas valia a pena, lá eu certamente encontraria o que precisava. Exausta por aquele dia peculiar, resolvi que iria bem cedo na manhã seguinte. Perguntei se Sara me emprestaria o carro. Ela disse que antes eu teria que fazer um teste de baliza. Depois deu risada: Claro que sim.

Voltamos juntos para o quarto. Nico pediu para usar o celular da Sara. Ela disse que antes ele precisava pôr o pijama e escovar os dentes. Ele obedeceu, logo saindo do banheiro com uma bermuda e uma regata estampada com pequenos foguetes. Pegou o aparelho da mãe, colocou os fones, reclinou-se no travesseiro. Não demorou para pegar no sono. Sara ajeitou o corpo dele na cama. Olha isso, disse logo depois. Me aproximei para ver o que ela apontava. Nico dormia de barriga para o teto, um braço solto acima da cabeça. O dedo da Sara indicava a axila do garoto, onde estava o caroço. Achei que era isso que ela queria me mostrar mas, ao me aproximar mais um pouco, graças à luz do abajur e à unha pontuda da minha amiga, percebi que o que ela queria me mostrar era outra coisa. O esmalte rosa pousava na raiz de um pelo. Preto, liso, comprido. Uma penugem primogênita na axila imberbe. Tocando o pelo e o caroço bem debaixo dele, me perguntou: Como pode um corpo apontar, ao mesmo tempo, pra vida e pra morte? Eu não sabia o que dizer, aquele comportamento ambíguo era mesmo inexplicável, ainda mais para uma máquina tão eficiente quanto a nossa, que sempre trabalha numa mesma direção. Era como se a doença desse um *tilt* no sistema, clivando dois sujeitos: corpo e patologia, subitamente em guerra. Eu estava de pé, Sara ainda sentada na beira da cama. O pelo veio pra te avisar que o Nico vai longe, falei. E depois: Nunca ignore a sabedoria de um sovaco. Ela riu, depois encostou a cabeça na minha perna. Fiquei ali dura, sem me mexer. Em outros tempos, juntaria a sua cabeça mais para perto, certamente derrubaria umas lágrimas. Mas aquele comentário foi o máximo que pude fazer, porque um minuto depois eu voltava a ser uma espectadora da minha própria vida. Uma espectadora num cais distante, uma sensação de que aqueles dois sofredores estavam numa cama lá longe. Acho até que levei a mão ao peito, conferindo se o meu coração pulsava, me perguntando que tipo de desenho tamanha apatia seria capaz de desenhar num eletrocardiograma. O que sentimos quando não estamos sentindo?

,,,

Sara ia gostar de ver a baliza que fiz na frente da farmácia. Se bem que havia sido fácil. Os carros estavam bem espaçados na rua, ainda era cedo. A porta metálica tinha acabado de subir, eu era a primeira cliente. Fui até o balcão, mostrei a receita. O farmacêutico arqueou as sobrancelhas. Nunca tinha ouvido falar, ia consultar o sistema. Clicou aqui e ali e, por fim, disse que ainda não tinham aquele medicamento. Era o meu castigo por ser uma elitista tomando fármacos de última geração. Perguntei a ele onde poderia encontrar. Me sugeriu a loja de uma outra rede. Contei que já tinha ido. Falou que então só na cidade vizinha, na farmácia da maior distribuidora da região, onde se encontrava praticamente tudo.

Telefonei. Ninguém atendeu. Deduzi que era cedo demais. Como ficava a quarenta minutos dali, resolvi já ir me adiantando, indo até lá. Peguei a estrada. Foi só quando já trafegava na pista simples, com carretas e ônibus de romeiros vindo na outra direção, que me lembrei de não ter muita experiência em estradas. Que me cagava de medo de guiar em estradas. Onde estava o meu medo? Onde estava aquela fábrica de pensamentos negativos que imaginaria o Onix batendo contra um caminhão? Atropelando uma vaca? Eu sendo julgada por ter matado toda uma excursão de romeiros, para deleite dos portais noticiosos? Nada disso havia passado pela minha cabeça. Da mesma forma que eu não estava pirando de medo com a retirada do medicamento cardíaco. O que era estranhíssimo. Estava apreensiva, claro, mas não como estaria em outra circunstância química. Admirei o nabo que havia em mim. Era sensato. Era corajoso. Um legume e tanto. Ou talvez fosse apenas estúpido, porque o medo tem a utilidade de proteger seu portador. De qualquer forma, eu já estava na estrada. Nas estradas. Em todas as vias que pegamos simultaneamente ao acordar de manhã e ir tomando múltiplas decisões.

Naquele caso, eu estava a meio caminho da cidade vizinha. O cotovelo para fora da janela. O sol batendo no broche da minha avó. Foi por esse momento que avistei, à direita, um anfiteatro. No meio do nada. Achei curioso. Reduzi um pouco a velocidade, observando a bilheteria sem portas, abandonada, e a estrutura ao ar livre, uma espécie de arena, os bancos de concreto, um tablado no centro, mas logo voltei a acelerar e segui em frente, atenta à rotatória que me levaria para dentro do outro município.

Estacionei em frente à farmácia, que já estava aberta. Fui até o balcão que ficava nos fundos. Pedi o medicamento. A farmacêutica disse que já tinha ouvido falar. Encomendaram, ainda não tinham recebido. Chega quando? Não dá pra saber. Contei a ela que já estava tomando, precisava dar continuidade. Onde podia conseguir? Ela disse que online, mas demoraria uns dias para entregar. Ou então na distribuidora da capital, a cinco horas dali. Fiz as contas: cinco horas para ir, cinco para voltar. Eu perderia o dia de trabalho, talvez o emprego e ainda a visita do dr. Hélio — na hora, ninguém tinha perguntado se era possível reagendar a visita dos médicos. Agradeci a farmacêutica. Depois caminhei pelas gôndolas, pensando no que fazer. Ali pelo meio, parei para escolher um desodorante, o meu estava acabando. Peguei a embalagem, conferindo se não era testado em animais e, de repente,,, Assim do nada, sem eu ter provocado.

Larguei o desodorante. Teria sido impressão? Fiquei parada por alguns minutos, mirando todas aquelas promessas — não irrita a pele, não mancha a roupa, proteção quarenta e oito horas —, à espera de outra martelada. Acabei desistindo de levar o desodorante, não tinha mais cabeça para sovaco. Fui andando lentamente em direção à saída, a mão no peito, tentando ouvir o meu corpo como ouvi a porta da loja, como ouvi a chave abrindo o Onix. Assim que sentei e pus o cinto,,,,, Bem suave, mas diversas vezes. Não restava dúvida: a doença estava lá. Provavelmente nunca tinha ido embora. Poucos dias depois de suspender o antiarrítmico, ela voltava. E a batida só devia estar fraca porque eu ainda tinha alguma química no sangue.

    Liguei para o cardiologista. Contei a ele o que tinha acabado de acontecer. Sim, teríamos que fazer o cateterismo. Pela primeira vez, conversamos detalhadamente sobre os riscos. Havia chance de perfuração do órgão. Nesse caso, fariam uma cirurgia na mesma hora e eu passaria a usar marcapasso. A chance de ir a óbito era quase inexistente, eu não deveria pensar nisso. Depois de um silêncio breve e espesso, expliquei que estava viajando, longe da nossa cidade. Ele disse que não tinha problema. Só poderíamos fazer a intervenção duas semanas depois da suspensão do medicamento, quando a membrana estaria totalmente livre da química e fazendo muitas arritmias: para o eletrofisiologista, quanto mais arritmias e taquicardias, melhor, já que é preciso ver onde se originam para queimar o ponto. Que eu não me preocupasse, estaria nas mãos de uma equipe excelente. E que não me apressasse, seria inútil. Podia terminar em paz a viagem. Só deveria procurá-lo ou procurar um pronto-socorro em caso de tontura intensa ou desmaio. E, paralelamente, deveria falar com a secretária para já ir agendando o procedimento e os exames da véspera.

Desliguei o celular. Lembro do *splash* à minha frente: Loção pós-barba R$ 55,00. Queria ter bigodes para enrolar as pontas. Queria ter unhas compridas para roer. Queria ter espinhas para apertar. Queria ter feridas para cutucar. Eu não estava chorando porque o meu desespero estava empedrado, mas senti as placas tectônicas se movendo dentro de mim. Desci do carro. Entrei na farmácia. Comprei três barras de chocolate e uma lata de refrigerante. Voltei para o Onix. Comi tudo de um jeito selvagem, engolindo junto um pedaço de papel-alumínio. Arrotei. Um arroto alto, gutural. Não senti alívio. Como lidaria com aquela perspectiva dali para a frente, em especial quando deixasse para trás o meu estado nabobesco? Dei uma pesquisada: se comprasse o antidepressivo online, chegaria em setenta e duas horas, por uma grana preta. Ir até a outra cidade era pior ainda. Além do tempo de deslocamento, tinha o risco da vaca e dos romeiros atropelados, que ganhavam suave consistência na minha mente depois de uma vez imaginados. Se bem que eu tinha reparado que os outros motoristas tomavam cuidado ao ver o carro da autoescola. De qualquer forma, eu precisaria falar com Sara. Era o que eu precisava: falar com minha amiga, contar a ela o que tinha acontecido.

Entrei no Onix. Por conhecer o caminho, a volta sempre parece mais rápida. Esta pareceu mais ainda. Eram dez e meia quando passei na frente do anfiteatro abandonado, eram quase onze quando passei por baixo dos mensageiros do vento da Mem Hey Shin. Atravessei a recepção. Ainda bem que Flora não estava por lá, detestaria ter que ser simpática naquele momento. Dessa vez, nem bati antes de entrar no quarto. Nico estava no sofá, com um livro nas mãos. Aconteceu alguma coisa, Maria João? Você tá com uma cara. Disse que tive um problema no trabalho, coisa de adulto. E, olhando para Sara: Vamos ali fora? Preciso conversar com você.

Nos sentamos nas cadeiras do jardim. Resolvi contar desde o começo. Logo Sara me interrompeu: Esqueceu que sou dona de autoescola, com habilitação nas categorias A, B, C e D? Posso buscar o antidepressivo. Faço o trajeto de dez horas em oito tomando energético. Agradeci a oferta, é muito generoso da sua parte, mas não era mais necessário. A minha amiga me olhou intrigada. Contei das taquicardias que tive naquela manhã. Sério? Aham. Sara piscou com aqueles cílios enormes. Os seus olhos ficaram cheios de lágrimas. Me senti uma idiota por ter me afastado dela por tanto tempo, motivada por diferenças irrelevantes. Aquela era uma baita amiga, maior do que muitas que pensavam como eu, votavam como eu, mas não iriam até a esquina para me ajudar.

Certeza de que não quer que eu busque o seu loucurol?

Só comecei a tomar por causa do tratamento cardiológico. Não faz o menor sentido você ir até a puta que o pariu, deixando o seu filho que tá doente comigo pra pegar um negócio que custa os olhos da cara e nem pode mais me ajudar.

Sara contraiu aquela testa vincada. Acho que ia falar alguma coisa, mas me antecipei: Pode deixar que eu não vou contar pro Nico do meu coração. Não quero que ele perca...

A esperança?

Fiz que sim.

É melhor que ele não saiba, mas não por isso. Você não percebe?

O quê?

A sua doença reapareceu logo hoje, no primeiro dia da visita do médico.

E?

É Deus testando a sua fé.

Não seria a química saindo do meu corpo?

Uma coisa não elimina a outra.

Eu nem tenho fé. Se Deus existisse, ele saberia disso.

Sara só suspirou, aquela expressão de cansaço.

E você, como tá?, perguntei para ela.

Tô com o cu na mão, né. Mas, depois de ontem, segurando o cu com mais otimismo.

Rimos, uma risada triste. Depois falei: Não sei o que deve ser pior, ser o doente ou a mãe do doente.

Óbvio que a mãe. A sabichona não conhece o Julgamento de Salomão?

Segui em silêncio.

Do Livro de I Reis, falou, como se isso ajudasse em alguma coisa. Depois prosseguiu: Duas mulheres aparecem disputando um bebê na frente do rei Salomão. Uma diz que o menino é dela. A outra também. Sem saber qual das mulheres é a mãe verdadeira, Salomão pede que os seus súditos tragam uma espada. Propõe que cortem o bebê ao meio, dando uma metade pra cada mulher pra resolver o problema. Uma delas aceita a proposta. A segunda grita pra pararem, dizendo que desiste, que podem dar o bebê pra outra. Quem é a mãe?

A que desiste dele, claro.

Pois é. Ela abre mão do filho. Eu abriria mão agora da minha medula e do meu sistema linfático pra dar pro Nico.

Fiquei olhando para ela. Nunca tinha experimentado nada parecido. Aquilo era amor, não as coisas que eu tentava acreditar que eram amor. Pelo que estava vendo, amar era estar no outro. E, ao que parecia, apesar das dores, era melhor do que apodrecer em si mesmo.

E quer saber de outra coisa?, Sara disse, mirando o horizonte além do jardim. Se Deus aparecesse aqui agora e falasse que eu poderia voltar no tempo e escolher entre ter um filho que nunca teria uma doença ou ter o Nico, sabe quem eu escolheria?

Não era preciso responder.

Mesmo que ele morresse amanhã, Meri. Eu ficaria mal? Óbvio, mas ainda assim sentiria gratidão por ter tido o privilégio de conviver com esse menino incrível por mais de dez anos.

Aí já era demais para mim. Se o sistema de reencarnação dos budistas de fato existisse, na próxima vida ela seria um homem — me parece que ainda é mais prestigioso do que ser uma mulher — e eu seria um berne.

Sara se empertigou na cadeira: Mas isso não vai acontecer porque hoje vou apostar todas as minhas fichas nessa cura. E, se tudo der certo, em duas roletas.

Não entendi o que ela quis dizer com duas roletas, e nem pude tentar entender, porque nessa hora vi Nico saindo do quarto e vindo na nossa direção. Sara olhou as horas, já era meio-dia. Contou que fez um combinado com a dona da pousada para que ela fizesse o almoço, assim não teriam que comer fora, não teria que expor Nico a pegar uma pereba dos outros. Gostei da ideia. Detestaria ter que sair atrás de comida, já tendo perdido uma manhã de trabalho e sabendo que, à tarde, teria que cuidar das questões relacionadas ao meu coração, que, naquele momento, cumprimentava Flora sem ela saber,,, com seu staccato coberto por uma pelúcia. Ela colocava a mesa para o almoço. Assim que terminou de servir os pratos, se sentou conosco. Perguntou se eu havia achado o medicamento. Falei que não, mas não tinha problema, já estava para descontinuá-lo. Nico quis saber para o que era. Respondi que para ansiedade. Ele disse que sentia isso nos dias em que saíam resultados de provas e, especialmente, de exames. Não é tudo a mesma coisa?, Flora perguntou. Tô falando das tomografias, ele respondeu, depois encheu a boca de comida. Eu também não queria pensar em exames,, Perguntei para a dona da pousada sobre o anfiteatro. O que uma construção como aquela fazia abandonada no meio do nada? Ela contou que aquilo foi ideia de um fazendeiro, um amante das artes. Durante a pandemia, ele resolveu montar um teatro a céu aberto para as pessoas assistirem a peças. Por uns meses, foi um sucesso. Teve até *Sonho de uma noite de verão*, com a arquibancada lotada. Parecia que o fazendeiro tinha conseguido incutir na população o gosto pela arte, mas foi só a pandemia acabar para todo mundo voltar a lotar o shopping e o teatro ir minguando, até o seu Onofre desistir de bancar tudo aquilo. Que pena, acho que resmunguei, e cruzei os talheres sobre o prato,,,

Depois busquei o computador e me sentei no jardim. Passei o começo da tarde falando com a secretária do cardiologista, do eletrofisiologista e com o hospital. O procedimento ficou marcado para dali a duas semanas. Eu já tinha comprado a minha passagem de volta pra casa, para um dia depois do fim do tratamento, quando Sara e Nico também deixariam Luziana, e não vi por que pagar uma taxa de remarcação para ficar em casa sofrendo sozinha. Com certa dificuldade, tentei me concentrar na Página do Leitor, o melhor que podia fazer era ocupar a cabeça.

Num certo momento, Sara e o filho apareceram. Ela perguntou se eu ia sair para fazer a reportagem. Disse que não. Ela falou que estava querendo ir à igreja e ao salão. Será que eu podia ficar de olho no Nico? Ele já tinha tomado as medicações da tarde e ia permanecer no quarto fazendo as tarefas. Eu não precisava fazer companhia, só dar uma espiada de vez em quando para ver se ele estava bem. Claro, falei. Ela se despediu do filho e, em seguida, cada um foi para um lado. Fiquei ali pensando qual a necessidade de uma mulher ir ao salão naquele contexto. Lembrei dos seus vestidos no armário. Seria possível que ela realmente fosse se arrumar tanto para esperar o médico, um doutor que nem sequer tinha nervo óptico?

Resolvi ligar para a minha mãe e contar as tristes novidades. Falava no celular quando Nico apareceu e sussurrou que precisava fazer uma consulta rápida para a tarefa, eu poderia emprestar rapidinho o computador? Entreguei e disse que não tivesse pressa. Ele agradeceu e perguntou qual era a senha. daneseadoença tudo junto caixa baixa, disse. E trocamos um sorriso cúmplice. Voltei a ouvir as aporrinhações da minha mãe: eu deveria fazer uma dieta saudável como a dela — cigarros mentolados? — para me fortalecer para o cateterismo. Nico foi rápido. Nem dez minutos depois me agradecia pelo computador e voltava ao quarto para terminar a tarefa. Acabei vendo o resultado da sua pesquisa. Depois de procurar por "biomas brasileiros", ele entrou na página da vaquinha. Desci o olho: o valor não tinha subido praticamente nada. Será que mesmo assim Nico entrava todo dia para ver aquela soma? Pensei em dar mais um pouco, mas que diferença o meu troquinho miserável faria? Fechei a vaquinha. Voltei a trabalhar.

 Ouvi um uivo vindo do nosso quarto,,, Levantei correndo,, Abri a porta. Nico estava parado no meio da sala, com uma mão no peito e outra levantada para o alto. Assim que me viu, soltou os braços: Que susto, achei que fosse a mãe. Tá tudo bem?, perguntei. Tá sim, eu só tô... Acabei a tarefa e só tô... Não conseguiu completar, mas pelo jeito não era nada demais. Ou pelo menos nada muito diferente do que costumava fazer com os fones no jardim. Ainda assim, resolvi pegar o computador e ficar trabalhando lá dentro.

 Tinha acabado de me acomodar no sofá quando Sara chegou. Estava com os cabelos escovados, volumosos, as pontas levemente torcidas. Nico olhou encantado para a mãe. Ela tirou os pães da sacola. Fizemos um lanche. Depois ficamos por ali, Nico com os fones, Sara trabalhando, eu lendo um livro. Lá pelas cinco e meia, uma agitação tomou conta do quarto. Mesmo sem ninguém ter falado nada, sabíamos que a hora estava chegando. Sara acendeu uma vela. Nico perguntou se podia ficar com a roupa que estava. Ela disse que sim. Achei que fosse colocar um daqueles vestidos, mas ficou com a saia e a blusa que estava usando. Em seguida ajeitou as colchas nas camas, guardou os tênis que estavam pelo caminho, como se de fato esperasse por uma visita. Virou para a frente a imagem de Jesus que estampava a vela votiva, como se isso fizesse diferença. Depois abriu a bolsa, pegou um pacote de chumaços de algodão. Colocou a garrafa de água fluidificada sobre a mesa de cabeceira. Fiz o mesmo com a minha,, Ela conferiu as instruções passadas pela Unidade. Agora vocês deitam, tá na hora de passar o algodão com a água. Eu estava com uma regata, o que facilitou as coisas. Peguei uma bolinha, molhei, passei sobre o seio esquerdo. Sara tirou a camiseta do filho. Mandou ele levantar o braço. Nico me fitou com o rabo de olho. Virei para o outro lado, não queria constrangê-lo. Imagino que Sara passou o algodão na sua axila. Depois disse: Faltam oito minutos. Quem será que vai chegar antes, o meu médico ou o dela? Acho que juntos, Sara disse para o filho. E eu: Será que vão bater na porta? Não é hora pra brincadeira, Meri. Não tô brincando. Lembrei daquele oráculo do copo que a gente fazia. Uma vez o copo se mexeu. Sara se virou para mim: Ótima lembrança, é por aí mesmo. Agora agarra essa crença e vai. Eu estava muito mais desesperada do que no dia anterior. O meu coração até,,, como a me lembrar o quanto eu estava fodida, o quanto precisava de ajuda, vinda de onde viesse, tanto que tentei fazer o que Sara disse e me agarrar a alguma coisa, mas talvez a coisa fosse inconsistente demais, porque não consegui. Sem falar naquelas vozes nefandas da minha cabeça, que me fizeram abrir os olhos e reparar à minha volta: três pessoas esperavam por dois espíritos de médicos numa estalagem de uma cidade distante. Talvez o problema fossem os cenários da fé, era tudo exuberante demais: as imagens das divindades, as luzes coloridas, agora os mortos, com nome e tudo, Carlos e Hélio, prestes a irromperem pela porta — Telhado? Janela?

Parede? — a qualquer instante. Quem sabe fosse mais fácil se oferecessem a cura numa repartição pública: aquela luz fria, aquela parede branca, aquele intermediário de camisa bege — pode retirar o seu milagre no guichê número 2 —, tudo previsível, tudo sem graça, nada a distrair a minha atenção, a excitar a narradora de dramas que havia em mim. Como os dedos do Nico que avançavam sorrateiramente até a mesa da cabeceira e pegavam as duas moedas, para em seguida guardá-las no punho com os seus dedos rijos. Por que fazia aquilo naquele momento? Enquanto Sara rezava e a chama da vela se agitava. Acho que eles estão aqui, estou sentindo alguma coisa, Sara sussurrou, e Nico apertou com força as moedinhas sem que a mãe visse, e abriu um dos olhos, cruzando a sua mirada com a minha. Fechei-os de novo. Sara rezando com cada vez mais fervor. Pus a mão no peito. Se aqueles dois médicos existissem, se realmente estivessem ali, se pudessem fazer alguma coisa pelo meu coração e pelo menino... Me toquei de que nem o meu tempo verbal ajudava. Onde já se viu alguém pedir alguma coisa no pretérito perfeito do subjuntivo? "Pai Nosso se estivésseis no céu..." É melhor reformular a frase, pensei. E em seguida ouvi um barulho. Abrimos os olhos. O ruído se repetiu, com o seu som familiar. É a madeira estalando, eu disse. Talvez sejam eles saindo, Nico sussurrou olhando para os lados e depois para nós. Vamos terminar a oração, Sara sugeriu, proferindo mais algumas palavras. Depois fez o sinal da cruz e apagou a vela. Nico levantou um pouco o braço, começou a apalpar o caroço. Sara ficou olhando para ele. Tá igual, o menino disse. Cura fácil não é de Deus, filho. Ainda temos três noites pela frente.

Depois fomos jantar. Flora conversava com um sujeito que estava numa mesa. Tive a sensação de que ele tinha um dente de ouro, mas não pude ter certeza porque logo ela veio se sentar conosco e o homem não abriu mais a boca, ou não abriu mais o bastante, só tomando o seu café. Ele também tá doente?, Nico perguntou. Ela disse que não. Era um fornecedor, vinha quase todo mês vender gemas para a Casa dos Cristais. Percebi que Sara deu uma medida nele. E Flora nela: Onde vai bonita desse jeito? Você que me diz. Tem algum lugar bom pra dançar e conhecer gente nesta cidade? Nico girou os olhos. Então era por isso o salão, por isso os vestidos. Lugar bom pra dançar até tem, mas não sei se é bom pra conhecer gente, ela respondeu. Por quê, é muito vazio? Pelo contrário. Então qual o problema? Flora pensou um pouco e disse: Só indo pra entender. Depois dessa, até eu fiquei interessada. Sara quis saber da ventilação. A dona da pousada disse que era ótima, Nico não era o único imunossuprimido de Luziana. Além disso, com aquele calor, ninguém aguentava dançar em espaço fechado. O bailão tinha uma choupana no centro e mesas ao ar livre. Nico olhou para Sara: Você não tá querendo que eu... A mãe não vai te deixar sozinho. Ele fechou o rosto. A mãe te paga um sorvete. E deixa você usar o celular e ouvir as suas músicas. A Meri também vai, né, Meri? Concordei, estava curiosa para ver o lugar. Mas já fui avisando que ia ficar pouco. Era perto? Flora disse que ficava na frente da primeira farmácia que havia indicado para mim.

Chegando ao quarto, Sara foi se maquiar. Nico entrou no banho, eu em seguida. Quando saí, o menino estava acabando de passar o creme e Sara já estava a vácuo naquele vestidinho justo com laço. Olhou para mim: vai sair de blusa furada? Até podia mas não vou, eu disse, e coloquei o broche da minha avó. Depois peguei a carteira,,, Nico pôs as moedinhas no bolso e os fones no pescoço.

Uns metros antes já sentimos a agitação. A música alta, os carros procurando vaga. Acabamos entrando num estacionamento. Vão no Bailão da Cova?, o manobrista perguntou. Sara e eu nos olhamos. Tem certeza de que quer ir? Ela fez que sim. Deixamos o carro numa das vagas. Caminhamos em direção ao terreno onde ficava o bailão, Sara ajustando a máscara no rosto do Nico, avisando que se não fosse mesmo arejado nem entraríamos, e o menino: Tomara que seja um forno! Não era. Logo avistamos o espaço, circundado por uma grade de metal que deixava divisar tudo lá dentro. A choupana com o bar e a pista no centro, as mesas em volta, ao ar livre. Me animei pensando que talvez fosse um daqueles lugares mulher paga meia ou paga nada, mas a entrada só era franca para Nico. E dava para compreender o porquê. Nem bem entramos e já reparei na discrepância de gênero, tão grande que saltava aos olhos, inclusive aos da minha amiga. Só tem mulher aqui, Meri. Só tem era um exagero, mas dava para cravar que pelo menos setenta, quiçá oitenta por cento do público era formado por elas. E, passando pelas mesas, dava para entender o motivo: sempre que víamos algum idoso ou alguém com aparência de doente, ao lado havia uma ou mais mulheres acompanhando a pessoa. Mães, esposas, filhas. Talvez sobrinhas. Velhas ou jovens. Eram elas que cuidavam da turba combalida. E algumas também compunham a turba combalida. Ao lado da mesa que tínhamos acabado de ocupar havia uma cadeirante de quase cem anos, o pescoço de tartaruga coberto por vários colares coloridos. Perto dela, uma moça com a pele cheia de crostas vermelhas. Na mesa ao lado, um homem que devia ter feito traqueostomia, porque estava com um aparelho no pescoço e falava por uma espécie de máquina com uma mulher careca e lindíssima. Ao vê-la, percebi que Nico tirou o bonezinho e ventilou um pouco a cabeça, coisa que nunca tinha coragem de fazer na frente dos outros.

De repente, Nico cutucou a mãe. Olha esse carro, disse apontando para um Lamborghini que estacionava ali fora. Já pensou que da hora um desses na autoescola, mãe? Se a gente tivesse um desses, só eu ia botar a mão, Sara disse, enquanto assistíamos ao dono do carro desembarcar, um senhor de uns setenta ou oitenta anos, acompanhando por uma moça. Os dois sumiram de vista. Dei uma olhada no cardápio, tão peculiar quanto tudo por ali, com diversos drinques com e sem álcool, alguns prometendo saúde, como o Regeneração Celular, ou prometendo esbórnia, como o Depois da Alta. Nico também adorou o cardápio, ficamos discutindo quais seriam as melhores opções, enquanto Sara fitava aquela estranha matilha. Já escolheram?, perguntou. Pode deixar que eu pego no balcão, os garçons não tão dando conta. Olhei em volta, eram dois ou três para diversos clientes com dificuldade de locomoção. Quando Sara voltou com as bebidas e a sobremesa do Nico, se sentou em outra cadeira, voltada para a direção oposta à que estava antes. Um tempo depois, percebi que não foi por acaso: trocava olhares com o dono do Lamborghini. Dei uma medida no sujeito. Não era feio. Usava camisa, uns sapatos lustrosos. No pescoço, um acessório estranho: um cordão de crachá sem crachá. A moça devia ter uns vinte anos e era parecida com ele.

 Assim que o menino terminou o sorvete, Sara lhe ofereceu o celular. Nico disse que não precisava. A mãe estranhou. Qualquer coisa, tá aqui, falou, deixando o aparelho sobre a mesa. E depois, colocando uma máscara e se levantando: Já volto. Por mera falta do que fazer, segui Sara com os olhos, achando que ia ao banheiro. Fiquei surpresa ao ver que parou na mesa do dono do Lamborghini e, depois de falar sei lá o quê, estendeu a mãozinha, convidando-o para dançar. Olhei para o lado: Nico também assistia à cena. O problema da mãe é que ela não cansa nunca, suspirou. De longe, acompanhamos a dupla se colocando no canto da pista que não parava de encher, o homem enlaçando a minha amiga pela cintura.

Puxei conversa com o Nico,, perguntando o que ele ouvia naqueles fones. Música. Comentei que também adorava ouvir música. E dançar. Que morria de saudade de dançar — embora até o meu desejo estivesse um pouco embotado por aqueles dias, coisa que obviamente não comentei. Por que não dança?, sugeriu olhando em volta. Se não tiver nenhum moço legal, dança sozinha. Nas festas da minha classe, as meninas dançam sozinhas. Os meninos da sua classe não gostam de dançar? Os meninos da minha idade são uns idiotas. Perguntei por que achava aquilo. Ele torceu a boca. Depois me contou que um dia estavam jogando queimada no recreio e alguns dos seus colegas começaram a falar: Pode matar o Nico, ele já vai morrer mesmo. Que babacas, falei, pensando na ilusão que alguns adultos têm de que a infância é um período resguardado. Deixam os filhos na escola sem imaginar que lá dentro se exercitam as mesmas crueldades que num ambiente de trabalho, às vezes de forma mais intensa.

A música acabou. Sara veio até a mesa: Tudo bem aí, filho? Ele fez que sim e sorriu para mim. Então a mãe vai dançar mais um pouco. Depois me traz uma água?, ele pediu. Deixa que eu pego, falei. Também queria uma. Sara voltou para a pista. Levantei e disse para Nico que logo voltaria. O bar ficava nos fundos da choupana. Antes, era preciso pegar a ficha. Entrei na fila do caixa,,, que ladeava a pista de dança, agora cheia a ponto de alguns casais dançarem fora da cobertura. O fato de haver menos homens não importava: algumas mulheres dançavam com mulheres. Ao meu lado, uma rodopiava outra. A certa altura, meteu a mão no bolso, pegou uma bombinha e apertou contra a boca para em seguida puxar de novo a parceira. Perto delas havia um casal que desconfiei estar morto. Tinham cerca de noventa anos. Os seus corpos encarquilhados e diminutos estavam bem encaixados — talvez se encaixassem todos os dias há quase um século — e faziam movimentos pequenos, comedidos, quase imperceptíveis. Era preciso ficar um tempo olhando para eles para ter certeza de que se mexiam, de que não eram duas estátuas ou dois frequentadores que morreram na pista e, por estarem apoiados um no outro, não caíram no chão. Outro que chamava a atenção era um homem com prótese na perna. Achei que a moça que dançava com ele não tinha nada, mas logo vi que estava com uma bolsa de colostomia presa na altura do quadril, por onde deveriam sair os dejetos do seu intestino. Mas não era por isso que o casal chamava atenção: era pelo requebrado. Até parecia que a prótese do rapaz ajudava, porque ele conseguia incliná-la num ângulo perfeito, fazendo com que sua perna entrasse certinho no meio das dela, coxa com coxa, pelve com pelve, para a frente e para trás, uma coisa gostosa de se ver. E havia quem dançasse sozinho, como um homem que tremia demais e uma cadeirante que ficava no cantinho girando as rodas na hora do refrão. Era para tudo aquilo ser triste. E, de certa forma, era. Aquele catálogo de corpos adoecidos, aquela fratura exposta da fragilidade humana. Mas tinha alguma coisa boa que captei e não soube elaborar, até chegar ao caixa. Ali, atrás da funcionária de cabelos ensebados que vendia as fichas, havia um cartaz: NÃO DEIXEM DE VIVER. Assim, em caixa-alta, como a gritar para os clientes. Então é isso, pensei, pegando a ficha e cruzando a pista até o bar. Enquanto muitos — até compreensivelmente — estavam entrevados em casa, aquela turma tinha escolhido viver. Com dor, com pino, com atadura, com prótese, com fezes. E aquilo era bonito. Tão bonito que me deu ainda mais vontade de me curar para seguir sofrendo a vida.

 Atravessei a pista com as garrafas de água,,, De longe, enxerguei Nico olhando para o céu. Só percebeu a minha chegada quando me sentei ao seu lado. Tirou os fones. Agradeceu a água. Depois de beber, perguntou sobre a matéria. Eu não ia fotografar aquele lugar? Disse que normalmente estaria registrando tudo, entrevistando um monte de gente, mas daquela vez, por causa do meu tratamento, não estava conseguindo, não estava com cabeça. Isso não queria dizer que não produziria alguma coisa. Estava anotando uma informação ou outra e um dia escreveria algo com tudo o que vimos, fosse em forma de reportagem ou outro tipo de texto. De qualquer jeito, achava ótima a ideia de fazer uma foto. Inclusive uma nossa, coisa que ainda não tínhamos feito. Ele ajeitou o boné, fez aquele joinha com os dedos meio duros. Depois cliquei o público: meses depois veria, no meio dessa imagem, Sara e o dono do Lamborghini saindo da pista, na nossa direção.

Tudo bem aí, filho? Levantei os olhos da câmera. Sara nos apresentava Lucena. Finalmente pude ver melhor o cordão que levava no pescoço, estampado por girassóis. Ele estendeu a mão para mim e para Nico e disse: Bom dia, causando um estranhamento que logo se dissipou, já que a conversa fluiu normalmente. Até que Sara disse que precisávamos ir: estava quase na hora da garrafada e dos remédios, que ela acabou não trazendo. Falei que, se ela quisesse ficar, eu podia levar Nico para a pousada e administrar tudo, mas ela recusou. Alguns remédios eram parecidos, eu poderia me confundir, e não dava para errar. Mas amanhã aceito a oferta, disse e depois deu uma piscada para o sujeito.

Saímos do Bailão,,, Sara e Nico foram andando um pouco na frente. A música cada vez mais baixa. Pude ouvir quando o menino disse: Se é por minha causa que você quer namorar com ele, não precisa. Acho que a mãe não disse nada. Só pagou o tíquete do estacionamento. Embarcamos em silêncio. Um pouco depois, ela perguntou: Tudo bem aí, filho? Ele não respondeu. Meri, olha pra trás, vê se esse menino tá vivo. Me virei. Vi o peito dele subindo e descendo. Falei que estava tudo bem.

Aproveitei para perguntar sobre Lucena, por que usava o cordão com girassóis? Sara disse que não tinha entendido direito, a pista estava muito barulhenta, mas era algum problema neurológico. Não devia ser nada grave porque, embora ele trocasse uma ou outra palavra, parecia bem lúcido. E a garota com ele? Me falou que era a neta. Perguntei qual era o plano. Respondeu que conquistar o sujeito. E, se isso desse certo, descolar uma grana para o tratamento. Você tá pensando em arrancar dinheiro de um idoso com problemas neurológicos? Sara disse que sim. E disse com tanta amargura que nem ousei falar mais nada.

,,,

Sara sacudiu Nico: se não acordasse logo, iriam perder o café da manhã. Ele levantou a cabeça. Disse que não ia conseguir. Estava muito cansado, será que não podia dormir mais um pouco? Ela ficou ressabiada. Pegou o termômetro, colocou na axila sem caroço. Não tinha febre. Tá doendo a garganta? O corpo? A cabeça? O sovaco? As articulações? Foi listando, e o menino só sacudindo a cabeça e dizendo que não, estava tudo bem, era só sono. Deve ser por causa da visita médica de ontem, essas coisas exaurem a gente. Achei engraçado ela pensar nisso antes do óbvio: o menino tinha ido para o bailão e dormido mais tarde do que de costume. Ela deu os remédios. Ele voltou a dormir. Depois ela falou que não ia sair dali até ter certeza de que estava tudo bem. Me ofereci para trazer pães para os dois e rumei sozinha até a recepção. Foi nessa hora que senti a baqueta seca, sem pelúcia,,, Lembro porque parei de andar no meio do jardim. Não era uma surpresa, já sabia que o problema estava lá e esperava o acirramento à medida que o antiarrítmico fosse saindo do sangue, mas tinha esquecido o quanto aquela batida podia ser brutal. Flora colocava um bolo sobre a mesa. Trocamos amenidades. Depois ela perguntou pela Sara e pelo Nico. Expliquei que o menino quis ficar descansando, indaguei se podia levar uns pães para eles. Flora disse que ela mesma faria isso, enquanto ainda estavam quentes. Fiquei vendo-a preparar uma bandeja e cruzar o jardim lentamente para não derramar as bebidas.

Acabei de comer e voltei para o quarto. Flora não estava mais lá. Sara sorria com o celular na mão. Me mostrou a mensagem: Bom dia, doçura. Hoje na Cova? Ele tá falando do bailão, né? Só pode, respondi, ou ele disse que era necrófilo? Sara nem ouviu, digitando a resposta. Depois perguntou se, caso Nico passasse bem o dia, eu toparia ficar com ele à noite na pousada, assim ela poderia sair. Antes de dizer que sim, resolvi dividir algumas preocupações. Será que valia a pena investir naquele sujeito? Será que era realmente rico? E se fosse, lhe daria alguma coisa? Com relação à última pergunta, Sara disse que não havia como saber. Mas que ele tinha grana, tinha. Sabe quanto custa um Lamborghini? Falei que muita gente por aí mantém um carrão por questão de status enquanto deve condomínio e come patinho em vez de mignon. Ela comentou que já tinha dado muito azar na vida, não era possível que fosse tão pé-frio. Sugeri que à noite ela descobrisse o nome completo do sujeito, eu usaria os meus dotes de repórter para fazer uma varredura. Só faltou ela me dar um beijo. Dei as costas, peguei o computador e fui trabalhar lá fora,,,

Perto do meio-dia, percebi alguém se aproximando e se sentando ao meu lado. Era Nico. Não disse nada, apenas sorriu. Tá melhor?, perguntei. Ele balançou a cabeça: Eu só tava cansado, não era coisa de saúde. Perguntei o que ele queria dizer com coisa de saúde. Expliquei que, no meu caso, não tinha dor nem cansaço, só as arritmias e, muito raramente, tontura. Ele falou que às vezes se sentia fraco ou tonto, mas não era só isso. Fiquei esperando que explicasse melhor. Ele pensou um pouco. Quando tô com saúde é como se tivesse um passarinho cantando dentro do meu peito. Quando tô sem saúde, o passarinho não canta. Entendi exatamente o que ele estava falando, embora a imagem não se aplicasse à minha estranha patologia.

Sara apareceu na janela do quarto. Acho que procurava pelo Nico. Logo depois, despontou no jardim, nos chamando para o almoço. Sentamos à mesa. Flora se juntou a nós, queria saber o que achamos do Bailão. Sara disse que adorou; ao contrário do que a dona da pousada tinha sugerido, era um ótimo lugar para conhecer gente. Vi que Flora ficou curiosa, mas teve a delicadeza de não pedir detalhes na frente do menino. Depois do almoço, os dois foram para o quarto. Voltei para o jardim e comecei a trabalhar,,, Li não sei quantas mensagens, diagramei as menos ruins. Conversei brevemente com o ombudsman sobre uma reclamação recorrente dos leitores naquele dia. Só fui levantar os olhos do computador no fim da tarde. Lembro que, nessa hora, senti uma coisa estranha. Enxergava a mesma paisagem: as árvores do jardim, as cadeiras de metal descascado, o muro com trepadeiras e, além dele, o horizonte. Ainda que tudo estivesse igual, estava sutilmente distinto, como que tingido por uma tinta suave que fazia com que cadeiras velhas parecessem abandonadas, com que árvores magras parecessem definhantes, com que as manchas e rachaduras do muro saltassem mais aos olhos que as trepadeiras, com que a imagem do horizonte, antes calmante, me provocasse um desconforto, me fazendo pensar em tudo que não percorri. Como já estava quase na hora da visita, voltei para o quarto, e ali tive uma sensação similar. Sara preparava o ambiente. Acendia a vela, abria a garrafa. Fazia exatamente o mesmo que tinha feito no dia anterior, mas os seus gestos pareciam mais absurdos ou mais desesperados, não sei direito. Seria o antidepressivo já deixando de edulcorar a realidade? Ou a minha frustração de estar doente lançando sua sombra sobre todas as coisas? Não sabia, não tinha como saber. Sentei na cama,,, abri a garrafa, umedeci o chumaço de algodão, passei sobre o ponto.

Agora faltam cinco minutos, Sara anunciou e, em seguida, já começou as orações. Com o canto do olho, vi Nico deslizar a mão para a mesa, envolver com os dedos as duas moedas. Fechei os olhos. Prometi a mim mesma que iria mantê-los assim. Eu já tinha visto tanta coisa, não precisava ver mais nada. Só precisava me curar. Como nunca antes,,,

VOZ 1: Vai, Maria João, foco, força, pensamento positivo.

VOZ 2: Isso tá parecendo mantra de autoajuda.

VOZ 3: Por que eu preciso questionar cada coisa? Será que todo mundo é assim?

VOZ 4: Tenta focar na reza da Sara.

VOZ 2: Agora pronto, virou crente.

VOZ 3: A velha autossabotagem...

VOZ 3: Imagina uma energia curando o corpo.

VOZ 2: Energia?

VOZ 4: Há muito mais entre o céu e a Terra...

VOZ 2: Sério?

VOZ 4: Shakespeare acreditava em Deus.

VOZ 2: John Lennon não.

VOZ 4: O criador da mecânica quântica acreditava.

VOZ 2: Stephen Hawking não.

VOZ 3: Assim não vou conseguir.

VOZ 1: Foco, Maria João.

VOZ 3: Olha a taqui!

VOZ 1: Foco na visita do médico.

VOZ 4: Por favor, dr. Hélio, se você estiver aqui neste quarto agora...

VOZ 1: Olha o pretérito perfeito do subjuntivo.

VOZ 3: Não adianta, não vou conseguir.

E assim deslizei novamente do pau de sebo da fé.

Abri os olhos. Sara rezava no seu invejável êxtase, sem lágrimas mas com o rosto altivo, os ombros abertos. Quando apagou a vela, foi como um sinal. Consideramos que a visita tinha acabado. Percebi que Nico colocou discretamente as moedas no lugar. Depois começou a apalpar a axila. A mãe ficou observando com o canto do olho. Ele moveu os dedos para lá e para cá, sem dizer nada.

Fomos jantar. Nunca comemos tão rápido. Sara estava ansiosa para se arrumar e me passar as orientações. Uma hora depois, Nico já tomava banho, enquanto Sara me explicava quais remédios eu deveria dar ao filho e em que horário. Não era tão complicado. Mesmo assim, ela fez com que eu repetisse tudo que ouvi. Lembro que, nessa hora, ele cantarolou alguma coisa no chuveiro e ela gritou: Já disse pra parar com isso. Depois retomou as orientações, dizendo que Nico ainda precisava acabar a tarefa. E não deveria esquecer de rezar antes de dormir.

Quando ele saiu do banheiro, segurando o creme, Sara já estava pronta, com um daqueles vestidos. Hidratou o filho com cuidado para não sujar o lurex. Repetiu todas as orientações na frente dele. E frisou que, se Nico tivesse qualquer mal-estar, nem que fosse uma dor de cabeça, eu deveria ligar imediatamente para ela. Iria dançar com o celular grudado na cintura. Falei para ela ficar tranquila, faria tudo como pediu. Depois acompanhei-a até a porta,, Antes que saísse, disse baixinho: Boa sorte.

Não precisei pedir que Nico terminasse a tarefa. Antes disso pegou os livros escolares e se sentou no sofá. Percebi que às vezes me olhava, espiando o que eu estava fazendo. A certa altura, começou a folhear as páginas, até encontrar alguma coisa. Nesse instante, levantou os olhos: O coração de Maria João bate 198 vezes em dois minutos, quanto bate em meia hora? Fiquei surpresa: Esse problema existe? Falou que sim, foi a tarefa da outra semana. Mas claro que a dona do coração não tinha o meu nome. A professora de matemática não era das mais criativas. Sempre dava os mesmos nomes para os personagens dos problemas: Paulo, José, Ana ou Miriam que, no caso, era o nome dela. E o resultado? Falei que não conseguia fazer de cabeça, mas podia afirmar que a personagem estava com o coração acelerado. Pelo menos você é boa em biologia, ele disse. Em seguida, guardou o livro escolar sobre a nossa mesa de cabeceira, reclamando que a professora passava a tarefa muito tarde. Perguntei por que ele não pegava com os amigos. Contou que depois do linfoma passou a fazer parte do grupo dos excluídos. E os outros excluídos até que eram legais, mas eram péssimos alunos.

Indaguei se queria ver um filme. Prefiro ir um pouco lá fora, tem problema a gente sentar um pouco lá fora? Claro que não, por que teria?, falei, e ele me contou que a mãe não costumava deixar ele sair à noite por causa do sereno, mas já tinha pesquisado e não havia comprovação científica de que o sereno fizesse mal à saúde. Disse para ele ficar tranquilo, não havia mesmo, e aquela saidinha ficaria entre nós. Nico ficou exultante. Foi correndo pegar uma lanterna e o livro sem sobrecapa.

Nos sentamos. Ele abriu a edição, virou as páginas. Pousou a luz sobre uma delas. Era o desenho de uma constelação. Órion, disse, o dedo rijo apontando para as estrelas que formavam o tacape do caçador. Ontem fiquei tentando achar essa constelação, mas não consegui. Será que o céu daqui é diferente dos outros? Falei que não, e sugeri que tentássemos encontrar. Olhamos para cima. A noite estava limpa. Mesmo assim, nos batemos. Eu não sou das melhores com essas coisas. Logo descobri que ele também não. Ao contrário do que inicialmente pensei, aquele livro não era sobre astronomia, mas sobre mitologia grega, esse sim um assunto pelo qual — ele me contou — andava interessado.

E por que você anda interessado nisso?

Eles escolheram acreditar em histórias mais legais que as nossas.

Que histórias?

O meu professor disse que isso aqui — apontou para o livro — que a gente chama de mitologia era, na verdade, a religião dos gregos.

Continuei olhando para ele.

Tipo... Se a minha mãe tivesse nascido naquela época, ela ia ficar acendendo vela pra Poseidon, rezando terço pra Ártemis, falando o dia todo de Zeus. Ela ia dizer "pelo amor de Zeus", ele exclamou, e deu risada. No dia que tive essa aula, percebi que os adultos escolhem uma história pra acreditar. Depois acreditam nela com toda força. E às vezes ficam até bravos com quem não acredita. E se os adultos podem escolher no que acreditam..., disse e alisou a página.

Fiquei surpresa. Por acaso você.... não acredita em Deus?

De repente seu olhar envelheceu: Ele que não acredita em mim. Depois baixou o rosto e prosseguiu: Deus acredita mais em qualquer menino da minha escola que em mim. E nem é que eu não acredito nele. Só não acredito do jeito que a minha mãe acredita.

Fiquei surpresa, tentei não transparecer. E como ela acredita?

Ela acha que Deus é tipo um homem, de barba, que fica vigiando todo mundo o tempo todo.

E você?

Uma vez sonhei que Deus era uma menina. E ela não parava de chorar.

Então é assim que você imagina Deus, como uma menina triste?

Não. Quem imagina Deus assim é o meu sonho.

Já sei, você acredita em Zeus.

Também não. Apesar de eu achar Zeus muito da hora. Depois ligou a lanterna, ficou apontando o feixe de um lado para o outro. Quando fiquei doente, comecei a pesquisar um monte de coisa. Sobre Deus, sobre o céu e o inferno, sobre a mo..., parou de um modo abrupto, como se segurasse entre os lábios um palavrão.

Morte?, ajudei.

Obrigado, a minha mãe não me deixa falar essa palavra.

Então foi assim que você descobriu *O livro tibetano dos mortos*.

Esse eu não consegui acabar, era muito difícil, mas foi fuçando essas coisas que descobri vários outros jeitos de imaginar Deus, disse e fixou o feixe da lanterna numa árvore. Às vezes eu imagino que Deus é a natureza.

Ah, se a minha amiga escuta isso, pensei.

Quer dizer, não bem a natureza, uma coisa por baixo dela. Tipo a força que faz as plantas crescerem, as pessoas crescerem, as coisas existirem. Dito isso, pôs o foco nas pontas dos calçados, na camurça desgastada pelos dedões.

Então quer dizer que pra você Deus é um estragador de sapatos, um encurtador de bermudas?

Sim, ele disse rindo. E pra você?

Fiquei em silêncio, constrangida de dizer o que pensava.

Relaxa, sei que você não acredita em nada. E que não sabe rezar. Pagou o maior mico lá na Unidade.

Acho que fiquei envergonhada. Não sabia que tinha transparecido tanto minha inaptidão. Virei de novo para ele: Às vezes até quero acreditar em alguma coisa. Nem que seja só no dr. Hélio, pra aproveitar a visita dele.

Se você pensa em aproveitar a visita dele é porque já acredita um pouquinho.

Não soube o que dizer. Só olhei para o alto, pensando que dentro de mim também havia uma galáxia da qual eu conhecia apenas uma minúscula parte.

Ele achou que eu tinha voltado a procurar a constelação.

E aí?

Aquelas não são as Três Marias?, falei, apontando para o alto.

Acho que não.

Nessa hora,,, suspirei com desânimo. Ele deve ter pensado que fiz isso por causa da nossa busca astronômica infrutífera, porque falou: Não precisa ficar chateada, você achou um trio de estrelas bonito.

As Três Anas, sugeri.

Ou as Três Mirians, ele disse. E demos risada.

Comentei que existia uma constelação chamada Cabeleira de Berenice. Se existia uma com esse nome, qualquer outro que inventássemos era aceitável. Começamos a formar novas constelações com as estrelas mais visíveis e a batizá-las com nomes esdrúxulos.

Depois de um tempo, senti o celular vibrando. Uma foto de Sara e Lucena abraçados no bailão. Aqui tudo ótimo, depois te conto. E aí? Falei que estava tudo bem, que não se preocupasse. Em seguida levantei os olhos para Nico, disse que já estava tarde. A mãe dele tinha pedido que não fosse dormir depois daquela hora. Ele não reclamou. Pegou a lanterna, botou o livro debaixo do braço e caminhou comigo até o quarto. Depois, foi escovar os dentes. Saiu do banheiro já com o pijama de foguetes. Dei para ele os remédios e a garrafada. Lembrei-o de rezar. Falei que, se ele não quisesse, tudo bem, não contaria para Sara, mas estava fazendo a minha parte de dar o lembrete. Ele disse que queria rezar. Gostava de falar com Deus. E estava tão acostumado a fazer isso que se não fizesse, seria até estranho. Como dormir sem escovar os dentes. Então juntou as mãos e fechou as pálpebras.

Fiquei olhando. Tive vontade de me colocar entre ele e seu interlocutor, como uma mãe ou um irmão mais velho se colocam. Como ousa não atender a prece do garoto? Como ousa ser tão passivo? E por que segue em silêncio, sem sequer mostrar o rosto? Diga, quem é você?, tive vontade de gritar, rasgando o teto, rasgando a abóboda celeste, devassando o lugar inatingível que escolheram para instalar as deidades, de forma que os miseráveis mortais se sintam ainda mais miseráveis do que já são.

Tirei os olhos do céu de alvenaria, do lustre da pousada. Voltei a prestar atenção no meu amigo. Aquela era a própria imagem do desamparo e, ao mesmo tempo, a própria imagem do amparo, porque talvez fosse ainda pior se ele não tivesse a quem recorrer. Ainda assim a cena era desoladora. Ele vincava aquela testa com tanta força que desenhava um V sobre os olhos. Senti uma coisa que não sentia havia muito, meu peito se retorcendo todo, como um plástico colocado no fogo. Entrei no banheiro, me olhei no espelho. Os meus olhos estavam úmidos. Cantei baixinho: *Hello, darkness, my old friend, I've come to talk with you again*, mas as lágrimas não chegaram a cair. A rainha das emoções ainda ensaiava a sua volta triunfal, o que eu sentia era apenas uma presença tímida, os tules escuros se agitando na coxia.

Lavei o rosto, escovei os dentes. Quando saí do quarto, Nico já estava dormindo. Coloquei o broche sobre a mesa. Reparei nas moedas, tinha me esquecido de perguntar sobre as moedas. Deitei na cama. Li um pouco. Não demorou para que eu pegasse no sono. Não sei quanto tempo dormi, acho que não muito, porque Sara ainda não tinha voltado. Foi o que vi pelas frestas dos olhos, a cama dela vazia, alguém me sacudindo: acorda, *Nessun dorma*, acorda. Demorei um tempo até entender que não sonhava, que o *Nessun dorma* não vinha de algum devaneio ou de alguma playlist mas da boca do Nico, que ainda me chacoalhava. Sentei na cama,,, Pus a mão no peito,,, Ele me explicou que eu estava falando alto, que estava tendo um pesadelo — os pesadelos estavam de volta. Agradeci por ter me acordado. Ele disse que fez por mim o que gostaria que fizessem por ele: detestava esse tipo de sonho, não entendia por que existiam. Me deu um copo d'água. Ficou me olhando enquanto eu bebia. Antes de apagarmos a luz, ele abriu a gaveta da mesa de cabeceira, pegou os dois apanhadores de sonhos que a sua mãe havia guardado e colocou um em cada lado do espaldar da minha cama.

,,,

Acordei. Ainda eram sete e pouco. Por que despertava tão cedo? Me toquei de que tinha esquecido de avisar ao jornal a data do cateterismo. Claro que eles não iriam se opor, eu tinha o pedido médico, mas vai que o meu chefe já tivesse me escalado para outra função, que Juliana nunca mais voltasse da licença- -maternidade, que o jornal entrasse em outra crise e precisasse cortar quem já não vinha trabalhando muito, que um golpe de estado tomasse conta do país e eles precisassem de toda a equipe de reportagem na rua, que o RH esquecesse de pagar o meu plano de saúde bem nesse mês. Será que sempre fui assim? Pelo jeito eu era louca e não sabia. Pus a mão no peito,,, a ansiedade ainda batendo as asas, bagunçando tudo lá dentro. E não dava nem para ignorar a agitação — além de eu obviamente não conseguir —, porque ali havia certas coisas que precisavam ser levadas em conta.

Me levantei. Coloquei uma calça. Fui até a recepção,, Conversei um pouco com Flora. Depois peguei um suco e me sentei no jardim. Mandei um e-mail para o RH copiando todo mundo a que tinha direito. Não satisfeita, mandei o pedido do cateterismo direto para o meu chefe. Por fim, conferi se estava tudo em ordem com o meu plano de saúde.

Voltei para o quarto. Sara despertou com o barulho da porta rangendo. Assim que me viu, fez sinal para que eu me aproximasse. Sentei ao seu lado na cama. Ela sussurrou que a noite tinha sido ótima, fazia tempo que não era tão bem tratada,

Lucena parecia estar na dela. Perguntei se tinha descoberto o primeiro nome. Falou que sim. E também como ele fez fortuna: tinha rádios no interior. Ótimo, eu disse, e peguei o celular. Colocamos as informações. Lá estava ele, num estúdio, posando ao lado do entrevistado. Cliquei em mais algumas imagens, em mais algumas páginas, a Sara junto de mim, aquele bafo de quem acabou de acordar. Lucena era radialista e tinha concessão de algumas emissoras. Pelo jeito, era mesmo viúvo, como a minha amiga contou. Na coluna social da região, aparecia sozinho ou com mulheres diferentes. Viu?, Sara disse toda lépida, e começou a abrir as cortinas, falando para Nico acordar. Avancei mais um pouco na pesquisa. As rádios do Lucena tinham processos trabalhistas, nada de surpreendente, e estavam envolvidas num caso de superfaturamento de mídia, o que me fez pensar que o sujeito não era santo; se bobeasse, era ele que acabaria enfiando a minha amiga no bolso.

Nico sentou na cama. Sara lhe disse que Lucena viria nos buscar para um passeio. Ele falou que não queria ir. A mãe argumentou que almoçaríamos num lugar incrível. Que andaríamos no Lamborghini. Não surtiu efeito. Tentou de outra forma: Nico também ganharia um presente. Um brinquedo? Ela pensou um pouco: Mais ou menos isso. Ele acabou cedendo, não só pela perspectiva do presente: não conseguia sustentar um não para a mãe por muito tempo. Também aceitei o convite: não conseguia recusar refeições gratuitas, além de não ter nada de melhor para fazer naquela manhã.

O Lamborghini estacionou na frente da pousada. Lucena e a neta desceram. Fiquei intrigada ao vê-la, por que sempre andavam juntos? Me ocorreu que, tendo problemas neurológicos, talvez o avô precisasse da sua ajuda. Quem sabe a neta fosse até designada legalmente para cuidar do dinheiro dele, como acontece em alguns casos. O que seria catastrófico para os meus amigos. A moça cedeu o banco do passageiro para Sara. Nos acomodamos atrás. Lucena perguntou se já estávamos todos amarrados. Deduzimos que a palavra era afivelados e dissemos que sim. Ele nos explicou que tivera um AVC e por isso trocava uma ou outra palavra, que tivéssemos um pouco de paciência com ele. De resto, a sua cabeça era normal. Ou quase normal, porque às vezes sou meio maluco, disse sorrindo para Nico e acelerou um pouco o Lamborghini. Perguntei se ele tinha vindo para a cidade tratar da sua condição neurológica. Respondeu que sim, mas não apenas isso. Também estava fazendo um tratamento para rejuvenescer com o plasma que vinha recebendo da neta. E me olhando pelo retrovisor: O sangue dela é um merlot. Cheguei a me perguntar se ele havia trocado a última palavra mas, pelo jeito, era isso mesmo. A neta sorriu constrangida. Depois perguntou para o avô se estávamos indo em direção ao ateliê. Ele confirmou. Ela falou que então ele tinha virado na direção errada. Pode deixar que sei aonde tô indo, ele disse com rispidez, e em seguida acessou o navegador.

Avançamos por uma parte da cidade que ainda não conhecíamos, um pouco depois da igreja. Lucena parou o carro na frente de um pequeno galpão, pintado com cores vivas, de onde saíam algumas pessoas. Pelo jeito Sara sabia onde estávamos porque comentou que aquele entalhador era o melhor da região. Fiquei me perguntando o que iríamos fazer num entalhador,, até que entramos e a pergunta se dissipou. Na altura dos olhos, não havia muito: só um homem e o seu assistente, ladeados por pilhas de madeira, uma serralheira e ferramentas. A atração ficava acima da nossa cabeça: de toda a extensão do teto, pendiam cordas, cada uma com a representação de um pedaço do corpo humano entalhado em madeira. Braço, perna, seio, cérebro, mão, pé, olho, pulmões, dedo, pênis, nariz, boca, orelha, uma bolsa irregular que deduzi ser um fígado, um tubo que deduzi ser o intestino, e por aí afora, aquela chuva de órgãos sobre nós, às vezes com repetições e variações de tamanho ou tipo de madeira. Um açougue humano barroco. Fomos avançando, o rosto voltado para cima, até chegar ao fundo e sermos recebidos pela máquina que silenciava o corte, pelo artesão que nos dava boas-vindas. Perguntou se estávamos todos em romaria. Nem todos, Lucena respondeu, pontuando que seriam só dois ex-votos, um para ele, disse apontando para Nico, e outro para ela, disse apontando para mim, me pegando de surpresa,,, O entalhador mirou o teto e falou que os prontos eram mais baratos, mas, se quiséssemos, também fazia sob encomenda, do tamanho aproximado do órgão, com o nome gravado e na madeira de preferência. Percebi que Sara lançou um esgarzinho para Lucena, que disse: Vamos fazer tudo sob medida, na madeira mais nobre. A minha amiga ficou satisfeita, mas não totalmente: Não vai fazer um cérebro pra você? Lucena titubeou um pouco e depois disse que já tinha feito, em outra cidade. Percebi que a neta lançou um olhar de censura para o avô, me fazendo pensar que talvez ele estivesse mentindo. Sara não percebeu; como sempre, acreditava no que queria. Nico puxou a mãe para o lado: Não vai me dizer que esse é o brinquedo. Ela sinalizou que calasse a boca, mas ele ainda deixou escapar: Pra que serve isso? Quase lhe agradeci pela pergunta. Sara enfim se deu conta de que os seus acompanhantes não sabiam o que fazer com tão mórbidos bibelôs. Ela explicou que cada um encomenda uma peça representando a parte do corpo que está doente. Depois promete ao seu santo de devoção que, se a cura vier, entregará no seu altar aquela peça. Por isso o nome: ex-voto, promessa que se realizou. Devo ter feito alguma cara, porque a minha amiga chegou perto de mim e sussurrou: Aceita, nem que depois você ofereça pro Karl Marx. Nico pareceu gostar da proposta mas ficou confuso. Seu nódulo era na axila, deveria encomendar um sovaco de madeira? O entalhador riu de forma carinhosa.

É linfoma? Nico fez que sim. Ele sugeriu que talhassem um corpo inteiro ou um braço. Vendo que o cliente estava na dúvida, pescou com uma vara os dois exemplos do teto e entregou para Nico, que se encantou com o braço, dizendo que enquanto não usasse para pagar a promessa podia usá-lo para coçar as costas ou alcançar alguma coisa. O meu caso foi fácil: a maior de todas as metáforas também é a parte do corpo mais talhada pelos artesãos, seja em nome da doença ou da paixão, e tudo que restava era ele calcular mais ou menos o tamanho do meu, que logo disse ser de uns dez centímetros,,, me fazendo pensar no quanto, apesar de tão imenso na minha vida, era pequeno o meu coração.

Fiquei de olho para ver quem bancaria os artesanatos, a neta ou o avô. Lucena tirou o cartão do bolso, afastando a minha suspeita. Quando saímos, Nico se apoiou na parede, apertou as moedas. Lucena fez menção de ajudá-lo, mas ele disse que não precisava. E olhando para a mãe: Tô com fome. Sara abriu a bolsa, talvez fosse pegar o salame, mas interrompeu o gesto quando Lucena disse que estávamos a poucos minutos do spa, onde já estavam servindo o almoço. Seguimos morro acima, pela parte mais alta da cidade. Não tardou para que parássemos em frente a um portão imponente onde se lia: Spa e Medicina Avançada. Lucena abriu o vidro do carro e acenou para o vigia, que liberou imediatamente a passagem. Avançamos por uma via ladeada por palmeiras, até chegar a uma construção mirífica, com gazebos e varandas voltadas para um lago, uma clínica disfarçada de resort. Nico estava impressionado, o rosto grudado no vidro, provavelmente nunca tinha visitado um lugar tão luxuoso.

Passamos pela recepção, cheia de plantas. Na parede, uma frase retirada dos Upanishads. No restaurante, uma mesa redonda esperava por nós. Não avisou que queríamos na parte externa?, Lucena disse irritado para a neta. Quer que eu peça pra trocar? Foi Sara quem disse que não precisava, o lugar estava quase vazio, não oferecia risco para Nico. Qualquer coisa, mudamos pra varanda a hora que você quiser, ele disse para a minha amiga, me fazendo pensar que estava mesmo na dela.

    O restaurante tinha um bufê de pratos pálidos e saudáveis. Fomos nos servir. Depois que nos sentamos novamente, um homem alto, esquálido e corcunda, como um canudo, passou pela nossa mesa segurando um prato onde havia apenas duas rodelas de tomate. Cumprimentou Lucena e a sua neta, em seguida se acomodou num canto. Se ele tá aqui pra emagrecer, acho que já pode ir embora, Nico disse baixinho para a mãe, mas todos ouvimos. Lucena falou que ele não estava no spa para emagrecer. Fazia um tratamento para ficar menos... desanimado. Eu quis saber que tratamento era esse. Ele me contou que o paciente fazia parte de uma parcela da população que não responde aos antidepressivos tradicionais. Estava na clínica se tratando com uma terapia alternativa. E parece estar melhorando, completou, porque de uns dias pra cá já dobrou a quantidade de rodelas de tomate no prato.

    De repente, vi Nico congelar o movimento do garfo. Virei-me para trás. Uma mulher sem cabelos cruzava o salão. Carecas não eram raras em Luziana, mas aquela era diferente. Tinha, de uma orelha a outra, atravessando o topo da cabeça, uma costura. Larga, inchada, arrematada por fios pretos. Ia perguntar ao nosso anfitrião o que ela fizera mas não pude, a mulher se sentou numa mesa muito perto da nossa. Sara observou-a. Será que aqui não tem nenhum tratamento pra linfoma?, perguntou, mostrando que o seu planeta só girava em torno de um sol. O meu não era diferente, também queria saber se tinham para cardiopatias. Lucena respondeu que a clínica era voltada para tratamentos neurológicos e para a troca de plasma, ainda em estágio de pesquisa, que ele estava ajudando a financiar. De repente a neta me pareceu um rato infeliz de laboratório, preso na gaiola do avô. Perguntei se ele ainda trabalhava. Tenho cinco emissoras de rádio, contou com orgulho. Quatro, a neta corrigiu, não ficando claro se ele dourava a pílula ou só tinha trocado a palavra. E até hoje trabalho como radialista. Com vocês, *Notícias da Manhã!*, disse com uma voz empostada, esperando arrancar um sorriso do menino, mas só conseguindo arrancar de sua mãe. Também por isso tô tão incomodado com o meu problema neurológico, como fazer a coisa que mais amo na vida quando cada palavra virou uma arapuca? Pela primeira vez Nico se desarmou. Imagino que viu no homem que cortejava a sua mãe alguém como ele, um habitante de um mesmo país, dois cidadãos do desalento. Já tentou ir na Unidade da Cura?, o menino sugeriu. Meio constrangido, Lucena falou que não. O meu avô não acredita em nada, a neta resmungou. Tive a impressão de que o homem deu um chute na moça por baixo da mesa. Senti vontade de dizer: O seu avô acredita no dinheiro. Estava na cara que ele era um crente tão fervoroso quanto a minha amiga, a única diferença era em que altar depositava sua crença, apostando que os seus caraminguás fariam o milagre de parar o tempo, de reverter o tempo, de fazer o que nenhum outro laboratório do mundo fez. O problema é que o corpo é insubmisso inclusive ao capitalismo. E por mais inteligente que aquele homem fosse, e dava para ver que era, também parecia ser cego pela sua fé.

O restaurante começou a encher. Não muito, aquilo não era uma colônia de férias, mas o bastante para perturbar Sara. Ela sugeriu que fôssemos tomar o café na varanda, nas mesas que davam para o lago. Lucena pagou a conta. Fomos para o espaço externo,, um calor pegajoso lá fora,,, O garçom serviu as xícaras. O nosso anfitrião tomou o café fazendo barulho, como se os seus lábios se afogassem no lago diminuto da bebida. Imaginei aquela boca executando outras coisas, senti pena da minha amiga. Assim que acabaram, Lucena convidou Nico para ver os patos, mas a empatia do menino com ele foi pontual e já tinha se extinguido. Tendo o seu convite recusado, Lucena convidou Sara, e apenas Sara, para ver o orquidário. A neta aproveitou a chance para se ausentar um pouco, disse que precisava dar um pulo na sua suíte. Permaneci ali com o meu amigo, que ficou observando o casal se afastar. Só quando sumiram de vista, ele relaxou um pouco, fitou o resto do entorno. Na lateral da varanda havia um aspersor que girava e jogava água nos canteiros de flores. Nico me olhou, acho que pensamos a mesma coisa. Não sei como nos comunicamos, se com palavras ou com gestos, mas sinalizei que podia ir. Ele se levantou, ainda virou mais uma vez para mim, certificando-se de que não tinha problema. Fiz sinal para que seguisse em frente. Ele parou junto do aspersor como quem não quer nada, como se tivesse chegado até ali acidentalmente. Talvez tivesse medo de levar uma bronca da mãe, se ela aparecesse ele poderia dizer que foi por acaso, que não tinha culpa de as gotas estarem molhando as suas pernas, as suas meias, as barras da bermuda que Sara ajeitou tão bem, a camiseta toda repuxada para dentro do cós. Ficou ali, estático, só esperando que o giro cíclico do aspersor molhasse as suas pernas. Depois começou a pular o esguicho, como se fosse uma corda que alguém girava, um obstáculo que ia e vinha. Cada vez que o seu corpo se projetava por cima das gotículas, ele dava risada. Até que se cansou e veio na minha direção, a mão molhada refrescando a careca.

Não era só eu que observava Nico. A mulher com a costura na cabeça tinha se sentado numa cadeira no canto da varanda e lançava um olhar melancólico para o menino. Ele se sentou ao meu lado. Sugeriu que eu também fosse me refrescar. Falei que queria fazer outra coisa, matar uma curiosidade que estava me matando. Será que ele toparia ser o meu foca? Me fitou confuso, sem entender. Ser o meu estagiário, troquei em miúdos, me acompanhar numa entrevista. Claro, exclamou. Me levantei,,, ele veio atrás. A mulher com a costura na cabeça permanecia no mesmo lugar, sob a sombra das árvores. Abordei-a, me apresentando e apresentando Nico. Falei que pretendia fazer uma matéria sobre pessoas que buscavam a cura na cidade, citei o nome do jornal em que trabalhava. Será que toparia dar uma entrevista rápida sobre o tratamento que estava fazendo? Ela disse que sim. Peguei uma caneta que às vezes carregava comigo e um pedaço de papel, falei para Nico anotar o nome e a idade da entrevistada, coisa que ele fez com prontidão e esmero, frisando que precisava do nome completo, todos os sobrenomes da senhora, por favor, é importante pra nossa matéria. Marta foi falando e só então percebi o quanto seu queixo era trêmulo, como se a mandíbula estivesse solta. Uma gota de suor descia pela sua testa. Liguei o gravador do celular. Ela contou que tinha cinquenta e seis anos e sofria de Parkinson. Que descobriu a doença porque era pintora e o pincel começou a tremer na sua mão. No início foi sutil mas nos últimos meses os sintomas tinham se intensificado muito. Nico me olhou. Senti que queria fazer uma pergunta, sinalizei que fizesse. Quais sintomas? Passei a caminhar como se estivesse bêbada. Parecia que, antes de levantar, tinha tomado uma garrafa de vinho. Você não sabe o que é isso, garoto, mas é bastante coisa. Também comecei a me bater pra fazer tarefas fáceis, tipo digitar uma mensagem. E a ter vontade de ir ao banheiro toda hora. Isso quando eu dava sorte de, interrompeu. Falei que ficasse à vontade para contar o que quisesse. Seu nome não apareceria na matéria, apenas a inicial. Um dia eu tava no supermercado e, de repente, senti um calor no meio das pernas, um quentinho descendo pela coxa, escorrendo até os sapatos. Já aconteceu com um colega de escola, Nico disse, mas a culpa foi da professora que pediu pra ele segurar até o final da aula. Marta sorriu, primeiro com simpatia, depois com amargor. É curioso porque tenho esquecido tanta coisa, mas lembro até hoje das sapatilhas lilases ficando molhadas, do cereal que eu segurava na mão, um cornflakes sem açúcar, disse, e levantou os dedos, como se segurasse o produto. Os remédios não deram certo, completou. E depois, levando o indicador até a cabeça: o implante tá ajudando, a fisioterapia também. Tô parecendo o… Aquele cara, com dois pinos no pescoço, falou para Nico. Frankenstein. Esse mesmo, tô parecendo com ele, mas pelo menos a minha mão tá mais firme, vê?, ela disse, estendendo a palma na nossa direção. O meu marido até me trouxe umas telas, uns pincéis… Tem cada paisagem pra pintar aqui, comentei. Ela começou a rir de um jeito estranho, roncando, a cabeça para trás. Nico e eu nos entreolhamos, meio assustados, meio intrigados, sem saber se ela ria ou se chorava. Assim que se acalmou, endireitou a cabeça. Uma gota descia pelo seu rosto, talvez suor, talvez lágrima. Ninguém me avisou nada, por que ninguém me avisou de porra nenhuma? Nico se retraiu ao ouvir o palavrão. Ela continuou: Eu pintava todos os dias, desde os quinze anos. Mesmo com a tremedeira, eu segurava o pincel e deixava a doença fazer o traço. Depois do implante, aquelas telas no canto do meu quarto não me despertam vontade nenhuma, não me dizem nada. Logo você volta ao normal, consolei. Já faz mais de quinze dias que implantei essa merda na cabeça. E olhando para mim: Merda, por exemplo, é uma palavra que eu nunca usaria antes.

O seu olhar se desviou. Virei para trás,, Sara e Lucena despontavam no jardim, caminhando em direção à varanda. Achei melhor interromper a conversa,, Eu não havia pedido autorização para fazer entrevistas na clínica, temi que o nosso anfitrião ficasse incomodado com isso. Peguei o telefone da Marta, disse que avisaria se publicasse alguma coisa. O meu assistente e eu voltamos para as nossas cadeiras. Que legal que já fizeram uma amiga, Sara chegou exclamando. E depois: Tô passando mal com o calor. Lucena disse que ia chamar a neta, ela nos levaria para a pousada, ele precisava fazer a siesta, era parte imprescindível do seu tratamento. Marta se afastou no seu passo trôpego. Sara perguntou o que ela tinha. Expliquei. Nico acrescentou que foi a primeira vez que uma pessoa não perguntou qual era a doença dele.

Logo a neta apareceu, com um chapéu de abas largas. Lucena se despediu. Fomos em direção ao estacionamento. A neta devia estar irritada de ter que nos levar. Não disse uma palavra até o carro, só o mínimo necessário até a Mem Hey Shin. Assim que cheguei à pousada,,, peguei meu computador e fui trabalhar numa sombra do jardim, sentindo inveja de Lucena e da sua neta naquele oásis refrigerado. Só fui parar de trabalhar no fim do dia, perto da hora da visita dos médicos.

Como sempre, Sara e Nico já se preparavam. Fiz o mesmo. Passei o algodão na pele,,, Coloquei o broche. Fiquei tocando o pássaro de metal com as pontas dos dedos. Faltam cinco minutos, Sara anunciou. Percebi que Nico me observava de um jeito pensativo, como quem está maquinando alguma coisa. De repente, me chamou: Maria João, você tá enxergando o ar? Fiquei surpresa com a pergunta, olhei à minha volta. Não, respondi. Mas o ar existe, ele disse sorrindo. E fechamos os olhos.

O menino tá certo, pensei, tente só não duvidar. E quando senti que outra voz se ergueria no meu coro, calei-a. Apertei o broche e calei uma, calei duas, calei três. Até que percebi em mim um silêncio. Um vazio que começou a se expandir, como se eu não tivesse bordas. De repente, eu me entregava. Sei lá para quem ou para quê, mas me entregava. E como era bom. Será que a fé é isso, entregar o controle? Sentir o alívio de entregar o controle? Um arrepio percorreu o meu corpo todo. Eu molhava a unha do dedão no oceano da transcendência. Só a unha, só por um segundo. Imaginei que era isso, vezes cem, que Sara sentia ao girar nas orações. Imaginei que era isso, vezes cem, que as giras e os dervixes sentiam ao girar no próprio eixo. Abri os olhos. Só então soltei o broche da minha avó, ainda surpresa com o que tinha sentido, com o pequeno bem-estar que experimentava,, Ao meu lado, Nico estava apalpando a axila, observado pela mãe. Não deve ter percebido nada diferente porque seguiu em silêncio, só ajeitando a roupa.

Fomos jantar. Cumprimentamos Flora e a garota com lúpus, que conversavam numa das mesas. Contei para Sara e para Nico sobre a minha experiência durante a visita, uma filigrana mais transcendental do que a média. Sara celebrou. Eu dei a letra, o menino disse, orgulhoso de si, mas logo se amuou, ao saber que Sara sairia para jantar com Lucena, por isso estava com o prato vazio. Ao voltarmos para o quarto, ele sentou na beirada da cama e começou a tocar de novo a axila: Acho que meu caroço diminuiu. A mãe, que começava a se maquiar, largou o batom. Começou a tocar a região. Fiquei observando, também apreensiva. Tira a camiseta pra eu examinar melhor, ela disse. Nico resistiu um pouco, mas acabou obedecendo. Ela apalpou o calombo. Botou a luz do abajur sobre a pele. Parece que tá igual, filho, mas ainda temos a última visita. Tá menor, mãe, acredite. Você não precisa mais sair com ele hoje. Ao ouvir isso, Sara murchou. Não disse mais nada. Só continuou passando o batom numa boca mais caída. Depois repetiu todas as instruções sobre os remédios que eu devia dar e sobre a garrafada, como se nunca tivesse dito nada daquilo antes.

Assim que Sara saiu, perguntei se ele estava com ciúmes. Nico disse que um pouco, mas nem tanto. Antes do linfoma, morria de ciúmes dos namorados da mãe. A avó tinha que segurá-lo para a mãe sair porque, do contrário, grudava chorando na perna dela e não largava mais. Um dia um namorado até desistiu de sair com ela, de tanto que ele esperneou na frente do portão. Depois que ficou doente, começou a pensar que talvez fosse bom a mãe ter um namorado, porque se um dia ele não puder cuidar dela, o namorado cuida. O problema do Lucena é que ele já estava na quarta idade, a mãe é quem ia ter que cuidar dele.

   Depois seguiu fazendo a tarefa. Me sentei no sofá,,, na companhia da recém-aparecida angústia, aquele bolo que nunca sabemos muito bem do que é feito. Sem saber como degluti-lo, liguei a tevê num telejornal. O primeiro bloco foi um bálsamo, as notícias da região. Até chamei Nico para ver uma matéria que mostrava a rua da Casa dos Cristais, exatamente onde tínhamos nos sentado, enquanto o repórter apontava para o termômetro e falava sobre o calor recorde previsto para o próximo dia. O menino achou o máximo ver o lugar onde esteve. Voltou até mais animado para terminar a tarefa. Depois do intervalo, entraram notícias internacionais, as imagens de uma guerra. Vi uma pilha de corpos, inteiros e aos pedaços, misturados com escombros de um prédio. Uma coxa aparecia solta, um pouco mais afastada do resto. Se já era chocante ver essas imagens em circunstâncias normais, era ainda mais a partir do lugar em que eu estava, de dentro do meu corpo, olhando para o corpo do Nico, entendendo mais do que nunca o valor daquilo que os donos da guerra tratam como lixo. Empilham como lixo.

   Nico reapareceu ao meu lado, dizendo que tinha acabado a lição. Mudei rapidamente de canal, perguntando o que ele queria assistir. Meio sem jeito, disse que preferia ir lá fora de novo. Além de estar calor no quarto, era filho único. Não era sempre que tinha alguma companhia. Falei que entendia bem, também era o meu caso. Ele pegou o livro e a lanterna. Nos posicionamos sob as estrelas,,, O céu estava um pouco nublado, procuramos algumas constelações sem muito sucesso. Depois ele propôs que jogássemos stop. Adorei a ideia, era o meu jogo preferido quando pequena. O meu amigo era um excelente jogador, conseguimos avançar até as letras mais difíceis do alfabeto. Uma hora me cansei, mas logo lembrei que crianças não cansam nunca. Nico propôs que jogássemos outra coisa, um tal de Jinx Cadeado. Depois sugeriu que brincássemos de fazer *bucket lists*. Eu não lembrava direito o que era isso. Nico me explicou que eram listas de coisas que a pessoa gostaria de fazer antes de morrer. Ao vê-lo falar aquilo os meus olhos se encheram de lágrimas,,, Não elaborei nada, não fiz considerações. A emoção chega mais rápido do que qualquer raciocínio. Eu precisava segurá-la, não pelo meu coração, que estava todo fodido mesmo, mas porque não queria chorar na frente dele, tanto que comecei mentalmente: Japão, Vietnã, segura o choro, Camboja! E ele percebeu, começou a explicar rapidamente que aquelas listas não eram só para quem estava em tratamento, tinham virado uma febre na web porque ajudavam qualquer pessoa a organizar os sonhos e não deixar para fazer tudo quando estivesse velhinho. Estava na cara que falava aquilo para me poupar da verdade. Lá estava o seu olhar de ancião, traindo o verbo e me contando que já tinha feito a lista pensando no pior. Entendi que aquele olhar não era de cansaço, não era de falta de saúde. O menino tinha muito mais idade do que eu. Não calculada da forma estúpida feita pelos registros públicos. Calculada pelo que é vivido. Naquele momento eu era uma garotinha apavorada com as minhas próprias perspectivas, olhando de baixo para cima para um homem, a quem queria perguntar: Como você tem feito para lidar com a possibilidade da morte? Você não tá apavorado? Eu tô morrendo de medo. Como se adivinhasse o que ia em mim, prosseguiu: Mas não acho que aquela palavra que não posso falar vai acontecer comigo. A minha mãe sempre dá um jeito de resolver tudo. E eu descobri, num app de leitura de mão, que vou viver até os noventa e dois anos. Apontou para a palma. A linha da vida tá meio apagada por causa do transplante, mas vê como chega até o pulso? Pegou a lanterna, iluminou o ponto. Fingi que olhava, mas tudo o que via era aquele sentimento tão estrangeiro a mim: a esperança. A desgraçada era bonita, uma variação florida da teimosia. Percebi que tê-la era escolha. Uma escolha que, no meu caso, vivia sendo barrada pelo meu cinismo. Qual era a vantagem de dissecar com o bisturi da lógica tudo que aparecia pela frente quando a dissecação não me trazia benefícios?

Enquanto eu ruminava essas coisas, Nico organizava as regras da *bucket list*. Cada um deveria citar as três coisas que mais gostaria de fazer, em ordem de preferência.

Quer começar?, perguntou.

Começa você, que já pensou nisso antes.

Nessa viagem conheci a Deusneulândia, mas o meu sonho mesmo é conhecer a Disney.

Dei uma risada alta,,,,, Desde aquela comédia que assisti em casa, na noite em que gargalhei e tive uma taqui e depois me despedi do meu coração dançando lentamente, não ria de verdade. Três meses sem rir de verdade, sem sacudir as costelas, sem desfrutar da capacidade a que têm acesso pouquíssimos seres vivos, quase uma cócega, quase um carinho, quase uma ginástica, quase uma massagem, quase uma catarse. Pensando bem, uma catarse. Um momento em que a pessoa mostra as suas obturações para o mundo porque por um segundo foda-se o mundo, sou livre na minha risada. Tanto que agradeci, disse: Valeu, essa foi boa. E inspirada pelo seu item de número 1, lancei o meu:

Ir pro Japão.

A terra do Dragon Ball. Da hora.

Teu próximo.

Assistir a uma ópera, ele disse, meio sem jeito.

Que bacana, falei surpresa, logo lembrando da sua camiseta da Maria Callas.

Você não achou ridículo?

Achei diferente, não ridículo. Por que acharia ridículo?

Todos os meus colegas acham ridículo eu gostar de ópera. E a maioria dos adultos também. Dizem que não é coisa pra minha idade. E depois de suspirar: Sua vez.

Entrar numa loja e comprar um monte de coisas.

Que loja?

Qualquer loja.

Meio estranho isso.

Sofro muito pra gastar, ia ser muito legal fazer isso de um jeito inconsequente. E para tirar o foco da minha constrangedora limitação: Você.

Promete que não vai rir?

Fiz que sim.

Promete que não vai contar pra minha mãe?

Pus a mão no peito, tocando o meu broche como um escoteiro.

Eu não quero só ver uma ópera... Quero cantar uma, num teatro, pra um monte de gente.

Acho que sorri. E o meu sorriso o encorajou: Na verdade, cantar é meu desejo número 1, mas eu tava com vergonha de contar pra você.

A imagem do Nico de fones, com a mão alçada ao ar, veio à minha mente. Peraí. Quando você põe os fones e fica falando sozinho...

São os exercícios pra canto lírico.

Aquele dia que você tava tomando banho e a sua mãe...

Ela não gosta que eu cante.

Por quê?

Diz que não dá dinheiro. Que vou ser pobre que nem meu pai. Ou mais pobre ainda, porque ninguém gosta desse tipo de música. Ele olhou para longe. Pior é que foi ela que me colocou no coral da igreja. E, quando viu que gostei de cantar, me tirou.

E a sua vó, o que acha de tudo isso?

A minha vó adora que eu cante. Quando ela tá bêbada, pede *Una furtiva lacrima*.

Imaginei dona Lourdes na sala que eu conheci, sentada no sofá com a sua cachacinha na mão, assistindo ao neto cantar.

Pena que tudo que a minha vó acha bom, a minha mãe acha ruim.

Canta um pouco, pedi,,,

Ele apontou para o quarto dos outros hóspedes: De jeito nenhum. E para evitar que eu insistisse: Sua vez.

Pensei um pouco. Quero amar uma pessoa bacana.

Ele levantou as sobrancelhas. Já tentou o aplicativo?

Já e só me lasquei. Só arrumei tranqueira.

Você e a minha mãe precisam ser mais exigentes, disse.

Pior que ele tinha razão. Não falei nada, só comentei que precisávamos entrar, já estava na hora de eu lhe dar os remédios. No quarto, administrei a medicação, depois a garrafada. Não que eu precisasse fazer isso. O garoto faria até melhor que eu. Depois, sem que eu pedisse, foi escovar os dentes e vestir o pijama.

Ao voltar, guardou a bermuda. Depois depositou as moedas na mesa de cabeceira. Era a minha chance: São amuletos? Mais ou menos isso, respondeu. E apontando para o meu broche: O teu é? Não exatamente, disse. Depois contei como o encontrei e o que significava,, Ele adorou a história. Concluí falando que usava para lembrar da minha avó e para disfarçar os furinhos das minhas camisetas. Ele disse que já tinha reparado no meu tique. E que, naquele dia, eu tinha tocado o broche muito mais vezes.

,,,

Não sei se acordei com o calor em volta de mim ou no meio das minhas pernas,,, Sonhava com Danka. Eu estava de pé sobre a balança e ele me chupava de joelhos, enquanto éramos assistidos pelos olhos de algum animal. Constrangida por sonhar isso na frente dos meus amigos, embora soubesse que eles estavam distantes, dentro dos seus próprios sonhos, me levantei e fui ao banheiro. Sentei na privada, fiz xixi. Lavei o rosto para me refrescar. Depois encostei as costas contra a parede gelada de azulejos, fechei os olhos e pensei na língua gelada do Danka. Nem precisava. Eu poderia ter pensado num abajur, num bule, num dedal. Na pia à minha frente. Só de comprimir uma coxa contra a outra e friccionar rapidamente o dedo no clitóris, gozei. Que maravilha, eu voltava a ser como antes, uma mulher em carne viva, satisfeita em ser uma mulher em carne viva, mesmo sabendo e já sentindo na pele que isso não contempla só o gozo.

    Voltei para a cama. Fiquei ali, relaxando,,, até que Sara acordou. Não ficou preguiçando como eu. Sentou-se no meio dos lençóis amarfanhados, os cílios um pouco sujos de rímel, sorrindo para mim. Que foi? Ela chegou pertinho da minha orelha. Não fala nada pro Nico ainda mas, se o milagre não acontecer, o Lucena vai dar a grana que falta. Esfreguei os olhos, impactada,, Ele vai dar meio milhão? Não sei se vai dar tudo, talvez vá emprestar uma parte, mas vai fechar a cifra. Fiquei em silêncio, impressionada com a informação. Ela abriu as cortinas.

Acordou o filho. Disse que iríamos buscar os votos com o Lucena naquela manhã. Que Nico fosse educado e simpático com o sujeito. Ele estava sendo extremamente gentil conosco. Sem falar que ser educado e simpático era o que deveria ser sempre, com qualquer pessoa. Me levantei,,, me arrumei. Era o nosso último dia em Luziana. Eu partiria de ônibus às seis da manhã seguinte. Eles no mesmo período, sem hora marcada. Dei a sorte de estar de folga naquele domingo, sem ter sido escalada para o plantão. Poderia terminar de arrumar as minhas coisas com calma. Fui tomar café antes dos dois, acho que fugindo da Sara, que estava falante demais, provavelmente excitada com as suas perspectivas.

Ao pisar no salão,,, percebi a música. Puxei pela memória e me dei conta de que sempre havia alguma playlist rolando por ali, mesmo que baixinho, mas aquela era a primeira vez que eu processava isso. Que eu prestava atenção. Que eu parava para ouvir. Ou melhor, que a música me parava para ser ouvida. Fiquei entre a porta e a mesa do bufê, os pés imóveis, sentindo a melodia entrar como uma brisa pelas minhas orelhas e agitar algo lá dentro. Primeiro de um jeito meio dolorido, depois de um jeito gostoso. Ou era tudo a mesma coisa? Não me mexi, aguardando o próximo refrão para sofrer de novo, para sofrer gostoso de novo.

Fui surpreendida por vozes diferentes às minhas costas. Fui até a mesa do bufê e comecei a me servir, só então observando o casal de hóspedes que acabara de chegar. Uma mulher que parecia ter dois pêssegos sob a pele do pescoço e seu acompanhante. Ainda que estivesse tão visivelmente enferma, ela parecia estar bem. Conversava e ria, como se estivesse de férias, o homem colocando um pedacinho de fruta na sua boca. Observando a garota com lúpus, que chegou logo depois e se sentou na mesa mais afastada, e observando a mim mesma, com uma das mãos no copo e a outra no broche,,, pensei nas tantas formas de se receber uma doença. O meu amigo, que então chegava na companhia da mãe, recebia a dele com galhardia. Não era um negacionista do seu azar, tampouco alguém que tenha deixado a enfermidade se sentar na cabeceira.

Os dois se serviram, depois se acomodaram à minha frente. Sara com uma blusinha decotada, a cruz caindo entre os seios. Tomaram rápido o café, a minha amiga de olho no relógio, comentando que Lucena era o tipo que faz os outros esperarem, mas não espera. Como éramos os outros, às dez em ponto estávamos na frente da pousada, tentando nos encaixar na sombra das árvores para fugir do calor,,, Assim que o Lamborghini estacionou e o homem saiu lá de dentro, Sara cutucou o filho. Nico abriu um sorriso tão forçado que talvez fosse melhor não ter feito nada. Embarcamos ao lado da neta que, cada vez mais, me parecia uma figura macambúzia. Sara, em compensação, estava cheia de energia. Num certo momento, deu até uma gargalhada, não lembro o motivo, o que fez com que Lucena olhasse para ela e perdesse a rua em que entraríamos.

Paramos perto ao ateliê. Sara e Lucena andando na frente. Na porta, os dois foram interpelados por um sujeito de rosto amarelado que estendia a mão igualmente amarelada, pedindo ajuda para comprar um fígado. Lucena nem se virou para o sujeito, sequer deu ao pedinte a esmola da sua atenção, me fazendo duvidar, outra vez, de que daria algum montante, ainda mais aquele montante, para a minha amiga. Foi Sara quem abriu a carteira e pôs na mão do homem alguns trocados. Não sou de dar dinheiro para ninguém, mas acho que teria feito o mesmo se tivesse algum vivo na carteira. Nico tinha suas moedas, mas claro que não botou a mão no bolso.

Ao nos ver, o entalhador já foi pescando do alto os nossos órgãos. Primeiro, o braço do menino, perfeitamente talhado, inclusive com o detalhe das unhas nas mãos. Nico ficou encantado. Segurou a peça pelo cotovelo e começou a mexê-la, criando a estranha figura de um braço segurando um braço. Em seguida, o entalhador desceu do teto o meu e„„ como uma criança esvoaçada pela expectativa. O coração não era daqueles que vemos nas lojas, no formato inventado na Itália no século XIV, era o verdadeiro: como o de galinha, só que maior. E ainda assim, pequenino. Fiquei comovida com tamanha fragilidade, com aquela coisa que cabia na palma da minha mão, que eu podia envolver e apertar com os dedos. Lembro que, bem nessa hora, uma excursão de romeiros entrou no ateliê. Logo me vi cercada de um burburinho, o que acentuou a sensação de que estávamos sós no mundo, sós na multidão: eu e o meu palpitante, representado no pedaço de madeira. Podemos prescindir de quase tudo, até de algumas partes do corpo, mas sem essa não há nada. Não há nada sem uma única e próxima batida. Não quis sacola nem papel de seda. Quis levá-lo na segurança do meu punho, talvez na ilusão de que pelo menos ali pudesse domá-lo, como um vodu voltado para o bem. Agradeci ao Lucena pelo presente„ Sara apertava a máscara no rosto do filho. O lugar estava cheio, os romeiros gritando por pâncreas e outras partes como se pedissem por meio quilo de acém, o balcão coberto de órgãos de pronta-entrega, o entalhador distraído pescando outros lá do alto. Tenho a impressão, embora não tenha certeza, de que o pedinte, que então se misturava aos romeiros, deslizou uma peça para dentro da bolsa de pano que levava junto ao corpo. Quando saímos, ele também estava saindo do ateliê, com um andar sorrateiro. Lembrei da minha mãe e das suas aventuras pela farmácia. Não condenei o pedinte. Desejei que tivesse mesmo levado o fígado. E que, de um jeito ou de outro, encontrasse a cura.

    Foi um alívio entrar no carro, onde Lucena ligou o ar-condicionado. Depois colocou o nome da pousada no navegador.

Em seguida, deslizou sua mão cheia de pintas para o joelho da Sara. Não fui a única a perceber. Nico, que estava sentado entre mim e a neta, com uma visão privilegiada da parte dianteira do carro, também viu. Ficou incomodado. Pegou o braço de madeira, que estava deitado no seu colo, apontou para a frente, como um cabo de vassoura, e começou a avançar lentamente entre os dois bancos. Era óbvio que usaria o voto para cutucar o Lucena ou tirar a mão dele do joelho da mãe. Toquei o braço de carne do garoto e olhei para ele como quem diz: deixa para lá, e em seguida passei o meu braço em torno dos seus ombros, talvez por pena, talvez pelo desejo de contê-lo ainda mais, não queria que atrapalhasse os planos da Sara e que corresse o risco de receber uma reação ríspida daquele sujeito. Obediente que era, Nico desarmou o bibelô, mas não desarmou o bico.

Quando estávamos chegando à pousada, Sara sugeriu que Lucena e a neta entrassem para tomar um café. Nico comentou que o horário do café já tinha passado. A mãe disse que Flora poderia passar um fresquinho para eles. Lucena falou que adoraria mas precisavam voltar, a neta queria ir à piscina e ele tinha que fazer uns exames, mas, à noite, sem falta, viria buscar Sara para se despedirem e já daria um adeus para mim e para Nico.

Avançamos pelo portão da pousada em silêncio, como se neta e avô ainda pudessem nos escutar dentro do carro que então se afastava. Assim que chegamos ao jardim, puxei Sara para um canto,,, dizendo ao Nico que fosse em frente, ela e eu precisávamos resolver umas coisas. Percebi que ele ficou preocupado, talvez com medo de que eu dividisse com a mãe algum dos seus segredos. Acrescentei que eram arranjos relativos à viagem. Ele se tranquilizou e sumiu de vista. Pedi que Sara se sentasse ao meu lado. Falei que estava preocupada com eles. Será que Lucena daria mesmo algum dinheiro para o tratamento, se não foi capaz de dar nem uns trocados para o doente do fígado? Sara argumentou que ele tinha colocado milhões em pesquisas médicas, aquele valor não era nada. Falei que não era nada para pesquisas que poderiam beneficiá-lo, mas seria tão generoso com os outros como era consigo mesmo? Sara disse que não tinha certeza, por isso ainda não havia falado nada para Nico, mas estava confiante que seria. Perguntei quando ele ia fazer o depósito. Nos próximos dias, assim que souber se o tratamento da Unidade deu certo, respondeu. Nessa hora, senti pena da minha amiga,,, Sara, ele nem acredita nessas coisas. Ele nem tentou se tratar na Unidade. E se ele não acredita num possível milagre, por que vai esperar por um possível milagre pra depositar o dinheiro? Ela ficou só me olhando. Dessa vez fui eu que segurei as suas mãos: Dá um jeito de pegar essa grana hoje mesmo.

Nunca imaginei dizer uma coisa dessas. Nunca imaginei que faria tanta coisa que estava fazendo. Como ingressar numa romaria logo depois do almoço. Sara queria dar todas as cartadas possíveis. Ir até a igreja oferecer o voto e fazer a promessa. Comprar um vestido novo para usar à noite. Talvez enciumado em ver a mãe se preparando para o encontro, Nico disse que não queria ir, que não queria entrar em lojas. Falei que iria junto e faríamos alguma coisa enquanto ela fizesse as compras. Não que eu estivesse com vontade. A temperatura estava insuportável, a minha boca coberta por um buço de gotículas de suor. Mas eu precisava ajudar a minha amiga. Além disso, já estava com a bagagem arrumada e não tinha o que fazer. Se ficasse sozinha, acabaria pirando.

Como o centro da cidade era muito perto, fomos a pé. Nico segurando o braço de madeira, eu com o coração dentro da bolsa. Levei só porque Sara encheu o meu saco, dizendo que, se eu não levasse, ela levaria, mas claro que não pretendia entrar na igreja nem oferecer o meu voto para santo algum. Roçar na chance de morrer de fato muda uma pessoa, tanto que eu já aceitava certa ideia de espiritualidade, a existência de alguns mistérios que era incapaz de compreender, mas religião era outra coisa, era demais para mim.

    Lembrei o quanto eu era uma exceção ao chegarmos à praça central. De um lado, havia uma típica igreja católica, com a cruz no topo e o sino na lateral, várias pessoas espalhadas pela escadaria. De outro, quase uma dezena de lojas miúdas. E, oposta à igreja, uma construção com letras na fachada: Jesus salva, Jesus voltará.

    Em meio ao comércio, Nico viu uma sorveteria. Queria ir para lá primeiro. A mãe disse que não, primeiro fariam o mais importante, oferecer o voto. Depois, enquanto ela fizesse as compras, ele e eu poderíamos tomar um sorvete. Gostei tanto da ideia que avisei que esperaria pelos dois na sorveteria, onde devia estar mais fresco. Tem certeza de que não quer entrar na igreja com a gente?, ela ainda insistiu, mas eu disse que não,,

    Fiquei observando os dois se afastarem, o menino brincando com o braço, apontando os dedos para o alto. Sara me contou que, depois que fizessem a promessa, guardariam o objeto. Se Nico se curasse, não importava de qual maneira, deixariam o voto naquela mesma igreja. Apertei dentro da bolsa o meu coração,,, O que faria com ele? A princípio, também o guardaria, era mórbido demais ficar olhando para aquela escultura enquanto o meu órgão ainda estava doente, mas e depois? O que faria com o objeto se me curasse? E ainda: o que era a cura? Antes eu diria que era sair daquela história com o coração ileso. Naquele momento eu diria que era sair com vida. Usar um marca-passo já não me parecia tão dramático. Percebi que a minha ideia juvenil de perfeição tinha se transformado depois do turismo peculiar que vinha fazendo. Eu debutava — já não era sem tempo — no mundo adulto, o mundo do possível, onde avançamos como podemos, e satisfeitos, porque estar trincado é, antes de mais nada, estar vivo. Então sim, se fosse necessário, eu aceitaria de bom grado o marcapasso. Talvez até celebrasse o marcapasso. E exibiria o coração de madeira com orgulho na minha estante, como o souvenir de um destino que visitei e do qual consegui voltar. Poderia colocar o objeto dentro de um globo, nevado por purpurinas que imitam a neve. Poderia colocar sobre a geladeira, como um pinguim. Levá-lo num primeiro encontro romântico e depositá-lo sobre a mesa: veja a fragilidade do que você manipulará. Sacá-lo da bolsa numa conversa de trabalho: perceba que não sou uma máquina. Apontá-lo para quem me atacasse na rua: alto lá, você também tem um. Empunhá-lo contra um privilegiado: perceba que o seu é igual ao meu. Ou dar para o meu pai: veja o lado bom, mais um dia batendo. O meu também estava,,, Até demais,, O meu plano era ficar na sorveteria, no ar refrigerado, mas não fui só eu que tive essa ideia, o espaço estava lotado de corpos suados pedindo por menta, chocolate, acerola. Não quis tomar o meu, tomaria com Nico. Só peguei uma água e depois fui me sentar lá fora, numa mureta que dava para a praça, sob os auspícios de duas árvores frondosas. Sob uma delas, dormia um morador de rua, de cabelos compridos e shorts, as pernas abertas, um braço para cada lado. Tive a sensação de que o homem era feito de borracha, que derretia. Eu derretia. Tomei mais um gole, molhei o rosto e a nuca. O relógio da praça marcava uma temperatura que eu nunca tinha experimentado, ao menos não que soubesse. Depois de um tempo, Sara e Nico apareceram. Ele ansioso pelo sorvete. Ela, pelas compras. Avisou que não demoraria, a variedade de lojas não era tão grande e aquele calor podia fazer mal para o menino. Olharia os vestidos com o celular na mão e qualquer coisa... Falei que não precisava repetir tudo de novo. Que ficasse tranquila, eu já sabia. Antes de sair, me estendeu uma nota, que recusei. O sorvete seria por minha conta.

Nico pôs a máscara e entramos. Pedimos os nossos sabores. Depois voltamos para a mureta e sentamos um ao lado do outro. Ficamos um tempo em silêncio, concentrados em tomar antes que derretesse, antes que o manto de baunilha cobrisse o meu sapato, como cobriu um dia. Eu ainda estava escavando a casquinha quando ouvimos o primeiro baque. Lembro porque levantei os olhos assustada,,, Na calçada, não muito longe de nós, havia um pássaro estatelado no chão. Nos entreolhamos, sem entender o que estava acontecendo. Não era possível que aquela ave tivesse caído assim, do nada, sem um motivo aparente. Ou já estava ali e o barulho nada tinha a ver com isso? Me levantei, Nico veio atrás. Observei o bico quebrado com o impacto, a mancha vermelha em torno do olho aberto. Parecia que o sangue estava fresco, embora eu não tivesse certeza. Mal tivemos tempo de elaborar aquela morte, de lamentar o acontecido, quando ouvimos o segundo baque, seguido do grito da mulher que foi pega de raspão pela queda de outro pássaro. Estavam um pouco mais à frente, a mulher e o cadáver fresquíssimo. Avançamos até lá, Nico com o final da casquinha na mão. A mulher limpava a blusa e soltava impropérios. Aos seus pés, um pássaro idêntico ao outro, porém ainda mais machucado, as penas do peito empapadas de sangue. Percebi que Nico não conseguia mais comer. Peguei o resto da sua casquinha e atirei no lixo.

Como uma coreografia fúnebre, de intervalos regulares, veio o terceiro, que se estatelou perto do ponto de táxi, juntando em torno de si uma roda de homens que, até então, deviam pensar já ter visto de tudo na vida. A essas alturas, já havia na praça um pequeno alvoroço, umas dez pessoas tão intrigadas quanto nós, tentando entender o que estava acontecendo, olhando para os animais no chão, olhando para cima. Eu fazia o mesmo. O céu tinha algumas nuvens. Sob o sol escaldante, surgiu uma passarada, que revoava em bando, de um lado para o outro. Fitei atentamente o coletivo e, súbito, vi um enorme se despregar lá de cima, caindo na porta da construção onde estava escrito: Jesus salva, Jesus voltará. O homem que estava ali na frente parou por alguns segundos. Se agachou para ver o que jazia aos seus pés. Em seguida, gritou alguma coisa que não entendi. A porta atrás dele se abriu e homens de camisa e mulheres de saias começaram a sair lá de dentro. Aos montes. Lembro que, por alguns minutos, ficaram parados, os rostos voltados para o alto, como personagens de uma pintura. Acho que queriam ver com os próprios olhos. E viram: mais um estatelado na praça, outro na escadaria da igreja. Peguei o meu aparelho,,, comecei a filmar. As pessoas se ajoelhavam com a mãos voltadas para cima e gritavam coisas como "é o fim dos tempos", "Jesus vai voltar". Mais três pássaros caíram, fazendo com que todas as pessoas que ainda estavam dentro de algum lugar saíssem e olhassem para cima. Um homem arrastava a perna enfaixada pela praça gritando que tinha chegado o apocalipse. O morador de rua, que havia acordado com o tumulto, abria os braços e gritava: Eu voltei.

 Só então me virei para o lado e vi Nico apertando as moedas no bolso: O mundo vai acabar? Foi tudo tão rápido e acachapante que eu ainda não tinha conseguido falar direito com ele, elaborar uma explicação, mas uma lembrança veio à minha mente, uma matéria que eu mesma editei sobre aves que caíram mortas do céu em Gujarat, na Índia, por causa do calor e da umidade provocados pela crise climática, num efeito conhecido como *wet bulb*. Apontei para o relógio de praça, marcando a temperatura. Além disso, tá muito úmido, expliquei para Nico que, para o meu alívio,,, acatou a explicação. Sei porque ele sugeriu: Precisamos contar isso pras pessoas.

Não tem como, falei, ninguém vai ouvir, e continuei filmando, segui olhando para a frente. Divisei,, do outro lado da praça, sob o toldo de uma loja, a minha amiga. Os joelhos juntos, as mãos apertando uma sacolinha roxa na frente do peito. Queria vir na nossa direção mas estava com medo, certamente temia que um pássaro caísse sobre a sua cabeça, talvez também temesse que o mundo estivesse acabando, vi que olhava para Nico como se só os dois existissem, e ver na minha amiga aquele desespero, e escutar o menino falando: Vou buscar a mãe, e segurá-lo pela mão, e ouvir outro baque, e testemunhar aquele flagelo em torno de nós, aqueles animais mortos pela mão do homem, aquelas pessoas cegas pela mão do homem, aquele monte de doentes se arrastando à espera de salvação... O mundo estava acabando mas de outra maneira, e nem assim as pessoas eram capazes de acordar para o que estava acontecendo. Do outro lado da praça, a minha amiga tomava coragem para atravessar, com uma mão acima da cabeça para se proteger e a outra aferrada à sacola: no meio de tudo aquilo Sara ciosa do seu vestido. Será que o mundo já não tinha acabado? Que realidade é essa em que uma mulher precisa se agarrar à precária tábua de salvação de um vestido para, quem sabe, com muita sorte, monetizar os seus dotes e poder pagar o tratamento de saúde do filho? Acho que foi nessa hora que eu senti o nó apertar a minha garganta. As lágrimas começaram a brotar de um jeito que listagem de países alguma poderia segurar,,, Tanto que nem tentei,,,,, Você tá chorando?, Nico perguntou. É por causa dos passarinhos? Não consegui responder. É por causa das pessoas? Não consegui responder. É por causa do sorvete? Não entendi a pergunta. Quando eu era pequeno e comia muitos brigadeiros, eu chorava depois. É o açúcar, já vai passar, ele me disse, mas eu não queria que passasse, finalmente eu estava chorando,,, precisava daquilo. Queria dizer: Tô chorando de alegria de chorar de tristeza, mas nem isso conseguia, porque estava soluçando,,, E, mesmo assim,, não pus a mão no peito. Não queria parar de sentir o alívio que vinha com cada lágrima, os caminhos mornos que faziam na bochecha, o sal se acumulando no canto da boca, o nariz escorrendo. Foda-se que o meu nariz estava escorrendo. Como era bom poder expectorar a frustração. Assoar a frustração num guardanapo sujo de sorveteria, como aquele que achei no bolso.

Uns dias depois, anotei: a vida chacoalha, bate, esfola, fura, rasga, cerze, massageia, infla, esfalfa, acaricia, quebra, arrebenta, arregaça, une, junta, cola, espatifa, amortece, corta, anestesia, queima, alivia, dobra, rompe, ata, lanha, acalenta, solapa, estilhaça, reagrupa, afaga. O choro limpa. Daí começa tudo de novo, mas de outro lugar.

Na hora eu não tinha consciência, ninguém tem. Só senti o menino me dando um abraço. E a minha amiga chegando. Não foi Jesus, ele disse para a mãe. E Sara: Não importa quem foi. Tá tudo bem com você, Meri? Balancei a cabeça,, E para mostrar que já estava mais calma: Achou o vestido? Com cinquenta por cento de desconto. Ouvir isso me fez tão bem: depois daquela loucura, a graça de uma banalidade. Assoei novamente o nariz, fitei ao meu redor. A cidade se acalmava junto comigo. Pelo jeito, os pássaros tinham parado de cair. No céu, não se via mais a revoada. Jesus não voltou nem dava sinais de que voltaria. O mundo não acabou. Os cegos não passaram a ver. O homem com a perna enfaixada continuava arrastando a sua ferida. A salvação, como sempre, não chegou para ninguém. A maioria das pessoas já voltava aos seus afazeres. Só os mais curiosos ainda se curvavam sobre as vítimas abatidas, junto com a guarda municipal, que já começava a tirar os pequenos corpos do caminho. Resolvemos voltar para a pousada, Sara com medo de que o calor fizesse com Nico o que fez com a outra espécie.

Assim que chegamos, dei uma olhada no vídeo. Tinha prometido a mim mesma que naquele período não ia produzir nenhum conteúdo, nada além da Página do Leitor, mas não é todo dia que chovem pássaros. Não é todo dia que se pode esfregar na cara da civilização o retrato do seu egoísmo. Mandei o vídeo para o meu editor. Expliquei a situação. Não faria uma reportagem, mas escreveria um texto curto, que acompanhasse as imagens.

Voltei para o quarto, aliviada em ter cumprido o meu dever de jornalista. Já havia no ar certa tensão. Em breve, aconteceria a última visita dos médicos e cada um tinha as suas expectativas. Desde que começamos o tratamento, o meu coração não tinha melhorado, o Nico não tinha melhorado, a moça com lúpus seguia com o rosto vermelho. As pessoas nas ruas da cidade continuavam doentes. Se outro dia tentei, com muito esforço, acreditar que quem sabe, naquela noite eu não tinha nem o pretérito perfeito do subjuntivo. Mas queria repetir o que havia experimentado uma noite antes. Calar as vozes. Molhar a unha no oceano da transcendência. Com sorte, a falange. Eu estava bem menos *chapiens*, bem mais sensível,, e achei que isso podia ajudar. Passei o algodão. Depois pus o broche e fiquei esperando. Faltam três minutos, escutei Sara dizer. E então veio,,, com muita força. Não foi uma taquicardia daquelas, não me deu mal-estar, mas me assustou. Uma estocada forte e seca como poucas. Uma batida que me lembrou o barulho dos pássaros caindo. Comecei a pensar no que aconteceria se eu morresse.

Eu não tinha organizado nada. Não tinha deixado dinheiro algum. Como os meus pais fariam para pagar o velório? Eu tinha uma poupança, mas não dera para eles a senha do banco. A senha do e-mail. Das redes sociais. Eu não tinha nem avisado que preferia ser cremada. Que não suportava a ideia de ser comida por vermes. Por que não falei isso para eles? Pensei em tanta merda e não pensei no mais importante. Precisava fazer um testamento assim que fosse embora da Deusneulândia. Especificar onde queria ser velada, não muito longe para não ficar fora de mão — por que essa preocupação em ter um velório cheio de gente se nem viva para ver eu estaria? E as cinzas, onde deveriam jogar? No mar seria lindo, mas seria uma farsa, fui tão poucas vezes até o litoral, não tenho relação nenhuma com as ondas que quebram nas pedras. Aos pés de um álamo, como nos livros? Sequer sei que árvore é essa. Talvez fosse mais honesto jogar no jardim sem plantas do meu prédio. Foi naquele banco de concreto em frente ao playground enferrujado que tantas vezes assisti ao pôr do sol. Ouvi música de fones. Devorei livros. Conversei com crianças que brincavam, com vizinhos cheios de dores.

Tentei me concentrar na visita dos médicos. Calar as vozes. Focar na Sara, como se as suas orações fossem um mantra, mas foi só ela fazer um pequeno intervalo entre uma e outra que voltei a pensar na morte. Abri os olhos, tentando espanar. Vi Sara e Nico compenetrados, busquei fazer o mesmo, mas a mente é um animal selvagem, e o meu estava solto,,, Comecei a pensar no que os meus colegas escreveriam a meu respeito. Trabalhei dois anos na sessão de obituários, tinha facilidade para elaborar esse tipo de texto. Como um chefe me ensinou: esses tributos não são sobre a morte, são sobre a vida que cada um levou. Me irritavam os falecidos que não tinha feito muito da deles, cujas trajetórias não preenchiam os setecentos caracteres necessários para fechar a diagramação. A minha trajetória daria setecentos caracteres? A do Nico daria, a da Sara daria. Eu sabia: não tinha a ver com ter vivido muitos anos nem com ser bem-sucedido, mas com ter agarrado a existência pelas orelhas. Ter beijado a existência na boca, chupado a sua saliva. Fui bolando o texto, logo percebi que não ia dar nem quinhentos caracteres. Comecei a pensar em opções de epitáfios.

Era um exercício cretino, que eu não fazia à toa, fazia para me distrair da dureza da minha realidade.

Covarde, fugiu da vida até a morte.

A morte não veio. Abri os olhos, mais viva que nunca. Olhei ao meu redor, Nico tocava a axila. Primeiro com curiosidade, depois com desânimo. Nem diminuiu?, Sara perguntou. Ele fez que não. Ela foi para a frente do espelho, passou mais uma camada de rímel. Depois pediu para eu fechar o seu vestido, o zíper ainda estava meio aberto nas costas. Enquanto eu puxava a plaqueta de metal, ela perguntou se eu tinha conseguido falar com Deus. Respondi que não, Nem perto disso. Dei a ela a explicação que me ocorreu: a fé é como um copo a ser preenchido. Algumas pessoas nascem com esse copo, outras não. Eu não tinha nascido, não adiantava mais tentar. A partir de então, usaria o verbo que me correspondia: torcer. Foi o que sussurrei antes que saísse: Tô torcendo por vocês.

Depois, Nico e eu fomos jantar. A moça com lúpus se despedia da Flora, a pele mais irritada no que nunca, a mão segurando uma mala de rodinhas. Fui me servir. Assim que a hóspede se foi, sussurrei para Flora: Você não fica mal de ver as pessoas indo embora sem a cura? A esperança faz bem pra elas, disse, como se também quisesse convencer a si mesma. Fiquei ali segurando o prato, me perguntando se o que ela tinha nos contado sobre o seu útero e a sua cura era verdade. Eu nunca saberia. Escolhi acreditar que sim.

Dei uma olhada no celular, esperando notícias da Sara, quem sabe já tivesse abordado Lucena sobre o valor. Nada. Voltei para a mesa. Nico estava tristonho, imagino que decepcionado com o fim do tratamento. Aborrecido com mais uma saída da mãe. Tentei melhorar o seu astral contando umas piadas do meu tempo de escola. Por mais que eu tenha me esforçado, algo em mim também soçobrava. Uma emoção que eu não conhecia ou não sentia havia muito, que só fui entender depois, quando voltamos para o quarto. Era domingo e Nico não tinha tarefa. Achou por bem guardar os cadernos, o estojo e o chaveiro novo na mochila, para não correr o risco de esquecê-los no dia seguinte. Depois foi para o banho. Observei a mesa de cabeceira quase vazia. As malas quase prontas. A sacola roxa perto da porta, com o braço de madeira saindo pelas alças. Um clima de fim de festa. De uma festa que de festa não teve nada, da qual eu nem queria participar e, de repente, não queria sair. Quer dizer, até queria, mas com certo desconforto. Dizem que amizade é quando a criança de um encontra a criança do outro. E quando o ancião de um também encontra o ancião do outro? O que me agitava desde a hora do jantar era uma ansiedade de pensar na saudade que eu sentiria do Nico.

    Ele saiu do banheiro com o creme na mão. Se sentou na beira da cama. Já não escondia as costas, já não tinha mais vergonha. Foi hidratando os lugares de sempre, joelhos, cotovelos e cantos da boca, que tanto craquelavam. Quando vi que esticava uma das mãos para as costas, falei: Deixa que eu passo. Sentei na cama com as pernas cruzadas, bem atrás dele. Fitei aquelas omoplatas salientes. Carreguei o dedo de creme. Comecei a passar,, Devagar, de um lado a outro, com cuidado, com carinho. Percebi que ele relaxou, soltou os ombros, tombou um pouco o pescoço para a frente. Continuei, circundando as suas asas por muito mais tempo do que uma hidratação demandaria. Uma lágrima bojuda se formou no meu olho mas eu não parei o que estava fazendo,,, deixei que caísse, lenta e silenciosa, sobre a colcha. Não sei se ele reparou que eu estava chorando. De qualquer forma, não disse nada, se manteve em silêncio até que cessei os meus gestos. Sequei rapidamente os olhos antes que ele se virasse para trás. Me agradeceu, depois foi até o banheiro guardar o creme.

Peguei o celular, desejando mais do que nunca encontrar uma mensagem, mas não havia nada. Resolvi perguntar: E a grana? Sara disse que ia me escrever naquele momento. Lucena tinha acabado de dizer que daria metade do dinheiro e emprestaria o resto, totalizando tudo que faltava para o tratamento. Quando? perguntei,,, No dia seguinte. Por que não agora? Sara respondeu que ele não sabia usar o aplicativo e não lembrava a senha, precisava de ajuda da secretária. Fiquei cabreira, acho que titubeei para digitar. Ela disse para eu ficar tranquila, ele ia cuidar disso no dia seguinte, logo cedo.

Nico voltou do banheiro e me viu com o celular na mão. Indagou se eu estava falando com a mãe. Respondi que sim, que estava tudo bem com ela. Ele não perguntou nada, ainda bem, mas percebi o desânimo no seu rosto. Sugeri que fizéssemos alguma coisa especial, era a nossa última noite juntos, seria a nossa despedida. Ele se animou com a proposta. Deu uma olhada pela janela e disse que o céu estava mais limpo, podíamos baixar um aplicativo de astronomia para ajudar com as estrelas. Não aprovei nem rechacei a proposta, só comecei a andar de um lado para o outro, a cabeça baixa. Ele tinha me ajudado a realizar o terceiro item da minha *bucket list*, de um jeito inesperado e nada romântico, mas tinha. Adoraria retribuir da mesma maneira. Ele também começou a andar, as mãos para trás, imitando o meu movimento, pensando junto. Podemos ouvir música, sugeriu um pouco depois, e foi isso que me deu o lampejo. Era uma ideia meio doida, mas crianças costumam gostar dessas coisas. Será que a minha amiga se importaria? Pensei que não e, de qualquer forma, não demoraríamos tanto. Mas precisaríamos da chave. Fui até a mesa de cabeceira da Sara,,, procurando pela chave do Onix. Estava dentro da gaveta. Segurando-a na mão, virei para Nico: Vamos dar uma volta? Ele teve um sobressalto. Perguntou aonde iríamos. Falei que não podia contar, era surpresa. A mãe não vai ficar brava? Falei que não. Então vamos, ele disse, já excitado, querendo saber se precisava levar a lanterna. Precisar não precisa, mas talvez seja bom. Ele pegou. Depois se aproximou da mesa de cabeceira e catou as duas moedas. Percebeu que eu o observava. Parou um pouco, olhou de soslaio para mim. Quer saber pra que são? Fiz que sim. Promete que não vai contar pra mãe? Prometi. Ele fechou os olhos. Pegou uma das moedas e colocou sobre uma das pálpebras, bem encaixada, para que não caísse. Depois pegou a segunda e colocou sobre a outra pálpebra. Parecia um personagem de quadrinhos que só pensa em dinheiro, os metais reluzindo no rosto. Não matou a charada?, perguntou, ainda tapado pelos dois reais. Tem algo a ver com o Tio Patinhas?, arrisquei. Nada disso. Quer tentar de novo? Falei que não, não tinha outro palpite. As moedas são pro Caronte. Que Caronte? O da mitologia, respondeu, como se isso fosse a coisa mais óbvia. Quando uma pessoa morre, precisa pegar o barco pra fazer a travessia pro outro lado. Caronte é o nome do barqueiro. E ele cobra duas moedas por esse rolê, disse, tirando apenas uma da vista, como se quisesse espiar a nossa conversa. Sem esse pagamento, a pessoa não atravessa, fica no limbo, entende? Assenti. Então... se eu... você já sabe o que fazer, ele disse, e recolocou a segunda moeda no olho. Fiquei perplexa,, Pensei em falar o que qualquer adulto falaria: Pare de bobagem, isso não vai acontecer. Mas não era eu que estava pensando na morte naquele mesmo quarto, não fazia nem duas horas? Se eu podia sentir aquela angústia, por que ele não podia? As suas preocupações eram tão legítimas quanto as minhas. Ou até mais. Me aproximei dele. Posso tirar?, perguntei, fazendo menção de pegar as moedas. Entendi o seu silêncio como um sim. Com delicadeza, saquei uma, depois a outra. Coloquei-as em sua mão, olhei no fundo das suas pupilas: Pode ficar tranquilo que eu entendi o recado, mas não vou precisar fazer isso por você. Eu também acho que não, logo essas duas vão virar um doce, falou com serenidade, e meteu-as no bolso.

Atravessamos o jardim da pousada. Nico tentando adivinhar aonde iríamos: à sorveteria? A uma lanchonete? Ao cinema? De novo ao bailão? Quanto mais eu dizia não, mais intrigado ele ficava. Embarcamos no Onix. Ele esperando que eu colocasse a direção no navegador. Não fiz isso, não queria estragar a surpresa. E não precisava fazer: eu sabia o caminho. Cruzamos a cidade, as janelas todas abertas, as cadeiras na calçada, as ruas repletas de doentes buscando uma brisa naquele calor. Pegamos a estrada. Ele ficou tenso, percebi que nessa hora apertou as mãos nos joelhos. Perguntou se estávamos indo à cachoeira. Falei que não. Ele deu um suspiro: Ainda bem, no escuro eu ia ter medo. Sem falar no sereno. Cachoeira à noite deve ter muito sereno. Não falei nada, estava tentando focar na direção,,, tentando espantar o medo que tinha surgido desde que entramos na rodovia. Já imaginava a vaca, o ônibus dos romeiros,,, a carreta tombando, e tudo isso no cenário da noite, sempre tão mais ameaçador. Bem que dizem que o contrário da vida não é a morte. É o medo. Era contra ele que eu precisava acelerar. Obviamente sem infringir os limites de velocidade, porque além de cagona, eu detestaria ter que pagar uma multa, e ainda mais no nome da autoescola. Mas o mais difícil mesmo foi achar o lugar, no meio do nada. Em certo momento, fui reduzindo, dando pisca, procurando pela beira da estrada. Tem certeza de que a mãe não vai brigar com a gente?, ele perguntou, e repeti que não, embora nem tivesse tanta certeza — dependeria de voltarmos ilesos.

Para a minha sorte, alguém havia colocado um poste bem na frente da bilheteria. Uma bilheteria pequena, de madeira, cujas portas nem estavam mais lá. Cuja palavra INGRESSOS já tinha perdido a última letra. Entrei, passando rente à pequena construção. Fui avançando pelo caminho estreito, só os faróis iluminando a terra batida. Diminuí a velocidade, não conseguia ver nada,,, só o que estava um pouco à frente. Até que veio uma pequena curva e, em seguida, avistei a estrutura de concreto. Fui freando, os pedriscos fazendo barulho. Dei uma olhada no Nico: estava inclinado para a frente, a boca entreaberta. Estacionei bem atrás do palco, conforme tinha planejado. Os faróis projetaram dois feixes, como canhões de luz, até as primeiras fileiras da arquibancada. Vamos?, falei, e desci do carro. Nico veio atrás. Pisamos no tablado,,, Vi que um dos feixes iluminava uma coisa escura no outro canto, talvez um saco de lixo, talvez um pássaro morto. Com certeza um pássaro morto. Nico também viu. Faz de conta que isso faz parte do cenário, eu disse. Depois falei para ele ficar onde estava, bem ali no meio. Voltei até o carro. Abri a porta, abri todas as janelas. Coloquei *Nessun dorma* no último volume. Ele reconheceu a música no primeiro acorde. Começou a rir. Eu gritei: Vai, canta. E ele: Só se você dançar.

Agradecimentos

A Anauila Madalosso, Ana Emília Cardoso, Ana Paula Hisayama, Ana Reber, Ana Sickta, Caetano W. Galindo, Carol Bensimon, Chico Felitti, Cintia Marques, Claudio Reingenheim, Cristina Fibi, Dedé Beviláqua, Dério Alves Campos, Eugênia Ribas, Fey Laffitte, Guilherme Castro, Gustavo Foronda, Ilana Gorban, Ilana Katz, Jeovanna Vieira, Julia Whamann, Lânia Xavier, Leane Landim, Lúcia Riff, Luisa Tieppo, Mariane Hoffman, Mateus Baldi, Maurício Scanavacca, Paula Carvalho, Regina Gomes, Socorro Acioli, Stephanie Lemouche e Taislane Madalosso.

E, especialmente, a meu primeiro leitor, Pedro Guerra, ao médico do Nico, Felipe Melo, as minhas consultoras espirituais, Lívia Guerra e Scheila Yoshimura, e a minha filha, Eva.

© Giovana Madalosso, 2025

Todos os direitos desta edição reservados à Todavia.

Grafia atualizada segundo o Acordo Ortográfico da Língua Portuguesa de 1990, que entrou em vigor no Brasil em 2009.

capa
Filipa Damião Pinto | Estúdio Foresti Design
composição
Jussara Fino
preparação
Silvia Massimini Felix
revisão
Érika Nogueira Vieira
Tomoe Moroizumi

1ª reimpressão, 2025

Dados Internacionais de Catalogação na Publicação (CIP)

Madalosso, Giovana (1975-)
Batida só / Giovana Madalosso. — 1. ed. — São Paulo : Todavia, 2025.
ISBN 978-65-5692-820-3

1. Literatura brasileira. 2. Romance. 3. Ficção contemporânea. I. Título.

CDD B869.3

Índice para catálogo sistemático:
1. Literatura brasileira : Romance B869.3

Bruna Heller — Bibliotecária — CRB 10/2348

todavia
Rua Fidalga, 826
05432.000 São Paulo SP
T. 55 11. 3094 0500
www.todavialivros.com.br

fonte
Register*
papel
Pólen natural 80 g/m²
impressão
Geográfica